42813

# La Jouissance du loup
## à l'instant de mordre

Anne-Marie Saint-Cerny

# La Jouissance du loup à l'instant de mordre

roman

Les Éditions
Varia

Les Éditions Varia
C. P. 35040, CSP Fleury
Montréal (Québec)
Canada H2C 3K4

Téléphone : (514) 389-8448
Télécopieur : (514) 389-0128
Courriel : info@varia.com
Site web des éditions Varia : www.varia.com

**Données de catalogage avant publication (Canada) :**

Saint-Cerny, Anne-Marie, 1954-

La jouissance du loup à l'instant de mordre : roman

ISBN 2-922245-38-1

I. Titre.

PS8587.A262J68 2000      C843'.6      C00-941214-X
PS9587.A262J68 2000
PQ3919.2S24J68 2000

Le Conseil des Arts | The Canada Council
du Canada | for the arts
depuis 1957 | since 1957

Nous remercions le
Conseil des Arts du Canada et
la Société de développement
des entreprises culturelles
(SODEC) de l'aide accordée à
notre programme
de publication.

*Couverture, maquette et mise en pages :* Guy Verville
Photo de l'auteure : Guy Verville

*Distributeur :* Diffusion Prologue inc.
Téléphone : (450) 434-0306 / 1-800-363-2864
Télécopieur : (450) 434-2627 / 1-800-361-8088

ISBN 2-922245-38-1

Dépôt légal : 3e trimestre 2000
Bibliothèque nationale du Québec
Bibliothèque nationale du Canada

*Imprimé au Canada*

Il me semble inconcevable qu'on puisse voir presque tous les jours dans les médias des gens massacrés par milliers et rester amorphes. [...] Les Nations unies ne sont pas un pays souverain. Les Nations unies, c'est nous. Tous. Et si nous ne sommes pas intervenus, par extension, nous tous avons une part dans la continuité du génocide.

> Lieutenant-général Roméo A. DALLAIRE,
> Commandant,
> MINUAR (Mission des Nations unies pour l'assistance au Rwanda)

Dallaire avait compris d'emblée que sa mission n'était pas prise au sérieux, qu'elle n'intéressait personne.

> Stephen LEWIS,
> Ex-ambassadeur du Canada à l'ONU,
> membre canadien du Groupe international d'éminentes personnalités pour enquêter sur le génocide au Rwanda

# PREMIÈRE PARTIE

L'obus leur creva sauvagement au visage. Le tonnerre parvint à peine à couvrir un moment le hurlement des blessés aux chairs déjà ouvertes par la ferraille. Le sang gicla avec force sur les lambeaux de toile kaki qui battirent violemment contre les montants métalliques de la tente. Pendant un instant, la nuit brûlante se faufila jusqu'à eux mais la toile se rabattit d'un coup. L'obus était tombé à l'entrée de l'abri qui servait d'hôpital. Le souffle chaud de la détonation souleva une tornade de sable sale qui colla dans les plaies moites.

— *Goddam bastards!* hurla O'Reilly, *Goddam bastards! My needle!*

Maximilian Dam leva les yeux. Le médecin américain, pourtant massif et lourd, avait été jeté sur le sol par le choc. Il gisait à demi couché dans une position que son poids rendait grotesque. Son bras tendu portait comme un flambeau la fragile seringue qu'il tentait de sauver.

— *What's fucking wrong with them up there tonight?*

— Ça va ? articula Dam la bouche crissante de sable.

— *Yeah... at least I think... I'm not one of them yet*, répondit vaguement O'Reilly, évitant de baisser le regard vers les blessés qui jonchaient le sol.

La violence de l'assaut cette nuit-là était sans précédent. En quelques minutes, on avait amené plus d'une quinzaine de blessés. Tous des hommes. Les femmes et les enfants, parqués dans le flanc nord du camp, ne commenceraient à arriver qu'après l'attaque. Impossible de se faufiler jusqu'à eux entre les pluies de balles et de mortier qui s'abattaient sur le camp maintenant. Seuls les hommes, qui tentaient de riposter avec les maigres armes qui restaient, se risquaient encore à bouger dans la nuit.

Les blessés s'entassaient les uns sur les autres, mêlés à même la terre battue de l'abri. Des ventres et des crânes déchiquetés, des membres arrachés d'où pointaient des bouts d'os broyés, la boucherie s'étalait sur le sol dans une masse informe agitée de mouvements. Rajihs, qui s'était improvisé infirmier, triait les blessés comme il pouvait, dans la lumière rougeâtre de deux lampes à l'huile.

Un instant soufflé par la peur, Dam s'efforça de ramener les yeux sur le garçon ensanglanté qui tremblait devant lui. Un gamin, un garçon amaigri de quatorze ou quinze ans, avec une tête anguleuse d'écolier studieux. Dam le connaissait bien. Il s'appelait Redouan. Malgré son air fermé, c'était un rapide, un héros de leurs parties de soccer. Sa bouche se tordait de douleur et le médecin regretta qu'il n'ait pas perdu conscience. Au contraire, les yeux aux pupilles dilatées du gamin le fixaient avec une intensité gênante. Dam esquissa un semblant de sourire en tâtant délicatement le bas du corps. Les jambes s'arrêtaient net dans un amas de chairs déchirées à hauteur du genou. Suivant les cuisses, le médecin remonta doucement ses mains entre les lambeaux de vêtements imbibés de sang jusqu'à l'abdomen qu'il tâta avec prudence. Il poussa un soupir de soulagement. Le gamin n'avait rien à la cavité stomacale. Le sang qui plaquait ses vêtements devait provenir d'ailleurs, d'un autre blessé, d'un mort peut-être.

— Rajihs, viens ici mon garçon... On ampute ce qui reste...

Le médecin tourna la tête, vérifiant du regard que l'infirmier avait bien entendu malgré les éclats et les gémissements. L'infirmier ne bougea pas, accroupi sous la lumière tremblante de ses lampes à l'huile.

— Rajihs, cria à nouveau le médecin.

Ce dernier leva enfin les yeux, fit signe qu'il avait compris.

Dehors, la pluie de ferraille s'abattait sur eux sans répit, un véritable déversement de balles et d'obus qui tombaient du sommet des montagnes. La terre elle-même tremblait sous leurs pieds comme une vulgaire gélatine. Dam put apercevoir un instant la lueur des incendies qui ravageaient le camp à travers la toile crevée de la tente. Malgré la nuit glaciale qui aurait dû les transir jusqu'à la moelle, le médecin dut essuyer la sueur sur son visage.

Une boucherie... Le mot avait franchi ses lèvres, et il le regretta aussitôt. Ce n'était pas le moment d'en remettre. Heureusement, dans le bruit furieux, O'Reilly n'avait probablement pas entendu. Quant aux

Korguènes, ceux qui comprenaient vaguement le français parmi les blessés, ils n'étaient pas en état de s'intéresser. Dam fixa Rajihs qui approchait par-dessus les corps, une fiole à la main.

Pour celle-là, personne n'eut le temps de se protéger. La déflagration leur éclata dessus avec tant de violence qu'ils furent projetés comme des pantins de chiffon. Soufflé par l'explosion, Dam alla s'écraser contre un des montants de métal qui cassa net sous le choc. Étrangement, au même moment, le camp sembla sombrer dans un lourd silence. Comme dans un seul mot d'ordre, le tonnerre de ferraille se tut tout aussi abruptement que le hurlement des blessés. Un silence si oppressant qu'il parut au médecin comme l'envers de l'enfer.

— *Find a goddam light!* se mit à vociférer O'Reilly. *Find a goddam light or I'll… This guy can't wait… What happened to the lamps?* Rajihs, Rajihs, du feu, des allumettes, trouve du feu, *aidcha vaïï, vaïï,* hurla-t-il en korguène.

Ce fut le cri de rage de l'Américain qui brisa enfin le silence, et Dam comprit qu'il avait perdu conscience. Il parvint à ouvrir les yeux mais cela ne changea pas grand-chose. La tente, ou ce qui en restait, baignait dans l'obscurité la plus opaque. Les lampes avaient été soufflées d'un jet sous le choc. Il tourna la tête vers l'endroit où il avait aperçu l'infirmier avant l'impact. Dans le noir, il ne percevait aucun mouvement et Rajihs ne répondait pas.

— Rajihs! Rajihs! *Goddam…*

Le Korguène ne répondait toujours pas. L'air, lourd des particules brûlantes des incendies, s'était raréfié d'un coup sous la tente. Dam tenta de se situer, rampant à travers les corps jusqu'à Redouan. À peine sentit-il sa silhouette immobile dans l'obscurité, une silhouette qu'il reconnut avec peine en frôlant ce qui lui restait de jambes. Le garçon ne gémissait plus. Le médecin tenta à nouveau de scruter l'obscurité, devina, au fond de la tente, le mouvement de l'Américain qui se penchait lui aussi sur son blessé. Dehors, la pluie de balles avait repris et il se concentra à compter jusqu'à cinq pour ralentir les battements de son cœur. Toujours pas de signe de vie du côté de Rajihs.

Il n'y avait pas d'autre solution. Des allumettes, il savait où il y en avait, dehors, 150 mètres plus loin, dans la tente des médecins.

— J'y vais… Je vais chercher du feu, cria Dam.

Le médecin songea avec ironie qu'aussi absurde que cela semblait, il se sentait protégé par les lambeaux misérables de toile kaki de la tente hôpital. Une carapace de tissu aussi dérisoire qu'inutile mais qui lui manqua cruellement dès qu'il traversa l'abri et déboucha à l'air libre.

Dehors, il resta pétrifié. Le ciel d'encre s'ouvrait comme une plaie béante d'explosions et de flammes. Autour de lui, les hommes armés couraient comme des bêtes au milieu des débris sans que Dam pût comprendre où ils allaient. Des tentes flambaient et jetaient une lumière sinistre sur les montagnes noires. Le médecin frémit sans comprendre. Qu'est-ce qui leur prenait ? Pourquoi ce soir ? Pourtant…

Pourtant rien, lui semblait-il, n'avait changé dans leurs conditions, qui justifiait soudain un tel acharnement.

Les Korguènes n'avaient pas plus bougé ces jours derniers que pendant les deux mois précédents, toujours tapis qu'ils étaient au fond de ce trou cerné de montagnes d'où ils ne pouvaient s'échapper.

Ils ont décidé d'en finir ? Oui, c'était sûrement cela, pensa Dam. Mais pourquoi maintenant ? Il leva la tête vers les batteries de mortier qui crachaient le feu sur la ligne des montagnes. La réponse se trouvait — peut-être, peut-être même pas — dans la tête d'un des hommes qui les regardaient crever ce soir. Il sentit monter le désespoir et s'interdit de penser plus loin.

Il y eut un semblant d'accalmie et, rentrant instinctivement la tête dans les épaules, il s'élança vers la tente où Clare O'Reilly et lui avaient leurs quartiers. Le trajet ne prit que quelques secondes, qu'il trouva pourtant interminables, et il se faufila rapidement dans l'abri bas. Ses mains fébriles glissèrent sur les objets familiers jusqu'à ce qu'elles tombent sur la caisse aux montants de fer où les deux médecins rangeaient le matériel plus fragile. La serrure céda sous sa pression et il souleva le couvercle. Soudain, il retint son geste. Derrière lui, il en était sûr, il sentait une présence, une menace. Presque imperceptible et pourtant... Il se tourna lentement. Un éclair de lumière blanche, surgie d'on ne sait où, l'aveugla complètement. Puis s'éteignit. Une fraction de seconde à peine. Avait-il rêvé ?

— Rajihs ! C'est toi ? Qu'est-ce que tu... Il n'acheva pas. Un coup de poing sec s'abattit sur sa mâchoire et le projeta violemment au milieu des boîtes et des caisses de métal.

— Mon salaud ! hurla Dam en se relevant.

Il n'avait jamais été bagarreur ni même particulièrement agile. Dans des circonstances semblables, c'était chaque fois ses nerfs qui le servaient, déchaînant chez lui une fureur et un instinct sauvage incontrôlables. Il fonça tête baissée vers son assaillant qu'il projeta par terre avec lui. Ils roulèrent ensemble sur le sol et l'homme, que Dam discernait mal, chercha à récupérer un objet qui lui avait échappé. Dam crut qu'il s'agissait d'une arme et, dans sa rage, parvint à glisser les mains autour de sa gorge. Le médecin serra le cartilage mou tandis que l'autre se débattait avec désespoir.

Peut-être Dam jugea-t-il trop tôt la victoire acquise ? Peut-être la technique de combat de son adversaire, visiblement mieux entraîné, eut-elle finalement raison de lui ? En une fraction de seconde, le médecin fut projeté sur le dos, et sa tête heurta l'arête de métal d'une caisse. L'homme bondit aussitôt à l'extérieur, en prenant le temps toutefois de ramasser l'objet sur le sol.

Dam le suivit. Dehors, la tempête n'avait pas faibli et les hommes couraient toujours, à demi courbés, sous le feu des mortiers. Le médecin crut un moment avoir perdu son assaillant. Indifférent aux éclats, il se précipita à travers le dédale des abris. Il aperçut enfin la silhouette courbée de l'homme qui s'éloignait vers la limite du camp. Dam s'élança derrière lui, certain que le fuyard serait bientôt stoppé par la haie infranchissable de barbelés qui les ceinturait. Avec une énergie désespérée, le médecin réussit à le rattraper à quelques pas à peine des rouleaux de broche. Dam bondit vers l'homme avec toute la force dont il était capable. Pourtant, au bout de son élan, il s'effondra, seul et de plein fouet, au creux des épines des barbelés. Avec stupeur, il leva les yeux. L'homme avait traversé la haie pourtant hermétique et le médecin le vit bientôt disparaître dans la nuit.

Le choc ne se fit sentir que quelques secondes plus tard. La douleur le transperça tout d'un coup. Son corps était littéralement percé à vif par des centaines de pointes rouillées. Dans la violence de sa chute, il avait serré les poings, croyant saisir le fuyard à bras-le-corps. Au lieu de cela, ses mains s'étaient refermées sur les broches hérissées d'épines de fer. Il desserra péniblement les poings et contempla ses paumes couvertes de sang. L'angoisse le submergea. Un cauchemar.

À plaies ouvertes, il devenait, lui, le médecin, plus meurtrier pour ses blessés que le plus massif des obus qui s'abattaient sur eux cette nuit-là.

Avec brusquerie, il se dégagea des fils de broches qui l'emprisonnaient encore et reprit le chemin de la tente hôpital. À l'angoisse succédait une froide colère. Dans quelques heures, lorsque l'infection ferait suppurer ses plaies, il deviendrait l'arme la plus efficace de ce jeu de massacre.

La tempête semblait enfin s'apaiser. Les crépitements s'espaçaient. Il passa par sa tente, ramassa un paquet d'allumettes et rejoignit l'hôpital. La lumière y était déjà revenue et l'endroit était étrangement semblable à ce qu'il avait quitté quelques minutes auparavant. Chacun avait repris son poste, et Dam fut soulagé de voir Rajihs bander une jambe avec un long rouleau de coton blanc. Préoccupé par l'opération, l'infirmier ne se retourna pas.

— Ça va toujours ?

Dam s'était approché d'O'Reilly. Instinctivement, il avait enfoui ses mains sanglantes dans ses poches.

— Oh ! C'est toi ? T'as mis le temps !

Dam décela une angoisse contenue dans la voix de l'Américain. O'Reilly avait dû le croire blessé ou même mort.

— Je t'ai sauté un client, continua O'Reilly en désignant l'homme sur lequel il travaillait.

Dam jeta un coup d'œil. Les yeux de Redouan étaient clos et il était affreusement pâle.

— Tu peux voir s'il n'est pas en train de me lâcher ? lui lança l'Américain.

Dam faillit sortir les mains de ses poches pour vérifier le pouls mais se ravisa aussitôt.

— Euh… non… je… j'ai à faire, balbutia-t-il en s'éloignant rapidement.

Il sentit nettement le regard lourd et incrédule du médecin américain peser dans son dos. Il courba la tête. S'agenouillant devant la caisse qui contenait le désinfectant, il s'en enduisit les mains. Puis, il prit des bandages, constatant au passage qu'il ne restait plus que deux rouleaux de coton stérile. Avec honte, il prit l'avant-dernier rouleau et se banda les mains.

**▮▮**

— Pourritures! *Ugly rotten human beings! Politicians!*

Les mots tombaient, tranchants, malgré la voix éteinte de l'Américain.

— *Rotten to the bones!* répéta-t-il, dégoûté, *just leaking pea soup in the desert!*

Il était épuisé, cela se voyait aux cernes gris qui barraient son visage. Une fatigue qui ne tenait pas seulement à la nuit qu'ils avaient passée, une fatigue qui rampait dans la tête autant que sur les os.

— *They laughed at you over there, Maxian.*

— Peut-être, laissa tomber le médecin vaguement, peut-être…

— Peut-être? Tu dis peut-être? Mais, ils t'ont menti, Maxian, reconnais-le!

Il fixa Dam un instant

— Tu n'es qu'un naïf, lui jeta-t-il avec dépit.

L'Américain se leva pesamment, son regard fit le tour de l'horizon bloqué. Les quelques Korguènes, accroupis comme eux autour du maigre feu, levèrent des yeux inquiets vers la silhouette massive du médecin, plaquée contre les montagnes grises. Dam se rappela ces taureaux enragés qu'on excitait dans les box jusqu'à les rendre fous, juste avant la corrida. L'Américain sentit la tension, lui aussi.

— Dans ce bordel de trou glacial, je me sens aussi… aussi nu qu'un petit oiseau naissant abandonné par sa maman! poursuivit O'Reilly en haussant le ton jusqu'à l'aigu.

L'image était ridicule. L'Américain en fit pourtant la démonstration en agitant, d'un mouvement presque délicat, ses grosses mains velues et larges. Le geste amena un pâle sourire sur le visage émacié des Korguènes. Souriant lui aussi, Dam sentit une bouffée de chaleur l'envahir.

O'Reilly était comme ça. Un clown égaré dans la tragédie. Cela faisait dix ans que le colosse américain camouflait, sur toutes les scènes dévastées de la planète, un désespoir lancinant sous des bouffonneries de troisième ordre. Encore maintenant, il poursuivit ses pantomimes grotesques jusqu'à ce qu'un rire rauque vint enfin éclairer les visages korguènes. Rassuré, il reprit un air grave.

— *It's true, you know, Maxian, those politicians... It was only small talk... in Paris...* Ils ont ri de toi... Pire, ils en rient encore... de toi, de nous... Je les entends même d'ici... Maximilian Dam ! *Who's that doctor ass to tell us what to do, eh ?... Don't you hear them too Maxian ? Tell me, don't you hear them laugh too...?* répéta-t-il avec une anxiété soudaine.

— Peut-être, laissa encore tomber Dam, absent.

Il commençait à douter, lui aussi. Et pourtant... Tout avait été si beau, si simple... Deux conteneurs de médicaments et de nourriture... Si facile... Trop, sans doute, il aurait dû se méfier. Il revoyait encore les flash des photographes, la séance de signature, le ministre souriant.

« Ne sommes-nous pas un grand pays engagé ? avait-il dit. Vous pouvez compter sur moi, docteur Dam... Vous aurez vos conteneurs à Istanbul. Quant à ce que vous en ferez là-bas... Eh bien ! Cela ne concernera plus mon gouvernement. Vous m'avez bien compris, n'est-ce pas ? — Parfaitement, avait répondu Dam. »

Et tout avait roulé vite, avec une facilité déconcertante. Suspecte même, se disait-il maintenant. Pharmatrex s'était pointé. Matériel médical ? « Laissez, monsieur le ministre ! Nos relations publiques seront ravies... — Parfait, avait encore répété Dam. » Les raisons, il s'en foutait... Tout était parfait...

— Bordel... je ne suis pas un enfant, lâcha-t-il finalement à voix haute. J'ai pris des précautions là-bas... Ils les ont bien signés, ces putains d'engagements ! Et puis, Forclaas est quand même ministre... Ça laisse des traces tout de même la signature d'un ministre... On a fait ça des dizaines de fois, toi et moi... un conteneur, on en a déjà envoyé ailleurs !

— Alors, où est-il, merde ? Où est-il, ton matériel ?

Le taureau refit surface, rageur.

— Nous, on crève, ici...

O'Reilly marchait en heurtant avec force chaque caillou sous ses pieds.

— C'est peut-être cette compagnie aussi, j'ai oublié son nom, ajouta-t-il après un moment.

— Pharmatrex.

— Oui. Pharmatrex ? Qui te dit qu'ils ne sont pas pourris, hein ? Qu'ils ne retiennent pas le stock, une fois leur pub faite ?

— C'est possible... Mais tout s'est signé en public, devant la presse. Personne n'oserait jouer là-dedans !

Personne... En était-il si sûr ? Aujourd'hui, vu d'ici, tout ce cirque lui apparaissait soudain irréel, une sinistre comédie qu'on lui avait jouée... qu'il avait lui-même jouée...

— En tout cas, quelqu'un a certainement joué là-dedans, comme tu dis…

L'Américain faisait des cercles d'un pas rapide autour d'eux. Il cala sa casquette sur ses oreilles.

— *And it's starting to be freezin' cold in these shitty mountains!*

C'était vrai. Chaque jour qui passait voyait la température se rabattre d'un ou deux degrés vers le zéro et il n'était plus rare d'avoir quelques chutes de neige pendant la nuit. L'hiver se refermait sur les montagnes et sur eux. Le froid et la faim mordaient sauvagement le corps épuisé des réfugiés.

— Il a fait un trou, fit une voix derrière eux, une voix rude au lourd accent. Les deux médecins se retournèrent. Kodjyh, celui que les réfugiés considéraient comme leur chef, s'approchait, solitaire. Sa silhouette, rocailleuse et dure comme le paysage où il avait vécu, tranchait sur celles de ses hommes, amaigris et nerveux.

— Les barbelés sont coupés avec des cisailles.

Le chef faisait le mouvement avec ses doigts.

— L'homme est passé par-là, hier soir

Dam fronça les sourcils.

— C'est quelqu'un d'ici, de l'intérieur ? questionna-t-il

— Non. Pas d'ici, c'est un d'en haut, poursuivit Kodjyh en désignant le sommet des montagnes.

Le chef affichait un visage troublé, ce qui ne lui ressemblait pas. Dam n'avait jamais pu lire d'émotions sur ce visage fermé. Il portait d'habitude un masque figé et grossièrement sculpté, une face de paysan battue par des années de vent.

— Mais qu'est-ce qu'il est venu faire ici ? s'étonna O'Reilly, exprimant à voix haute leur interrogation. *Have a small night cap with us, under the fireworks ? Come on !* Il a quand même pris un sacré risque, non ?

— Oui. Un très grand risque. Beaucoup d'obus ici hier soir…

Kodjyh se tourna vers Dam.

— Réfléchis… Pourquoi ta tente ? Qu'est-ce qu'il voulait ?

— Je ne sais pas… J'ai fouillé ce matin. Tout a été renversé… Mais rien n'a disparu, j'en suis presque sûr !

— Le matériel médical ?

Ce fut l'Américain qui répondit à voix basse. Lui aussi était soucieux.

— Non, j'ai vérifié. Rien ne manquait.

Il n'ajouta pas que, pour le peu qui restait, la vérification n'avait pas été bien longue.

— Alors, c'est la liste qu'il cherchait ? poursuivit le chef. Cette fois, la voix rauque était à peine audible, étranglée par une peur qu'il ne parvenait pas à dissimuler.

— Non, répondit Dam vivement. C'est la première chose que j'ai vérifiée. Le carnet est bien là, ne crains rien.

— Cela serait… la fin, tu le sais…, fit Kodjyh.

— Je sais, je sais, ne crains rien, répéta Dam.

Lui aussi avait d'abord soupçonné que c'était au carnet que son assaillant en voulait et c'est fébrilement qu'il l'avait cherché ce matin parmi les objets éparpillés. C'était un petit carnet noir, avec une couverture de carton bon marché, dont la moitié des pages avait été arrachée. Sur les feuillets restants, en trois colonnes bien nettes, étaient inscrits les noms véritables, les noms de codes et les numéros de téléphone des contacts korguènes à travers le pays et l'Europe. Toute la chaîne de communication des réfugiés avec le reste du monde ne tenait plus qu'à ces douze pages griffonnées au crayon. Entrer ou sortir du camp, traverser le territoire tenu par l'armée et les milices, se ravitailler tant bien que mal, rien n'était possible sans ces contacts. Ils connaissaient les routes, les hommes qu'il fallait payer, ceux qui pouvaient aider et ceux qui pouvaient trahir. Et surtout, surtout, ils étaient responsables de cette livraison de vivres et de matériel médical que les réfugiés attendaient. Dam avait utilisé le carnet, quelques semaines plus tôt, pour aller et revenir de Paris.

— Il n'est pas descendu jusqu'ici pour s'amuser, ce putain de chien ! Il doit bien y avoir une raison ! tonna O'Reilly.

— Et pourquoi avoir attaqué si durement cette nuit ? demanda soudain Dam en lançant un regard au chef.

Depuis ce matin qu'il y songeait. Et si cette attaque inexpliquée mais dévastatrice n'avait eu pour seul but que de camoufler la visite de l'intrus ? Car, finalement, seul le hasard avait fait en sorte que le médecin se trouvât dans sa tente à ce moment de la soirée. L'homme, dans la panique qui régnait la nuit dernière, pouvait normalement espérer passer totalement inaperçu. Mais que détenait le médecin de si précieux et qui vaille la peine de risquer sa peau ? Si ce n'était pas le carnet qui intéressait l'homme, qu'était-il venu faire d'autre ? Et qu'avait-il ramassé avant de s'enfuir ?

Dam fixa le chef. Chez lui non plus, la question ne semblait pas trouver de réponse.

— Toujours pas de nouvelles de nos petits colis ? demanda l'Américain

— Non, rien, répondit Kodjyh en affichant toujours son trouble. Hier, j'ai contacté Tüsal à nouveau. Il n'avait rien reçu, là-bas. Je vais essayer encore, ajouta-t-il. Son visage s'était fermé à nouveau. Il s'engagea dans le chemin creusé d'ornières de boue.

Les deux médecins le suivirent. Ils s'engagèrent en silence entre les tentes. Même le travail acharné, jour après jour, des hommes et des femmes valides pour remettre le camp dans un état convenable, ne servait plus à grand-chose. La dévastation avait gagné son pari, sur le sol crevassé de mortier et jonché de débris, dans les restes calcinés des tentes dont les montants de métal noirci dressaient leurs squelettes au vent.

Et puis, surtout, il y avait ces affreuses flaques rougeâtres qui imprégnaient le sol en séchant et que l'on tentait instinctivement d'éviter en posant les pieds, flaques de sang souillées de boue, seules misérables reliques des vivants qu'on avait tant aimés… Était-ce parce qu'il y avait eu plus de blessés que d'habitude cette nuit-là ou parce que les réfugiés n'avaient plus le courage d'effacer les flaques ? Il semblait à Dam que, ce matin-là, il n'en avait jamais vu autant.

— Ils attendaient beaucoup, tous, commença Kodjyh en faisant un geste vague. Nous avons promis des choses, beaucoup de choses. Maintenant, ils espèrent encore… mais de moins en moins.

Le chef désigna les débris autour de lui.

— C'est difficile de garder le contrôle, difficile de leur dire, continuez ! Continuez à nettoyer, à travailler, sinon c'est la mort. Certains sont trop fatigués…

— …ou ne nous croient plus, continua Dam dans un murmure, les yeux fixés au sol.

— Oui. Ça, c'est le pire. Certains se révoltent, veulent faire quelque chose. Et pas seulement brûler leurs morts.

Kodjyh fit une pause.

— Je les comprends. Dur pour un homme de ne pas se battre, de ne pas répondre aux balles, de regarder sa famille mourir. Dur pour un homme de faire bouillir de l'eau plutôt que de tirer, de regarder mourir ses enfants, plutôt que de mourir soi-même en se battant… Je leur dis, il faut rester unis. Mais bientôt, si rien n'arrive, certains ne m'écouteront plus. Alors, le danger sera plus grand encore.

Le chef baissa la voix et c'est à peine si les médecins saisirent ses dernières paroles.

— Peut-être ils ont raison… Je ne sais pas…

Aucun des deux médecins n'ajouta un mot, s'absorbant consciencieusement à poser les pieds entre les flaques de sang et les éclats. Quelques minutes plus tard, ils parvinrent à ce qu'ils appelaient le quartier général, une tente dont les lambeaux tenaient par des fils de fer.

— Alors ? fit Kodjyh en pénétrant dans l'abri sombre.

— Rien, fit un homme en désignant le radiotéléphone posé sur la terre battue. Dam l'avait rapporté de Paris. Une merveille quand il se décidait à fonctionner.

— J'ai réussi à parler à Tüsal ce matin. Pas de nouvelles, pas de livraison.

Tüsal était la tête de pont du réseau de communication korguène, seul point de contact accessible à partir du camp.

— Je réessaye ? demanda l'homme en saisissant le téléphone.

Kodjyh hésita un moment mais secoua la tête.

— Non, trop de communications, c'est dangereux pour Tüsal.

Le chef soupira, hésita un instant. Puis, il souleva avec lassitude le pan de toile et sortit de la tente. Dam le suivit, étonné. Kodjyh était un meneur d'hommes. Il l'avait été dans sa ville avant la guerre, et c'était tout naturellement vers lui que les hommes s'étaient tournés dans leur fuite. Fonceur et intelligent, toujours debout. Or, ce matin-là, Dam avait devant lui un homme qui cachait mal son égarement.

— Qu'est-ce qu'il y a Kodjyh ?

Kodjyh détourna les yeux, pour éviter mon regard, pensa Dam furtivement.

— Tu as visité les familles aujourd'hui ?

Le chef avait lancé la phrase du bout des lèvres, comme si elle s'était échappée.

— Non, pas encore. J'y allais. Pourquoi ? Qu'est-ce qu'il y a ?

— Des enfants vomissent… Mon fils…

La voix du chef se brisa. Pendant un fugace instant, le père perça sous le masque dur du combattant.

Dam jeta un coup d'œil à O'Reilly qui leva silencieusement la tête. C'était donc ça…

Sans ajouter un mot, les deux médecins laissèrent le chef à son désarroi et s'éloignèrent. Ils dirigèrent leurs pas vers l'abri où croupissait, avec les autres, la famille de Kodjyh.

Avant même de pénétrer sous la tente, l'odeur

poignante qui s'en dégageait leur donna la nausée. O'Reilly souleva la toile et dû s'y cramponner fermement pour s'interdire de reculer. Il pénétra dans la tente en courbant l'échine. Aveuglés par le brusque passage à l'obscurité, les deux médecins devinèrent plus qu'ils ne virent réellement les corps en haillons de femmes, d'enfants et de vieillards qui s'entassaient dans la puanteur moite de l'abri. Ils attendirent un moment que leurs yeux se fussent habitués à l'obscurité et ce fut l'Américain qui s'avança le premier vers un garçon d'une douzaine d'années, couché à même la terre. Près de lui, une femme se penchait sur sa figure blême. Elle tenait entre ses doigts nerveux une petite main inerte... Doucement, O'Reilly s'accroupit près du petit corps.

— Alors, mon petit, fit le médecin à voix basse, on paresse aujourd'hui ? Tu ne t'arranges pas, *I hope*, pour rater le soccer avec tonton Clare, hein ?

Il tâtait délicatement l'enfant.

— Tu es mon champion ! Tu ne voudrais pas me faire perdre, hein ?

Le petit ne bougeait pas, laissait faire le médecin, mollement.

— C'est beau, c'est tout beau, mon petit...Tu as mal, hein ? Ne bouge surtout pas, je reviens tout de suite. Tonton Clare va arranger ça.

La mère leva des yeux angoissés vers le médecin, posa une question en korguène qu'il ne comprit pas. Elle désigna la terre souillée de vomissures autour de son fils. Le médecin lui adressa un signe d'apaisement et rejoignit Dam, enjambant les enfants et les vieux, la plupart couchés, prostrés. On entendait vomir ça et là.

— Ça y est, murmura O'Reilly. Choléra…

Choléra… Ils n'en auraient jamais la confirmation officielle, bien entendu. Mais qu'est-ce que ça changeait ? Ils avaient vu le masque terrible de la maladie tant et tant de fois…

Dam laissa échapper un soupir, tourna les talons vers la sortie, suivi d'O'Reilly. Ils retrouvèrent le soleil dur et glacial qui dardait sur la vallée. Dam ouvrit la bouche mais la vue du chef qui s'approchait le laissa muet. O'Reilly trouva le premier les mots qu'il fallait.

— *All'right, Kodjyh !* lança-t-il d'un ton énergique. On va mettre un peu d'ordre ici. On s'est assez laissé aller ces derniers jours. Maintenant, on nettoie tout, on fait du feu, beaucoup de feu… J'ai de l'eau à faire bouillir et des enfants à réchauffer, moi… Et puis, on réaménage ce qui reste d'abris. C'est le bordel dans ce camp ! Ton fils, et tous ceux comme lui, on les installe dans une tente, juste à côté de l'hôpital. Et tout de suite ! T'as compris ? On sera mieux là pour les soigner !

— Tu dois les isoler ? murmura le chef. C'est ça ?

— Oui… Les isoler, c'est vrai, ne put s'empêcher de répondre O'Reilly, le regard fuyant.

— C'est ce que je pensais…

Le chef se tourna vers les deux médecins.

— Alors, vous ferez mieux de choisir la plus grande tente, parce qu'il y aura beaucoup de malades. Je…

Il n'alla pas plus loin. Ses yeux se noyèrent brusquement. Il tourna les talons et s'éloigna presque en courant.

— Tu as ce qu'il faut pour les… ? commença Dam

— Un peu, pas beaucoup, coupa sèchement l'Américain dont la jovialité factice était tombée d'un coup.

Écoute, Maxian, ça suffit maintenant. Tu dois sortir, aller voir ce qui se passe avec ces bordels de médicaments. S'ils sont vraiment partis de France comme tu le penses, ils sont peut-être à côté de nous, *Goddam*! On va tout de même pas tous crever alors que le remède est peut-être à portée de main!

— Je ne peux pas te laisser! Pas maintenant!

— Tu ne sers plus à rien ici, tonna O'Reilly. Regarde tes mains! Tu vas simplement nous bouffer le peu d'antibiotiques qui reste…

Dam serra dans ses poches les poings bandés qu'il avait réussi à cacher aux autres toute la matinée.

— De toute façon, t'as pas le choix! poursuivit l'Américain. On achève ici, tu le sais très bien… Alors sors et rapporte-nous ce que tu nous as promis! Ce que tu *leur* as promis!

Dam ne répondit pas. L'Américain le saisit par les épaules en le regardant sourdement.

— Trouve-nous au plus vite ces sacrés bordel de merde de médicaments avant qu'on crève tous comme des chiens…

O'Reilly avait raison. La nuit précédente déjà, Dam en était venu à la même conclusion. Mais…

— Et toi? lança-t-il vers l'Américain. Tu viens aussi?

— *Who? Me?*

L'Américain partit d'un rire sonore.

— *No… You know, I love this place… It's true, you know*, ajouta-t-il devant le sourire sarcastique de Dam L'hiver *here is so…*

Il prit un air faussement inspiré, tendit les bras comme au théâtre. Le clown reprenait le dessus, remettait son faux nez et son maquillage. Dam n'insista pas.

— Je te rapporte quoi ? reprit-il enfin, pour dire quelque chose.

O'Reilly soupira, fit mine de réfléchir.

— Une bouteille… *A fucking huge bottle…! Ho! Yeah! I don't wanna die before I get my hands on a last fucking huge whiskie on the rocks…*

▮

Les cubes fragiles tintaient avec un bruit de clochettes d'enfant au fond du verre. Une douceur incongrue dans le décor du petit bar sombre où ils s'étaient réfugiés, une sorte de buvoir crevé qui débouchait sur les docks. D'où il était assis, Dam ne pouvait apercevoir qu'un pan de pavés cassés, parcouru de ruisselets d'eau huileuse. Un reste d'auvent déchiré pendait au vent devant les carreaux, masquant la perspective sur le Bosphore qui devait s'ouvrir un peu plus loin. Depuis son arrivée à Istanbul, trois heures plus tôt, cet horizon bouché était le seul spectacle qu'il ait pu contempler. C'était parfait ainsi, lui avait répété l'homme qui l'avait pris en charge à sa sortie des montagnes. Ici, avait-il expliqué, personne ne voyait personne, et on était en sécurité. C'était important. Il y avait, on se l'expliquait mal mais c'était ainsi, une recrudescence d'attentats et de rafles dans la ville et à l'extérieur, et les cibles se rapprochaient chaque jour davantage des têtes du réseau de résistance korguène.

La porte du bar claqua. Dam et son voisin se calèrent instinctivement un peu plus dans l'obscurité.

Une nouvelle arrivée de dockers vint alourdir l'atmosphère. Malgré l'hiver, les hommes étaient en sueur. Ils se bousculèrent, hagards et sales, autour du minuscule comptoir. Le barman remplit une série de verres qu'il ne se donna même pas la peine de pousser vers eux. Les hommes ramassèrent leur pitance avidement, comme des chiens affamés.

Dam porta aussi son verre à ses lèvres et fit la grimace. Une saleté de chimie âcre et visqueuse qui tordait les boyaux. Les hommes pourtant vidaient leurs verres sans broncher. Derrière le comptoir, le tenancier impavide les remplissait au fur et à mesure d'un geste automatique.

— Vous croyez vraiment qu'ils vont rappeler ?

— Bien sûr, monsieur Jhal ! Bien sûr ! fit Dam avec une lassitude polie. Je suis chargé de mission officielle, ne l'oubliez pas, répéta-t-il, pour la dixième fois peut-être depuis trois heures.

Jahl hocha la tête avec scepticisme. L'homme, qui faisait aussi métier de libraire, avait cette apparence frêle et terne de ceux dont on ne retient jamais l'existence. Pourtant, Jahl — était-ce son vrai nom ? Dam n'en était pas sûr — était l'un des hommes forts de la filière korguène. Il contrôlait avec rigueur un réseau d'informateurs clandestins qui avait ses entrées partout. Des sources qui pourtant s'étaient heurtées à un mur de silence inexplicable dans le cas du chargement médical.

— *Phone ! Eh You ! Frenchie, phone…*

Au bout du comptoir, le tenancier tendait le récepteur dans leur direction. Dam étonné, leva la tête.

Il n'avait pas entendu de sonnerie. Il sortit de l'ombre, se faufila au milieu des hommes déjà engourdis par l'alcool fort. Ses doigts glissèrent sur le plastique graisseux de l'appareil.

— Dam

— Docteur Dam ? Est-ce bien vous ?

— Oui…

— Mon nom est Facchi. Je suis le… le représentant de Pharmatrex, à Istanbul… De monsieur Smit lui-même, plus précisément. Où êtes-vous ? Je ne savais pas que vous étiez à Istanbul !

Dam fronça les sourcils.

— Comment avez-vous eu ce numéro ? Je n'ai appelé que le Consulat…

— En effet, docteur Dam, en effet. On m'a tout simplement transmis l'information. C'est normal ici, vous savez, on s'entraide beaucoup. Entre étrangers, je veux dire… Où êtes-vous ? Où puis-je vous rencontrer ?

Pourquoi est-ce que Dam, instinctivement, se méfiait de cet homme à la voix trop lisse ?

— Où est le matériel promis ? Est-il arrivé à Istanbul ? Je n'en ai pas trouvé trace au port.

— Vous êtes au port ?

— Vous ne m'avez pas répondu.

— Euh… Non, rien n'est encore arrivé. Il y a eu des délais… Docteur Dam ?

— Oui.

— Je vous entends très mal. Il y a du bruit. Il est préférable que nous nous voyions, ne croyez-vous pas ? Dites-moi où vous êtes. J'envoie aussitôt une voiture.

Dam hésitait encore, sans trop savoir pourquoi.

C'était gênant. Cet homme possédait des réponses à ses questions et voilà qu'il cherchait à se dérober. Trop de clandestinité dans les derniers mois, sans doute. Il en devenait méfiant à outrance. Peut-être aussi était-ce simplement le mauvais alcool…

— Je suis au port, finit-il par laisser tomber à regret. Prenez-moi dans une heure, disons, côté est du pont Galata, ça vous va ?

— À tout de suite.

Dam reposa le combiné, perplexe. Il fila distraitement un billet au barman qui le ramassa sans un regard et regagna sa place.

— Alors ?

— Alors, rien. Il paraît qu'il y a eu des délais… Je ne sais pas… J'en saurai plus dans une heure.

— Des délais ? Mais quels délais ? Jahl perdait soudain son sang-froid. Ils ne tiendront pas leur promesse, je le savais. Nous sommes finis… finis, vous verrez…

Sa voix frémissait d'angoisse contenue.

— Mais non, n'ayez pas peur ! répondit Dam distraitement.

Comment ce Facchi avait-il obtenu des renseignements du Consulat ?

— N'ayez pas peur ? N'ayez pas peur, dites-vous ? poursuivait Jahl d'une voix altérée.

Dam leva les yeux, étonné devant la véhémence soudaine de son vis-à-vis. L'homme avait blêmi.

— Mais, *j'ai* peur ! Ne le comprenez-vous donc pas ? Nous avons peur ! Moi aussi ! Oui ! Moi le premier, j'ai peur !…

La voix du petit homme était devenue aiguë.

— Ma femme, toute sa famille qui est là-bas, ils ont peur! Tüsal, qui risque sa vie, celle de sa femme, ses enfants... On va tous crever, vous verrez! Crever! *Nous avons peur*... chaque jour, chaque soir, chaque minute... et la nuit sans pouvoir dormir... aucun répit jamais, jamais dans cette peur ! Ne comprenez-vous donc pas? Ne comprenez-vous donc pas? répéta-t-il en tremblant. On a peur parce qu'on va tous mourir et on le *sait*...

Jahl agitait ses mains devant le visage du médecin, le fixait d'un regard fiévreux.

— On attend, simplement! On ne fait que ça, attendre... Attendre que l'on vienne nous prendre, attendre la rafale de balles, l'auto qui nous saute au visage, quoi encore? La torture aussi! Vous connaissez ça, la torture? Souffrir sans être capable de mourir tout de suite? Et ne pas vouloir hurler... surtout ne pas hurler... pour mourir dignement...

La voix de Jahl se brisa tout à coup, se fit si sourde que Dam eut peine à en entendre le souffle.

— Oui, on a peur... parce qu'il n'y a pas de place pour les Korguènes ici. Nous sommes de trop! Tous! Les femmes, les enfants... Et pourquoi? Hein? Nous ne sommes pas assez forts, assez riches peut-être? Pourquoi? Pourquoi nous?

Le torrent de mots n'était plus qu'un filet rauque.

— Oh! Je sais! Vous, vous vous en foutez! Demain, vous partirez chez vous et vous direz: «Ah! On a bien fait ce qu'on a pu! Mais...» Et nous, hein? Nous, on reste! On reste, m'entendez-vous! criait Jahl à nouveau. On attend! Ils nous prennent, ils nous torturent, ils nous crucifient… oui, ils nous crucifient, comme votre Christ sur qui vous versez tant de larmes… Et vous tous, là-bas, vous avez les yeux tournés, vous regardez ailleurs… Vous…

Jahl s'arrêta brusquement. Il tremblait de tous ses membres. Tassé sur lui-même dans son paletot de drap râpé trop grand pour lui, sa maigre silhouette semblait flotter dans la fumée du bar. Il baissa la tête, par pudeur, tout à coup terriblement vulnérable. Dam leva les yeux. Il lui semblait que le monde venait soudain de s'arrêter autour de lui, de Jahl, de sa misère… Il lui semblait que tous avaient les yeux tournés vers eux. Au comptoir pourtant, les dockers continuaient de boire et de pousser des cris en riant. Ici, les hommes buvaient… avidement, frénétiquement… Dieu seul sait avec quelle énergie désespérée ils pouvaient se saouler pour oublier. Ils n'avaient rien vu, rien entendu, ne verraient ni n'entendraient jamais rien.

Dam eut soudain très chaud. Des scènes semblables, il en avait déjà vécues et elles le détruisaient chaque fois un peu plus. Lorsque des hommes, épuisés de luttes, de peurs et d'horreurs, craquaient soudain devant lui, l'Européen, qui se permettait de fuir à volonté, en se retournant à peine.

— Excusez-moi, monsieur Jahl, j'ai dit n'importe quoi… Je suis un idiot…

Il s'interrompit. Les bons mots lui échappaient, comme toujours.

Il y eut un long moment de silence. Jahl releva enfin la tête. Son agitation était tombée. Il n'y avait plus trace sur ses traits creusés que pour une nervosité naturelle qui ne le quittait jamais.

— Non, non, c'est moi… Je n'aurais pas dû… Je vous prie de m'excuser. Vous avez un grand courage… Tous… Tandis que moi, vous avez raison… Toutes ces peurs qui nous grignotent chaque jour un peu plus… comme des rats après la viande…

Il s'interrompit, retomba à nouveau dans le silence.

— Peut-être, reprit enfin Jahl au bout d'un long moment avec un mince sourire. Peut-être que je vieillis. Il faudra bien que je renonce bientôt à jouer à ces jeux stupides !

— Jamais ! Vous y prenez plaisir ! lança Dam sans réfléchir, soulagé que la crise fut passée. Quel con, merde… Quel con je suis, se dit-il aussitôt, trop tard.

— Du plaisir ?…

Dam baissa le regard, de honte.

— Vous croyez ? fit Jahl ironiquement. Du plaisir, vraiment ?

Le médecin se contenta de baisser la tête un peu plus.

Le Korguène eut un petit rire. Il avait préféré ne pas relever l'offense. Dam serra à nouveau les lèvres, conscient de l'indécence de sa réplique. Pour mettre un terme à une conversation où il s'enlisait, il siffla ce qui restait d'alcool dans son verre et tendit la main au Korguène.

— C'est l'heure. Je dois y aller. Je vois un certain Facchi, un type qui traîne autour du Consulat. Vous connaissez ?

— Facchi ? Non

Jahl fronça les sourcils.

— C'est même curieux que je ne connaisse pas ce nom.

— De toute manière, je vous contacte comme d'habitude dès que j'ai quelque chose.

— Je vous accompagne.

Jahl était déjà debout.

— Je ne me montrerai pas. Je veux seulement jeter un coup d'œil au bonhomme.

— Non, il vaut mieux pas. Si je ne reprends pas contact avec vous d'ici quelques heures, c'est que le matériel n'est pas ici. Je regagnerai Paris.

— Vous êtes sûr ? Vous ne voulez pas que je vous accompagne ?

— Certain ! À bientôt !

Dam se dirigea vers la porte, hésita au moment de saisir la poignée, revint plutôt sur ses pas. Il tendit à nouveau la main au Korguène.

— Excusez-moi, fit-il à voix basse.

— Je vous en prie, c'est moi qui m'excuse.

Dam fit un bref salut de la tête, tourna les talons et claqua cette fois la porte derrière lui. Le barman suivit la scène d'un œil morne et fixa Dam à travers les carreaux graisseux jusqu'à ce qu'il disparaisse dans la nuit.

Le froid cinglant fouetta le médecin dès qu'il fut dehors. Bordel d'hiver de merde, songea-t-il. Il tenta de chasser de son esprit l'image du camp solitaire, sur lequel l'hiver étendait aussi son linceul de glace. Il resserra machinalement le col de sa veste.

Il lui restait encore une vingtaine de minutes avant son rendez-vous et il décida de jeter un dernier coup d'œil le long des docks avant de remonter, par les ruelles, vers le pont Galata. Une forte odeur de gasoil flottait dans l'air. Il pouvait enfin, après toutes ces heures, apercevoir le large ruban du détroit du Bosphore se dérouler devant lui. Il suivit les quais, cherchant, sans y croire, un improbable bateau français nouvellement arrivé.

Entre les étraves rouillées qui se frottaient aux quais, le médecin voyait s'allonger la bande d'eau noire qui s'étirait entre les deux continents. En face, du côté européen, des guirlandes de lumières dessinaient les collines et les rues sur le velours sombre du ciel. C'était gai et on avait l'impression de contempler une fête foraine. L'animation joyeuse s'étendait jusqu'à sur le détroit où une sorte de procession lumineuse de cathédrales flottantes avançait avec lenteur, troublée parfois par des éclairs de lumière vives. Des dizaines de points lumineux se mouvaient sur l'eau, avec la frénésie des *power boats* ou bien, lentement, solennellement, sous l'impulsion essoufflée des cargos lourds.

Des dizaines de bateaux, des centaines d'hommes glissaient ainsi silencieusement chaque nuit sur cette étroite route d'eau, tout un trafic clandestin qui passait et repassait sans cesse, d'un continent à l'autre, d'une guerre à l'autre, d'un champ de pavot à l'autre… Un va-et-vient interminable des pires secrets de l'humanité, lâchement enfouis au fond de cales anonymes, d'où on les sortait au petit jour, exhalant leur parfum de mort pour les uns, de fric pour les autres…

Les pavés du port étaient recouverts d'une fine couche de glace et Dam s'y traînait les pieds. Il n'était pas seul. Derrière lui, depuis quelques minutes, il percevait un glissement semblable au sien. Quelqu'un le suivait, d'un pas incertain, lui semblait-il. Il se retourna, aperçut la silhouette sombre d'un homme qui posait lui aussi les pieds avec précaution sur le sol glissant. Dans la pénombre, il crut apercevoir, sans doute à cause du costume qu'il portait, un Européen. Dam accéléra le pas et l'homme, derrière lui, fit de même. Le médecin jeta un coup d'œil rapide autour de lui. Les quais étaient déserts, peuplés seulement de l'ombre fébrile des quelques drapeaux pendus aux navires.

Le médecin hésita quelques secondes, accéléra de nouveau, s'enfonçant soudain dans l'interstice sombre entre deux conteneurs. À quelques mètres, Dam voyait briller l'eau noire. L'homme s'arrêta aussi. Il sembla hésiter un moment, puis repartit rapidement en direction des conteneurs. Dam se colla à la paroi de métal. Au bout de quelques secondes, le suiveur parut dans son champ de vision et l'éclair froid de la lune éclaira sa silhouette.

Le médecin poussa un soupir de soulagement. L'homme portait costume c'est vrai, mais la lumière révélait qu'il ne s'agissait plus que d'une loque. Son visage était dévoré d'une barbe folle. Un pauvre type, un clochard ! Saoul sans doute, et à qui Dam était peut-être apparu comme une proie possible pour soutirer quelques sous.

L'homme semblait tout à coup désorienté et, titubant, tournait sur lui-même, visiblement indécis. Ses grosses mains battaient l'air à la recherche d'un appui inexistant. Ses mouvements le rejetèrent dans l'ombre où il prit appui sur la paroi d'un conteneur, à deux mètres du médecin. Dam eut un bref sourire, amorça un geste pour s'approcher, mais il s'interrompit net. Deux silhouettes venaient de surgir tout à coup sans bruit de l'ombre. Ils empoignèrent l'homme avec fermeté.

Ce qui se passa ensuite se déroula si vite que Dam douta de ses yeux. Il n'y eut pas de lutte mais on entendit un coup sourd suivi d'une sorte de soupir, comme un ballon qui se dégonfle. Le clochard sembla se tasser mollement sur le sol. Aussitôt, les deux hommes le saisirent par les cheveux et le tirèrent vers l'eau. Ils le basculèrent par-dessus le remblai. Il y eut un bref bruit d'impact à la surface de l'eau, qui s'éteignit aussitôt.

L'homme avait coulé. Il n'y avait plus rien à faire. Les deux hommes restèrent encore un moment penchés au-dessus de l'eau. Puis, Dam les entendit rire et l'un d'eux alluma une cigarette. La flamme éclaira un instant un visage lisse et jeune. Un visage que Dam voulut soudain frapper avec rage. Il prit son élan mais s'arrêta aussitôt, stoppé net. Une main s'était refermée sur son bras avec une poigne d'acier. Glacé, il tourna la tête. Jahl se tenait silencieusement à ses côtés, un doigt posé sur la bouche. Le médecin le considéra avec étonnement. Le Korguène lui désigna les deux hommes et relâchant sa pression, fit comprendre à Dam de rester immobile.

Les deux hommes prirent le temps de finir leurs cigarettes. Ils jetèrent un dernier coup d'œil autour d'eux et finirent par s'éloigner paisiblement, les mains dans les poches. Ils prirent bientôt à droite, vraisemblablement pour remonter vers le pont Galata. Au bout de quelques minutes, Jahl sortit de son immobilité.

— C'est après vous qu'ils en avaient, murmura-t-il.

— Pourquoi dites-vous cela ? Pourquoi m'avez-vous suivi ?

Le reproche perçait dans la voix du médecin.

— De toute façon, vous avez tort, poursuivit-il d'une voix étouffée. Ce ne sont que de sales gosses, de sales petits salauds qui viennent de s'amuser, c'est tout... D'ailleurs, personne ne sait que je suis là...

— Si, ils le savent ! Vous êtes trop naïf, docteur Dam. Vous finirez par nous mettre tous en danger. Venez, il faut partir d'ici.

— Qui ça, « ils » ? reprit Dam, insistant.

— Il vous faut partir d'ici, répéta fermement Jahl pour toute réponse. Très vite ! Venez !

Dam jeta un dernier coup d'œil vers le quai. Il n'y avait déjà plus une ride à la surface de l'eau. Plus une ride à la surface du monde. Un homme venait d'être effacé...

Le cadavre d'un moucheron aurait tout de même flotté plus longtemps...

▐█▌

Il raclait ses mains inconsciemment sur l'arête tranchante des pierres jusqu'à tracer des lignes de sang sur le sol. À chaque hurlement de peur ou de douleur qui suintait à travers les murs du petit réduit qu'il devinait à côté, ses mains déjà blessées rouvraient leurs plaies sur la roche sans même qu'il en ressentît de la douleur. La seule douleur qui traversait son corps était celle de l'homme que l'on battait à côté, des coups qu'il encaissait lorsque les questions des geôliers demeuraient sans une réponse qui les satisfît.

Une lumière fade filtrait à travers les trois barreaux de fer noir du soupirail qui s'ouvrait sur un terrain vague. Accroupi, tête baissée entre deux poutres du plafond trop bas, Dam écoutait depuis plus d'une heure sans pouvoir la fuir, la litanie lancinante de l'interrogatoire que subissait Roux, employé supérieur du consulat français à Istanbul.

Les mêmes questions revenaient sans cesse, proférées d'une voix râpeuse dans un mélange de langues presque incompréhensible. Le dialecte korguène, l'arabe, le français et même l'anglais parvenaient jusqu'à Dam, qui avait parfois peine à deviner le sens des questions. En revanche, les coups pleuvaient sans explications nécessaires. Dam imaginait la panique de Roux devant cette avalanche de coups et de questions dans une langue qui devait souvent lui échapper. Le médecin l'entendait balbutier des mots et des phrases en pleurant. À intervalles rapprochés, les coups sourds reprenaient, accompagnés de hurlements aigus ou, pire, de suppliques étouffées.

Pourtant, sans un avertissement que Dam pût clairement identifier, les voix se turent tout à coup, même celle de Roux et le silence se fit dans le réduit voisin. Le médecin, les sens tendus, tenta de saisir ce que cela signifiait. Soudain, une voix étrangement calme, presque douce, parvint jusqu'à Dam, une voix qu'il reconnaissait parfaitement, et qui reprenait l'interrogatoire, en français cette fois-ci.

— Monsieur Roux, parlez-moi de Facchi.

— Je ne le connais pas… Je leur ai dit, haletait Roux. On m'a simplement donné ce numéro à appeler. C'est vrai, je vous en prie, arrêtez ! Faites-les arrêter…

Il recommençait à pleurer.

— Quand ?

— Quoi ? Quand ? Que voulez-vous dire ?

— Quand vous a-t-on donné ces instructions ? reprenait Jahl d'une voix d'un calme clinique.

— Il y a deux mois… plus de deux mois… Je devais appeler ce numéro dès que le médecin me contacterait. C'est ce que j'ai fait. Je ne savais pas qu'il s'appelait Facchi… Ce médecin… Dam…

— Il est mort. Assassiné… coulé dans le Bosphore. Le saviez-vous ?

— Je ne savais pas, je le jure.

Roux n'était qu'un lâche, un de ces bureaucrates qui ne posent jamais de questions. Dam l'imaginait, minable et puant de sueur. Il en perdait presque la pitié qu'il éprouvait depuis le début pour lui.

— Ce n'est pas moi, je vous le jure, poursuivait Roux, rassuré tout de même de ce que les coups avaient cessé. Je suis un petit, vous comprenez, je ne suis rien moi. Je ne fais que laver leur vaisselle sale. Au-dessus de moi, il y a un directeur, le consul, le ministre même.

— Le ministre ?

— Je ne sais pas, je ne sais pas, se reprenait-il aussitôt.

Bon Dieu, que fallait-il leur dire, ne pas leur dire ?

— Ça fait plus de deux mois, je vous l'ai dit, je ne me souviens plus…

Roux évaluait mentalement d'où lui venait la plus grande menace, lointaine de ses supérieurs ou immédiate, aux mains de ses geôliers.

— C'est ce qu'on m'a dit, là-bas, de Paris.

— Qui ?

— Je ne sais plus… Je ne sais plus…

On entendit un bruit sourd et Roux se remit à pleurer par petits reniflements, comme un enfant grondé.

— Je ne le connais pas, je le jure, je ne l'ai jamais vu, mon interlocuteur à Paris, reprit-il d'une voix saccadée. Il m'a dit… Je le jure… Comme ça ! Le ministre ordonne que vous contactiez ce numéro dès que le D^r Dam se manifestera à Istanbul. C'est tout. Je n'ai pas posé de questions. Je n'ai pas à poser de questions, je fais mon travail, c'est tout… Bertrand, un nommé Bertrand. C'est l'adjoint du ministre. C'est lui qui transmet toujours les ordres.

— Il vous contacte souvent ?

— Bertrand ?

Les coups reprirent, sans grande conviction cependant, sembla-t-il à Dam.

— Vous perdez notre temps, monsieur Roux, et je n'en ai pas beaucoup. Vous non plus d'ailleurs… Je répète, ce Bertrand, depuis quand vous contacte-t-il ?

— Deux ans, à peu près. Quelques mois après la nomination de Forclaas comme ministre…

— Et où est le chargement médical ? poursuivait la voix monocorde de Jahl. Attention à votre réponse, monsieur Roux. Où sont les médicaments destinés aux camps korguènes ? Où sont les conteneurs ?

Malgré lui, Jahl avait haussé la voix.

— Je ne sais pas, je ne sais pas, on ne m'a rien dit.

Roux s'étouffait soudain dans ses sanglots, balbutiait sans suite des mots confus, apparemment submergé par la peur et la douleur. Ou jouait-il la comédie ? Les lâches sont souvent sauvés par leur lâcheté même, songea Dam. Tandis qu'ils semblent ramper à vos pieds, nus dans la boue de votre mépris, ils camouflent en réalité la lueur rusée et traîtresse qui brille dans leurs yeux. On les croit broyés dans ses mains, alors qu'ils ne font qu'y glisser, gluants et visqueux de bassesse.

Jahl fut-il abusé ou apitoyé par l'apparent anéantissement de son prisonnier ? En tout cas, il donna un ordre bref en korguène et cessa de questionner Roux. Peu après, la porte basse, quelques planches mal ajustées qui séparaient les deux réduits, fut poussée et Dam le vit apparaître dans la lumière chargée de poussière.

Ce n'était plus le même homme. Sa fébrilité coutumière l'avait quitté et Dam voyait s'avancer vers lui un homme sûr de lui, soudain imposant dans l'étroite pièce.

Enragé devant le calme et la force qui émanaient tout à coup de Jahl, Dam se leva avec brusquerie et se dirigea vers la porte basse, passant devant le libraire sans lui adresser un regard. Le médecin devait courber la tête afin de ne pas heurter le plafond. Jahl, au contraire, restait droit et le fixait de ses yeux intenses. Il saisit le bras du médecin au passage. Dam se dégagea avec force.

— Où allez-vous ? fit Jahl.

— Je vais le soigner…

— Vous êtes un hypocrite, docteur Dam.

Par exprès, Jahl avait appuyé sur le mot docteur. Dam le saisit au collet et planta ses yeux dans ceux du petit homme.

— Je suis médecin, vous l'avez oublié ?

Dam avait du mal à articuler tant la colère le submergeait.

— Vous auriez pu faire vos saloperies sans moi…

— Vous êtes hypocrite, docteur Dam, répéta Jahl d'une voix sourde. Vous sauvez des vies, c'est exact. Pour vous… pour vous apaiser, parce que vous vous sentez utile, parce que cela vous aide à vivre. Soit. Mais alors, soyez conséquent avec vous-même. Ce sont les vies de nos enfants que vous devez sauver, de nos enfants qui crèvent là-bas… Pas celle de ce minable-là, lui qui les fait mourir.

Dam lâcha la veste de Jahl.

— Comment s'appelle-t-il déjà, ce fils de Kodjyh, vidé par le choléra et que vous avez laissé mourir dans les montagnes ? poursuivait Jahl avec colère. Êtes-vous hypocrite ou bien naïf, docteur Dam ? Il fallait rester dans vos hôpitaux propres. On ne joue pas dans ces guerres-là sans se salir les mains.

Ce fut Jahl qui planta soudain un regard presque haineux dans celui du médecin.

— On se salit les mains ici, docteur Dam. Le savez-vous ? Parce que l'on doit faire des choix, docteur Dam. Choisir, choisir celui qui s'en tirera, choisir celui qui devra mourir pour que celui-ci puisse vivre. Choisir entre ce que Dieu dicte et ce que la vie ordonne. L'horrible fardeau des choix, docteur Dam, le connaissez-vous ?

Jahl s'interrompit. L'obscurité s'était épaissie autour d'eux. Un seul filet de lumière jouait encore sur les murs, s'attardait sur une araignée pendue au bout d'un fil fin entre les deux hommes. Un fil que Jahl brisa net, d'un geste brusque. Dam suivit des yeux l'araignée qui tomba à ses pieds. Ce fut lui qui l'écrasa machinalement.

— N'ayez crainte pour celui-là, reprit Jahl en désignant la pièce où se trouvait Roux. Nous le renverrons bientôt chez lui, après l'avoir retourné.

— Retourné ?

— Après en avoir fait un de nos informateurs. Mais, ajouta-t-il avec un mince sourire, il nous trahira. Comme d'ailleurs, il les trahira aussi. Ce n'est qu'une carcasse de chair molle, retournée par tous les vents du monde, pour peu qu'on y mette un peu de force et une poignée de dollars.

— Vous vous méprenez, Jahl, finit par laisser tomber Dam d'une voix lasse au bout d'un moment. Je ne peux à peu près rien faire pour vous. Je n'ai pas de pouvoir réel, que de la frime. Ces gens-là sont ministres, riches, puissants…

— C'est possible, mais peu m'importe. Vous avez choisi de nous aider, alors faites-le. Vous devez continuer. Et vous avez l'obligation de réussir, ajouta Jahl d'une voix intense.

La fébrilité avait repris le petit homme, qui paraissait à nouveau terriblement vulnérable dans l'ombre.

— Comprenez bien ceci, docteur Dam : après vous, il n'y a plus d'espoir pour nous. Aucun ! Alors vous partez ce soir !

Dam leva les yeux. Ses mains sanglantes avaient laissé des sillons noirs sur le pardessus de Jahl. Il aurait voulu les faire disparaître mais ne savait pas comment.

# DEUXIÈME PARTIE

La ville chavira sous ses yeux et sombra brusquement dans une nuit peuplée d'étoiles. Puis Paris revint se poser sagement en ligne plate dans le hublot tandis que l'avion complétait son virage. Dam contempla l'orgie de lumières à travers la vitre épaisse. La ville puissante reculait la nuit de force jusqu'au fond de l'abîme. À terre, trois millions d'humains grouillaient sur la surface sombre. Parmi ces trois millions d'anonymes, un salaud, le sien. Celui-là, Dam allait le traquer jusqu'à ce qu'il donne.

Dans cette ville de rapaces, il serait un rapace de plus. Loin des montagnes et des mortiers, c'était son territoire de chasse, celui qu'il connaissait à fond. Ici, on jouait enfin à armes égales. Ici, ce n'était plus la faim et les balles qui mettaient à genoux, mais l'orgueil, l'argent et le pouvoir…

L'avion piqua du nez. L'exemplaire du *World Today* qu'il avait sur les genoux glissa dans l'allée. Dam détacha sa ceinture et ramassa le journal. Ses yeux glissèrent à nouveau sur le titre de l'article. MORT DU MÉDECIN NOIR EN KORGUÉNIE ? Le médecin s'attarda à nouveau sur le point d'interrogation, eut une pensée ironique pour la prudence du rédacteur en chef, Olivier de Briançon. Il soupira, replia soigneusement le journal, redressa son siège.

Mort oui, il l'était, en un sens… Depuis très longtemps. Mais un mort qui allait hanter la ville, trouver le trou où se terrait un salaud.

▮

La nausée le prenait toujours violemment à chaque retour de mission. Alors, pour ne pas se donner en spectacle, il se précipitait chez lui dès sa descente d'avion. Aux nouveaux de l'organisation qui vivaient aussi ce phénomène parfois, il affirmait que c'était le changement d'eau et cela les rassurait. Lui n'y croyait plus depuis longtemps.

Il ne se connaissait qu'une médecine efficace pour soigner le mal et courait se plonger en vitesse dans un bain brûlant, la nausée aux lèvres, attendant que ça lui passe. Une masse de plomb coulait dans sa tête. Petit à petit cependant, la nausée reculait et l'eau tiédie parvenait à le soulager. En même temps, et c'était chaque fois pareil, à mesure que la douleur reculait, une immense culpabilité l'envahissait. Le combat douloureux durait des heures devant ses yeux et le laissait anéanti, déchiré entre le confort qu'il ressentait enfin et la souffrance à laquelle il venait d'échapper et qui continuait de torturer ceux qu'il avait laissés derrière.

Ce soir, pour mieux chasser ces images, il se força à fixer la tour Eiffel qui lançait ses feux à travers la verrière de la mansarde. Il n'y trouvait pas la moindre beauté, pas la moindre fierté. Il ne voyait qu'un amas de ferraille tordue, dressé là comme un monument de futilité. Il ferma les yeux, porta son verre à sa bouche, vida d'un trait le scotch tiède, remplit le verre à nouveau. Il se laissa sombrer lourdement dans une demi-conscience peuplée, il n'en sortirait pas, de malades et d'agonisants.

Il y eut près de lui un bruit sec et il crut immédiatement à une détonation. Ses sens, lourds d'alcool et de vapeur, eurent du mal à réagir. Il attendit, incertain, sans bouger. Le bruit venait d'en bas, à quelques pas sembla-t-il de la cage de l'escalier tournant qui s'ouvrait à quelques mètres de lui. Il y eut un second claquement, puis des pas qui glissaient, feutrés. Quelqu'un était là, tout près.

Malgré lui, Dam sentit la gueule noire d'une arme devant lui. Il se vit soudain, grotesque et nu, dans une baignoire remplie d'eau rouge. Cela fit un bruit infernal, lui sembla-t-il, lorsqu'il émergea de l'eau, posa les pieds sur le parquet. Ses yeux firent le tour du bordel qui encombrait sa chambre, cherchant un objet pour frapper, mais ne trouvèrent rien. Il s'approcha doucement du puits d'escalier. Il sentait une présence tout près, imaginait le souffle retenu de l'intrus. Il y eut encore une sorte de frôlement, un petit déclic qu'il n'arriva pas à identifier.

Un tonnerre immense explosa soudain dans la pièce, déchirant violemment le silence de la nuit. Étourdi, le cœur battant, Dam resta figé en haut de l'escalier, entièrement vulnérable.

— *O fortuna… Vita detestabilis…*

∎

— Sianna…

Deux cents puissantes voix d'hommes couvrirent son murmure soulagé…. *Vita detestabilis…* Vie misérable…

Les mots frappaient la nuit avec une rage de fin du monde.

Dam descendit lentement les marches tandis que la jeune femme éteignait, paniquée, les chants angoissants de *Carmina Burana*. Il la vit doucement faiblir, clore les yeux, puis glisser vers le sol.

Elle était encore plus belle, plus pâle que jamais. Elle eut un pincement des lèvres pour retenir ses larmes. Sa sœur n'avait pleuré qu'une fois, une seule fois de sa vie. Même enfant, elle avait su traverser la douleur et la peur avec un visage de marbre. Et voilà que cette nuit, pour lui… Dam ne bougeait plus, comme auprès d'un oiseau effrayé.

— Sianna, dit-il doucement… Kaïa, implora-t-il encore, pour forcer l'isolement où il la sentait fuir.

Kaïa, un surnom inconnu des autres humains et dont lui seul usait, un surnom de tendresse rescapé de leur enfance en enfer.

Il s'approcha à pas lents, posa son bras sur le sien. Elle ouvrit les yeux, se tourna vers lui, et le fixa avec des yeux dilatés.

— Kaïa, non…

À la voir ainsi, Dam eut peur.

— Je t'en prie, Kaïa. C'est moi.

Il souleva sa tête, guetta l'apparition maudite d'une certaine lueur dans ses yeux, une lueur d'abîme d'où il savait seul la tirer.

Délicatement, le médecin caressa son visage, effleura ses lèvres, glissa lentement ses mains sur son corps tendu, tentant de le dénouer.

— Je suis là, souffla-t-il. Ses lèvres brûlantes goûtaient avec crainte la peau de sa sœur, effrayé qu'elle ne fuie davantage là où il craignait depuis toujours de la voir se réfugier...

Elle était perdue pour lui, s'était éloignée de lui un soir funeste. Il s'acharnait depuis ce jour à oublier, à tuer le mal qui le rongeait mais sans jamais y parvenir. Tout à coup, elle était là, et il se haïssait d'être toujours aussi dévasté.

Elle respirait à petits coups, immobiles, les yeux toujours clos. Il l'attira à nouveau vers lui, l'étreignit avec force, chacun de ses muscles rivés au corps inerte de sa sœur. Il chercha à lui passer sa fièvre.

— Kaïa... non... Je t'aime, implora-t-il à voix basse.

Il posa ses lèvres sur les lèvres à demi ouvertes de sa sœur, les effleurant de sa langue doucement, puis avec une insistance désespérée. Devant son absence de réaction, il sentit les larmes brûler ses yeux. Elle palpitait entre ses mains, vivante et chaude, mais restait pourtant si absente.

— Kaïa, pardonne-moi, pardonne-moi, je t'en prie.

Il restait ainsi, soudé à son corps, et les terribles images, qui les hantaient tous deux, vinrent à nouveau malgré lui s'imposer devant ses yeux. Son corps frémit. Instinctivement, il chercha refuge comme avant auprès de sa sœur, sur sa peau, plaqua son ventre contre le sien.

Et cette fois, elle réagit à sa fièvre, écartant les lèvres comme si les mêmes images la bouleversaient aussi. Il prit sa bouche avec fureur et la sentit vibrer sous lui. Ivre, il retrouva un instant cette douceur tiède qui le bouleversait. Il colla sa peau à la sienne, la forçant d'un mouvement de rein à se cabrer. Pour la première fois depuis si longtemps, Dam sentit son souffle chaud. Jamais, jamais, reconnut-il avec désespoir, il ne pourrait étancher sa soif d'elle, de son corps, du goût de ses lèvres, de sa peau maintenant moite et qui frémissait sous ses mains, sous sa langue.

Soudain, sans avertir, la jeune femme se figea et Dam sentit sa bouche se crisper. Effrayé, il vit le visage de sa sœur chavirer, le regard fixé sur celui de son frère.

— Maxian...

Les yeux noyés de larmes, elle déroba son visage et se cacha au creux de ses bras.

Dam resta immobile, haletant. Silencieux, la bouche enfouie dans les cheveux de Kaïa, il tenta de l'apaiser en l'étreignant avec douceur. Il ne pouvait contempler son visage, mais ce qu'il avait vu l'avait bouleversé. Pour lui, parce qu'elle l'avait cru mort, elle avait enfin pleuré. Pleuré pour lui. Et elle restait là, chaude et battante entre ses bras, meurtrie, à lui comme avant.

Il la regarda, puis tendit les lèvres à nouveau vers son visage. Mais, cette fois, elle le retint, retira ses bras, puis son corps de celui de son frère. Dam sentit la chaleur soudain l'abandonner. Les poings serrés, il fixa, désespéré, le plafond nu. Que Dieu me pardonne, se hurla-t-il à lui-même. Quand vais-je enfin en crever ? Quand ?

Elle reprenait son souffle lentement et Dam la sentait se raidir à ses côtés. Elle n'eut plus qu'un geste furtif de la main sur les tempes moites de son frère.

— Maxian…

Sa voix était rauque.

La fatigue, la nausée qui lui restait dans la gorge ? Il faillit se trahir, l'attirer violemment contre lui coûte que coûte, contre son corps dur et douloureux.

Elle finit par se lever, erra vers le feu. Dam fixait ses jambes longues et souples, son ventre où collait comme une seconde peau son fuseau noir.

— Olivier m'a dit…

Olivier de Briançon ! À ce nom, qui sonnait comme le glas, Dam sentit la colère l'envahir. Il se redressa, lutta contre lui-même. Il se dirigea vers le buffet et, débouchant une bouteille d'un geste rageur, se remplit un scotch à ras bord qu'il avala sec. La chaleur envahit à nouveau ses veines mais ne le soulagea pas. Ses sens, ses muscles brûlaient. Avec des gestes d'automate, il se servit un second verre qu'il vida encore plus vite. Au bout d'un moment, il parvint enfin à se maîtriser. Il se tourna vers sa sœur. Elle ne fit pas un geste vers lui, mais camoufla son regard sous ses longues mèches soyeuses.

— Quoi Olivier ? parvint-il à articuler.

— Il m'a prévenue. Il a dit que c'était sérieux cette fois… Ta disparition… Ta mort. Au journal…

— Tu as eu peur ? l'interrompit-il avec colère.

Elle ne répondit pas. Il domina sa colère, s'efforça de ne s'intéresser qu'à l'événement. D'ailleurs, ses chagrins d'homme n'intéressaient personne. Des plaies honteuses qu'il fallait à tout prix camoufler au regard du monde. Le temps était trop court, beaucoup trop court pour permettre de s'arrêter, ne fût-ce qu'un instant, sur le désespoir d'un seul homme.

— Raconte-moi, laissa-t-il tomber, avec toute la froideur qu'il put rassembler.

Il lança devant elle l'exemplaire froissé du *World Today* où s'étalait sous la plume de de Briançon, l'article annonçant sa mort possible. Elle repoussa ses cheveux, se concentra un instant. Il lui tendit un verre et elle trempa ses lèvres. Avec satisfaction, il constata qu'elle n'avait pas vraiment repris contenance et c'est avec une voix encore brisée qu'elle répondit.

— Le communiqué est arrivé peu après midi au journal, sur le fil de presse, juste avant l'heure de tombée pour l'Europe. Il disait que tu étais mort lors de bombardement dans la région des camps korguènes.

— Mort ou simplement porté disparu ?

— Mort.

— C'est un peu gros, ça. Personne ne s'est étonné ?

— Si, Olivier

— Ah ! fit-il, toujours froidement. Et d'où venait-il ce communiqué ?

— De Turquie

— De Turquie ?

Dam fronça les sourcils. Il tenta de saisir ce que cela signifiait.

— D'Istanbul, plus exactement, continua Sianna.

Elle avait retrouvé cette voix monocorde qui la rendait si lointaine. Olivier a d'abord cru, d'après les identifications, que le communiqué émanait directement du consulat. Il a vérifié là-bas, puis au ministère, ici. On lui a confirmé avoir reçu la nouvelle directement d'Istanbul.

— À qui a-t-il parlé à Paris ? À Forclaas ?

— Non.

Elle hésita.

— Forclaas a disparu.

Dam lui lança un regard interrogatif.

— Il n'a pas reparu depuis plus d'un mois. Olivier a parlé à Bertrand.

Bertrand, encore ! Comme directeur de cabinet du ministre Forclaas, Bertrand avait bien sûr une crédibilité. Normal qu'Olivier de Briançon, directeur du prestigieux *World Today*, s'adressât à lui comme source fiable. Bertrand, qui avait aussi organisé, avec Dam, l'opération « conteneurs ». Mais surtout, Bertrand qui était un ami du frère et de la sœur.

— Comment Bertrand a-t-il pu se tromper à ce point ? À ton sujet ? demanda sa sœur d'une voix où pointaient à nouveau les larmes.

Dam ne répondit pas. Ils se connaissaient tous les trois depuis longtemps. C'était Bertrand qui, il y avait des années de cela, avait facilité leur immigration clandestine en France. Il n'était alors qu'un vague sous-secrétaire aux Affaires étrangères. Il avait même pris des risques à l'affaire. Jamais, semblait-il à Dam, Bertrand n'aurait menti à Sianna, surtout pas à son sujet. Pourtant, pour la deuxième fois, son nom revenait…

Et de Briançon avait dû faire son travail de contrôle méthodiquement, Dam en était sûr ! Malgré son mépris, Dam reconnaissait que l'homme était sérieux, méticuleux, qu'il savait tirer les bonnes ficelles. Un homme, se dit Dam avec sarcasme, qui ne doutait pas de son importance, ni de l'importance du rôle qu'il jouait sur la scène politique. L'homme aussi, que sa sœur avait choisi de suivre, un funeste soir d'automne. Si de Briançon avait osé préparer sa sœur à la nouvelle, c'est qu'il était convaincu de sa véracité.

Jahl avait donc eu raison. Le médecin était bien la victime désignée. À lui seul était destinée la mort dans le Bosphore. Le clochard n'avait été qu'une simple erreur. Une erreur…

Dam resta plongé un moment dans ses réflexions. Il s'approcha enfin de sa sœur, la forçant à affronter son regard

— Et tu es venue jusqu'ici ? Toi qui ne devais jamais revenir. Tu avais donc gardé la clé, Kaïa ? Tu m'as donc menti ? lui jeta-t-il, soudain féroce à nouveau. Pourquoi, Kaïa ? Pourquoi me fais-tu si mal ?

Elle ne réagissait pas. Il la plaqua sous lui, contre le mur, reprit dans un murmure :

— Qu'est-ce que tu venais faire ici, si tu me croyais mort, Kaïa ? Jeter un dernier coup d'œil ? Et rire aussi ?

Il la tenait fermement, sentant la colère vibrer en lui aussi fort que le désir.

— Ne m'as tu pas déjà fait assez mal ?

Avec un soupir douloureux, il la jeta sur le fauteuil, alla se réfugier, le regard vide, devant la cheminée où crépitait le bois sec.

La nuit, l'alcool… Il vacilla soudain sur ses jambes. Renonçant à faire face plus longtemps, il alla s'agenouiller aux pieds de la jeune femme, enfouit son visage entre ses cuisses.

Ils restèrent ainsi longtemps, immobiles. La nuit les recouvrit de chaleur. Peu à peu, les images d'horreur s'effacèrent de son cerveau. Même la colère s'éloignait de lui. Pourtant, il se força à la retenir. Avec la colère, la douleur revint cependant, en même temps qu'une immense lassitude.

Dam finit par se relever enfin, prit le visage de sa sœur entre ses paumes.

— Écoute, Kaïa, pour cette nuit, ne dis rien, tu comprends ? Il vaut mieux que je reste mort pendant un moment. Tu peux… Tu pourras, tu crois ? Ne dis rien, pas même à de Briançon… Tu pourras ?

Elle le fixa, fit un signe affirmatif.

— Les morts sont plus libres que les vivants, tu le sais, murmura-t-il avec un sourire.

Avec difficulté, il s'éloigna d'elle.

— Maintenant viens ici…

Il se dirigea vers l'appareil téléphonique, fit un numéro et lui tendit le récepteur.

— Lorsque Bertrand répondra, dis-lui simplement que tu dois le voir tout de suite. Cette nuit.

Elle eut un bref regard interrogateur mais, docile, ne posa pas de question et prit l'appareil.

Il la regarda parler d'une voix brève. Elle était déjà loin, l'avait déjà quitté. Comme chaque fois. Il passa une main lasse dans ses cheveux.

— *Showtime again*, murmura-t-il, la gorge sèche.

▐█▌

Dam avait devant lui un homme terrorisé. Terrorisé à en être malade. C'était peut-être dû un peu à la nuit venteuse, une nuit glaciale qui sifflait à travers les volets clos et qui avait un effet sinistre sur des nerfs déjà à fleur de peau. Mais cela venait surtout de l'apparition spectrale que cet homme avait soudain devant lui. Aucun bonheur de voir tout à coup vivant, l'ami qu'on avait cru mort. Au contraire, la peur, en même temps que le spectre, s'était engouffrée par la porte grande ouverte. Bertrand, Dam l'avait nettement vu, avait manqué de s'effondrer. Du coup, le médecin avait trouvé en lui un calme terrible et, depuis, martelait ses questions sans répit ni pitié.

— On recommence, Bertrand, je ne comprends pas encore très bien. Tu m'expliques mal. Reprends tout depuis le début, reprenait Dam, apparemment impassible devant la détresse du fonctionnaire.

En réalité, le médecin devait admettre qu'il étouffait dans le petit salon secret du chef de cabinet, saturé de fumée et d'une odeur écœurante de vieux parfum sucré. En plus, il ne savait où mettre les pieds tellement l'endroit était chargé. La pièce sombre, entièrement tendue de soie bourgogne, croulait sous les meubles délicats et la bimbeloterie multicolore. Guéridons de bois tourné, dessertes aux pattes d'oiseaux, lampes de marbre rosé et surtout, envahissant les meubles et les murs, une ahurissante faune d'animaux de porcelaine et de verre. Des bestioles partout, toutes plus insipides les unes que les autres, des chiens, des grenouilles bleues ou vertes, des chevaux, des flamands roses en troupe, des gazelles sur un vase et même, trônant au centre, une famille complète de faons sur un miroir. Entre les pieds écartés du médecin, était couché un tigre oranger, qui levait une tête courroucée vers deux lustres menaçants, pendus au-dessus de toute cette pacotille. C'était ahurissant, laid et touchant à la fois.

Dans ce décor grotesque, Bertrand ne semblait plus qu'une vieille actrice en fin de course. Affaissé au fond d'un fauteuil de velours grenat, il n'avait plus aucune trace de cette prestance guindée fin de siècle, qu'il affichait avec orgueil le jour et qui le rendait si différent et sympathique. Jamais Dam n'aurait pu imaginer pareil décalage entre le personnage de jour, digne et plein d'humour, et celui qui se cachait entre ces quatre murs de soie moirée. Cette nuit, on ne voyait plus que la vieillesse mesquine des vieilles Dietrich, luttant à coups de soins et de lifting, contre une déchéance aussi implacable que proche.

— Enfin ! Maximilian, c'est impossible, plaidait Bertrand, tirant sans cesse sur une longue cigarette à bout doré. Il relevait machinalement ses cheveux, d'habitude soigneusement lissés, qui glissaient maintenant sans retenue sur son front.

— Tu le sais bien. Tout était arrangé. J'ai moi-même vérifié les documents avant leur signature. Tout était conforme, normal. Pourquoi veux-tu qu'il y ait eu embrouille au ministère ? Il y aura eu des délais imprévisibles et tout s'éclairera ! C'est normal, ça ! Avec l'administration ! On trouvera l'explication, tu verras.

— Tais-toi ! fit Dam sèchement en levant la main. Les boîtes de médic ? D'où venaient-elles ?

— De Lugano, des entrepôts Pharmatrex, puisque c'est eux qui les fournissaient…

— Comment ? Par camion ?

— Qu'est-ce que tu crois ?

— Réponds !

— Par camion

La voix était résignée.

— Par quelle frontière ?

— Je ne sais pas.

— Tu le trouveras. Demain. Et le ravitaillement, le riz ?

— De Nanterre, par camion aussi.

— Tu as les bordereaux de livraison ?

— Non, bien sûr que non. Je ne suis pas commis.

Il marqua un temps d'arrêt, préféra se reprendre.

— Enfin, je peux sûrement les trouver, si tu le désires.

— Combien de conteneurs à l'embarquement ?

— Deux, tu le sais bien.

Y avait-il eu une hésitation ?

— Et pourquoi cela n'était-il pas mentionné sur les papiers que j'ai signés ?

— Parce que… parce que…

Bertrand hésitait tout à coup de façon évidente.

— La secrétaire, balbutia-t-il, la secrétaire n'avait pas eu le temps de terminer avant la cérémonie, voilà tout !

Ce fut très bref. Pourtant, Dam en était certain, pendant un instant le regard de Bertrand avait fléchi. Enfin ! Une faille… À l'instinct, Dam chercha la question suivante.

— Tu as vu les papiers, une fois remplis ?

— Bien sûr ! Que crois-tu ? Je suis l'attaché de cabinet de Forclaas, tout me passe entre les mains.

Bertrand reprenait pied à nouveau. Dam sentit l'avantage lui glisser des mains.

— C'est Forclaas, rappelle-toi, qui a pensé le premier à demander le concours de Pharmatrex, poursuivait Bertrand. Et Smit a suggéré de recourir à l'armée pour transporter les conteneurs. J'étais là lorsqu'il y eut la première conférence téléphonique.

Bertrand plaidait avec vivacité.

— Ils n'ont pas discuté longtemps, continua-t-il. Je te le jure, tout a été réglé en dix minutes. GrandPerrin, à la Défense, n'a fait aucune difficulté pour fournir le transport. Cela m'a même étonné.

— Pourquoi cela t'a-t-il étonné ?

— Parce que…

Bertrand hésitait à nouveau, aspirait nerveusement une bouffée de cigarette et ses yeux, noyés de fumée, se mettaient à cligner.

— Je ne sais pas… Disons que, d'habitude, l'armée est plus imperméable à ce genre de demande.

— Le nom du bateau ?

— Je ne sais plus… Un commandant… Non, un colonel… Oui, c'est ça, le Colonel-Deweart…

— Et sur la version finale des documents, les dates de livraison sont inscrites, telles que convenu ?

— Mais, bon Dieu, Dam, nous sommes tout de même une administration civilisée. Il y a eu des papiers. Quant aux dates de livraison, tu t'imagines peut-être que les bateaux de la marine se promènent sur la mer sans prévenir ? Ils sont partis du Havre, tes conteneurs, comme prévu.

— Du Havre ? Je croyais qu'ils partaient de Toulon ?

— Je ne sais pas, je ne sais plus, tenta de rattraper Bertrand. De Toulon, du Havre, qu'est-ce que ça change ?

— Tu me mens ! cria soudain Dam.

Il fit les cent pas un moment avec rage, heurtant du même coup la famille du faon qui alla se fracasser sur le tigre.

— Tu me mens, Bertrand, et je ne sais pas pourquoi.

Le chef de cabinet s'était tassé dans le fauteuil grenat.

— Je te jure, Maximilian…

— Ne jure pas, tu ne pourrais pas, répondit rageuse-ment le médecin.

Il se pencha vers l'homme qui tremblait devant lui.

— Je ne sais pas pourquoi tu me mens, Bertrand, mais je trouverai… Je te le jure. J'ai laissé O'Reilly là-bas, à crever avec les autres. Si ça se trouve, il est déjà mort. Alors, je vais trouver, Bertrand, je vais trouver pourquoi toi et tous les autres, vous me mentez comme ça.

— Je ne comprends pas, je ne comprends pas, Maximi-lian, pourquoi t'en prends-tu à moi ?

Dam ne répondit pas tout de suite, se contentant de le considérer avec mépris. Puis, il reprit avec un sourire.

— Ça t'a étonné, hein, que je sois vivant ? Avoue ! Pourtant, tu avais bien donné des ordres, là-bas, en Turquie, à tes petits amis…

Bertrand, si cela était encore possible, pâlit davan-tage.

— Que veux-tu dire ? Je ne comprends pas...

— Roux, l'attaché d'ambassade, ça te dit quelque chose ? Vous m'avertirez dès que le D^r Dam se pointera, que tu lui as dit !

— Roux ? Je ne sais pas, je ne sais plus, balbutia le fonctionnaire. Ah oui... Mais c'était normal, Maximilian... j'étais inquiet. Inquiet pour toi. Et puis, j'ai reçu le fil d'Istanbul, on m'a dit, là-bas, que tu étais mort, dans les camps...

— Qui ça, « on » ?

— Je ne sais pas, je ne le connais que par son nom, Il m'a téléphoné il y a quelques jours.

Le chef de cabinet n'avait plus qu'un filet de voix.

— Falli, je crois, ou quelque chose comme ça. Je ne sais plus... J'étais inquiet... Après tout ce que j'ai fait pour toi, pour ta sœur, réfléchis ! Pourquoi aurais-je voulu te nuire ?

Dam éclata de rire.

— Tout ce que tu as fait pour moi, vraiment ! Pour ma sœur ! Le chantage maintenant ?

Dam s'arrêta net, approcha son visage à quelques centimètres de celui du chef de cabinet.

— Oui, Bertrand, tu as raison, après tout ce que tu as fait pour nous, pour ma sœur, à l'époque... Comment as-tu pu lui mentir ainsi ? Hein ? Réponds ! Comment as-tu pu lui faire autant de mal après l'avoir presque sauvée ? Hein, Bertrand ? Tu couvres qui, bordel de merde ? Tu couvres quelle espèce d'enfoiré minable comme ça avec tes mensonges ?

Dam eût un geste vers le décor.

— Tu es dans un cocon ici, Bertrand. Tu ne risques rien, ni personne et pourtant tu mens. Pourquoi ?

L'autre le regardait sans répondre, avec des yeux éteints.

— Mais parle, bon Dieu ! Eh merde ! lança soudain Dam avec dépit en cherchant où donner un nouveau coup de pied sans envoyer valser la verroterie ridicule. Il avait tout à coup un tel sentiment d'impuissance face à ce mur obstiné.

— Je n'ai pas menti, reprenait soudain Bertrand, d'une voix faible. C'est ce qu'on m'a dit, je te jure...

— Encore « on » ! À croire que personne n'a de nom dans cette putain d'administration. Qui ça, « on » ?

Bertrand lançait des regards désespérés autour de lui. Dam se pencha à nouveau sur lui. Le fonctionnaire dégageait une odeur nauséabonde.

— Qui ça, « on » ?

— Forclaas...

— Forclaas ! Vraiment ! Tu mens ! Forclaas a disparu... et tu es particulièrement bien placé pour le savoir !

Dam se remit à louvoyer entre les objets de verre. Bertrand ne le regardait même plus. Dam se demanda s'il ne pleurait pas. Au bout d'un moment, il revint s'asseoir près de lui, lui prit les mains.

— Arrête tes conneries, Bertrand, lui dit-il d'une voix douce. Ça suffit. C'est vrai que tu nous a aidés, il y a longtemps, peut-être même nous as-tu sauvé la vie. Mais maintenant aussi, c'est grave. Ce sont mes amis qui sont là-bas. Je veux savoir ce qui s'est passé. Je veux surtout savoir où se trouve le matériel. Tu comprends, je veux le ramener là-bas. Tu comprends ça ?

Dam glissait sur les mots.

— Tu m'écoutes ?

Le chef de cabinet hochait la tête, sans regarder le médecin.

— Alors dis-moi. C'est Forclaas, n'est-ce pas qui a manigancé tout ça ? C'est à cause de lui que tu ne veux pas parler ? Pourquoi a-t-il soudainement disparu ? Où est-il maintenant ?

Dam tenait toujours les mains de Bertrand.

— Je ne sais pas…

— Allez, Bertrand, supplia le médecin.

— Je ne sais pas… Il changeait beaucoup depuis quelques semaines. Toujours aussi fier, arrogant mais… À deux reprises, je l'ai surpris en entrant trop vite dans son bureau. Il semblait à bout de force, il avait le visage livide… J'ai pensé qu'il était malade.

— Malade ?

— Je ne sais pas… Maximilian, je t'en prie…

Bertrand était épuisé. Dam finit par avoir pitié. Bertrand était tout de même loyal, l'avait toujours été avec lui. Dam se trouvait salaud tout à coup. Et pourtant… Il serra les dents, se dégoûtant lui-même. Il voulut soudainement en finir très vite.

— Bertrand, fit-il plus doucement, je veux voir les documents, tous les documents. Les vrais, ceux qui correspondent exactement avec ce que tu m'as dit ce soir. Le départ du Havre, le numéro de connaissement des conteneurs, les autorisations, les tampons, les dates, tout…

— Mais pourquoi ? Je ne peux pas faire ça ! Je n'ai pas le droit ! Je ne peux pas sortir ça du ministère !

Il paniquait comme un animal traqué.

— Maximilian, non ! Je...

— Ne crains rien, je te couvrirai auprès de Forclaas. Personne ne le saura.

— Demande-les lui, demande-les au ministre, cria Bertrand.

— Je lui demanderai, rassure-toi. Dès que je l'aurai en face de moi, poursuivit Dam d'une voix douce. Mais je n'ai pas confiance, tu comprends, pas confiance en lui. J'ai confiance en toi.

Dam s'interrompit un moment.

— Ne les couvre pas, Bertrand. Ne couvre pas Forclaas. Tu es meilleur que ça. Qu'est-ce que tu as à gagner ? Tu as déjà tout ceci, poursuivit-il avec un geste de la main vers la verroterie. Tu ne peux rien perdre !

Bertrand haletait. Il releva la tête.

— Arrête, Maximilian, va-t-en maintenant ! Je t'en prie...

Il y eut tout à coup un léger bruit et les deux hommes tressaillirent. Une porte, au fond de la pièce, venait de se refermer. Dam lança un coup d'œil rapide vers Bertrand, alerté, puis se détendant, lui adressa un sourire entendu.

— Comment va Ruiz ?

Bertrand écrasa nerveusement sa cigarette, lui rendit un pâle sourire.

— Bien, bien... Je te remercie. Il va bien.

Ruiz, un attaché commercial d'Argentine, était le conjoint de Bertrand. Une affaire qui durait depuis plus de dix ans.

Se levant avec peine, Bertrand suivit le médecin vers le vestibule, pressé de le voir partir. Dam se tourna une dernière fois vers lui.

— Tu ne parles pas de ma visite, n'est-ce-pas ?

— Non, non, rassure-toi, je ne dirai rien.

— Je te téléphone demain… pour le dossier, continua Dam impitoyable.

Bertrand se raidit de nouveau. Il eut probablement la tentation de claquer la porte, mais, grand seigneur malgré tout, ne le fit pas.

Le médecin s'engagea dans l'escalier, haussa les épaules en frissonnant. L'humidité… non, pas l'humidité… la peur suintait sur les murs de l'immeuble cossu. Une sorte de moiteur qui collait aux boiseries. Une de ces peurs mesquines de ceux qui ont le pied solidement ancré dans l'échelon social, une peur sans envergure qui les réveille pourtant en sueur la nuit, submergés de cauchemars où ils trébuchent et sont précipités dans une chute honteuse et publique vers l'obscurité des petites gens…

▐█▌

D'un coup de volant brusque, Dam changea de direction à Saint-Michel. Il prit à droite au lieu de continuer chez lui, rue du Cherchemidi, enfila le boulevard Saint-Michel, brûla même un feu rouge. Peu importait d'ailleurs, à cette heure-là, seuls quelques taxis gelés maraudaient en solitaires sur la chaussée glacée.

Dam longea la Seine un moment, jetant un regard mauvais sur l'eau visqueuse, épaissie par le gel, et pénétra dans l'obscurité silencieuse du VIIᵉ. Il se perdit un moment, ce qui l'exaspéra davantage et c'est presque par hasard qu'il engagea finalement sa voiture dans l'étroite rue du Sieur.

Il reconnut tout de suite l'enfilade de façades austères. Forclaas habitait un peu plus bas, vers le milieu de la rue. Dam y était déjà venu, à une époque de sa vie où il croyait encore au pouvoir et à ses galas de charité.

Il se gara bien avant l'immeuble du ministre. S'il avait eu le cœur plus léger, il aurait ironisé sur la justesse de son instinct. Il avait une envie de frapper qui ne le quittait pas depuis qu'il avait débarqué de l'avion, une envie de casser le mur de propreté et de rectitude qui recouvrait la ville et ses salauds trop propres. Et voilà précisément qu'il y en avait peut-être un qui se trouvait enfin à portée de sa main. Cent mètres plus bas, deux autos étaient en effet garées de travers, chevauchant le trottoir, visiblement laissées là à la hâte. Juste devant le numéro 65, où habitait Forclaas.

Il descendit la rue, rasant l'ombre des portes cochères. La rue était si déserte qu'il avait l'impression de traverser un décor de théâtre abandonné. Seul signe de vie, la façade du 65, avec sa fenêtre illuminée, témoignait que ce décor cachait aussi des présences chaudes, blotties luxueusement à l'abri de l'hiver.

Il se coula sans bruit vers la maison et allait traverser jusqu'au numéro 65 lorsqu'une voix l'arrêta.

— Eh ! Fais pas de bruit, mec ! Tu vas les effaroucher comme des perdrix !

Un homme émergeait silencieusement de l'ombre d'une porte cochère.

— Dam ? Maximilian Dam ? C'est bien toi ?

— Oui et toi ? Qui es-tu ? fit Dam sur ses gardes.

— Hunter, Sam Hunter, le photographe. Tu connais ?

— Hunter ? Ah oui…

Dam le connaissait de nom, connaissait aussi un peu son histoire. Hunter, un photographe de presse d'un modèle spécial, se spécialisait dans le macabre. Meurtres, cadavres pourris, on voyait son nom au bas des clichés illustrant les pires dérapages de l'humanité. Dam se souvenait d'une photo saisissante et qui avait fait le tour du monde, celle d'une jeune fille en flammes, morte calcinée dans les minutes suivant la photo. Le photographe avait-il tenté d'éteindre le feu, avant ou après la photo ? On ne l'avait jamais su, mais le photographe s'en était sorti avec la réputation d'être nuit et jour *on-line* sur les ondes radio et d'arriver sur le lieu d'un drame bien avant les policiers.

— Qu'est-ce que vous foutez là ? demanda Dam.

Hunter eût un petit rire sec et nerveux. Il s'approcha du médecin qui remarqua le tremblement qui agitait les mains du photographe.

— Je fais aussi *paparazzi* maintenant. Un bon *shoot*, ça paie mieux ces jours-ci qu'un mec tout plein de vers…

Hunter répéta son rire grêle. L'homme ressemblait, non pas à un chasseur comme son nom l'indiquait, mais à un chien de chasse fébrile. Grand, maigre et sec, le visage piqué de cicatrices, il avait un tic qui le faisait renifler sans arrêt avec une manière de relever la tête à chaque fois comme un chien suivant une piste.

Il semblait survolté et maladif à la fois.

— Je connais bien ta sœur, toubib! Une bonne gosse. Un peu triste. Je la vois souvent avec Briançon. Dommage! Il t'intéresse, le Forclaas?

Dam ne répondit pas, se contenta d'attendre la suite.

— Remarque! Moi, en général, j'en ai rien à branler des ministroches. À moins qu'ils couchent avec la reine d'Angleterre ou sa bru, c'qui est mieux. Mais en l'occurrence, un ponte poncif comme Forclaas, assis sur ses pouvoirs-et-prérogatives, en plein envol, quoi! Et qui se casse d'un coup, sans laisser d'adresse, c'est quand même pas banal! Je sais que dans les rédac' on l'a cherché un peu, beaucoup… On n'avait pas l'air d'y croire très fort, aux «vacances familiales urgentes».

Il ponctua les derniers mots d'un rire sec, se racla la gorge.

— Alors, du coup, ils vont bien me le payer le papier, si je leur apporte un portrait tout frais de leur petit chérubin à légion. Autrement, j'en aurais rien eu à foutre dudit mec. Mais c'est du fric facile. D'autant que, comme par hasard, j'ai un indic de première dans l'entoure du redit mec, alors… je profite! Remarque encore, je suis là à me les geler dans le désespoir en songeant à mon chèque, mais j'croyais pas pouvoir doubler ma mise sur le même as! Voilà en plus le fantôme du toubib noir, bombardé et décédé récemment en Turquie, on l'oublie pas, et qui se pointe sur la joyeuse et très fréquentée rue du Sieur, à quatre heures du mat'… J'veux…

Dam leva la main, excédé.

— Coupe les gaz, mon frère... Tu parles trop. J'ai des questions à lui poser, c'est tout, répondit simplement Dam sans plus de détails. Alors, dis-moi plutôt ce qui se passe en face.

— Forclaas est rentré chez lui au début de la nuit. On ne sait pas d'où il vient. Il n'est pas bien à ce qu'on m'a dit. Ma source, qui crèche dans la maison, a reçu l'ordre d'attendre quelqu'un à la porte et d'ouvrir discrètement à l'arrivée des bonshommes...

— Quelle source ?

—Eh ! Ça ! fit le photographe soudain plus nerveux. Le médecin leva la main.

— Laisse tomber, ça m'est égal. De toute façon, un larbin ou un autre !

Hunter coula un regard vers Dam, renifla.

— Bon, c'est un larbin, d'accord. J'le paye... Mais le tuyau est bon, la preuve. T'as vu ces bagnoles ? Arrivées il y a un quart d'heure. Deux mecs dans la première, la Mercedes. Attention ! Deux mecs essentiellement bâtis pour la casse, en perfecto noir. L'un deux avait un de ces foulards à pois noué autour du cou comme les bourgeois en mettent à leurs chiens. Et dans le petit bijou rouge façon Porsche, un mec de classe, bien sapé, pas vieux mais pas jeune non plus, ton âge, fit-il en scrutant le médecin.

Fichés dans son visage malingre, les yeux noirs du photographe, constamment mobiles, brûlaient dans leurs orbites.

— Je l'ai mal vu, mais je l'ai ici, c'est sûr... J'ai leurs têtes...

Hunter caressaient tendrement les caméras qui pendaient sur sa poitrine.

— Ils n'ont pas sonné, comme on m'avait prévenu. Et voilà ! Depuis, ils sont là-haut. Et toi, comment t'as su ? Et d'abord, d'où tu sors ?

Dam ne répondit pas. Il leva les yeux vers la fenêtre illuminée, au premier. Plusieurs personnes traversaient la pièce à pas rapides et leurs mouvements se dessinaient en ombres volantes sur les rideaux de mousseline.

— Qu'est-ce qu'ils font ? demanda le médecin.

— Ah ! Ça ! fit Hunter en grimaçant un sourire. Tout ce que je peux dire, c'est que ça s'est calmé depuis tout à l'heure !

— Qu'est-ce que tu veux dire ?

— Les croisées étaient fermées. On vient tout juste de les ouvrir. Tu vois ce que ça veut dire, non ?

— Non, fit Dam platement. Pas du tout.

— On égorgeait le cochon en haut ! Un si gros cochon que, malgré les fenêtres fermées, j'entendais hurler jusqu'ici ! C'est pourtant simple !

— Non ! refit Dam.

La pensée du photographe paraissait fondre à mesure qu'elle se construisait.

— Il y avait un homme, là-dedans, qui hurlait comme cochon qu'on égorge.

— Sors toute l'histoire, bordel. Qui criait ? Forclaas ?

— Ça ! fit l'autre avec un geste vague. Ce qui est sûr, c'est qu'il s'est calmé depuis que les autres sont arrivés.

Il désignait les voitures garées.

Dam leva les yeux à nouveau. Oui. Forclaas, sûrement. En un sens, c'était presque trop facile, il se méfiait. Mais puisque l'autre était là, à sa portée... Il se tourna vers le photographe, ouvrit la bouche mais se fit interrompre aussitôt.

— Si tu comptais monter maintenant, m'est avis que t'auras pas de résultat! fit Hunter, toujours avec ce foutu rire mal à propos.

— Pourquoi?

— À l'entendre hurler comme ça, le Forclaas, j'en déduis qu'on partage lui et moi la même jolie maîtresse blanche, fit le photographe Et ce soir, la belle sournoise l'a sûrement trompé. Elle n'était pas au rendez-vous prévu... Et ça, ça fait tellement mal quand ça arrive!

La voix du photographe était tout à coup tendre, veloutée. Dam le fixa un moment, cherchant à comprendre.

— O.K., fit-il d'un ton résigné.

— Et maintenant, entends comme il repose bien ton homme! Tu n'en tireras rien!

Dam le considéra encore, finit par hocher la tête. Il jeta un coup d'œil à sa montre. Cinq heures. Paris s'éveillait. Il posa la main sur le bras du photographe.

— Bon! Je vais me coucher...

Il tourna les talons, commença à remonter la rue avec lassitude.

— Eh! Toubib!

Dam pivota. Le photographe mitrailla aussitôt le médecin au flash. Dam se cacha le visage.

— Arrête, Hunter! Il n'y a rien à voir... J'suis pas de spectacle aujourd'hui...

— Eh t'es mort, mec, t'oublies pas? Tu sais combien ça vaut, la photo d'un mort qui déambule?

Dam se contenta de fixer le photographe, muet.

— O.K., O.K., fit finalement Hunter.

Il eut un geste excédé.

— J'y penserai avant de la vendre.

Le médecin tourna les talons pour de bon et longea à nouveau les façades où naissaient peu à peu de chaudes marbrures oranges. Le lever du soleil devait, quelque part, être magnifique.

▮

Regardez-moi, docteur. Voilà maintenant soixante-dix-huit ans que je me faufile entre toutes les gouttes de pluie de la vie. Alors, aujourd'hui je vous en prie, laissez vos tubes de côté. Laissez-moi partir doucement. Je suis satisfait.

Dam, désemparé avec sa science inutile à laquelle il avait pourtant consacré tant d'études, avait posé sa seringue. Il s'était contenté de tenir compagnie à l'homme, immensément riche, qui agonisait paisiblement ce jour-là. Deux heures pendant lesquelles, fixant le masque serein du mourant, il s'était pris à soupçonner que le bonheur tenait peut-être simplement à l'absence de remords au bout d'une vie douce et légère. L'homme avait été son premier mort comme médecin, le seul aussi où le désespoir et la souffrance n'avaient pas défiguré les minutes finales.

De temps en temps, ce souvenir encombrant lui revenait, poussé par la pluie comme aujourd'hui. Après avoir menacé pendant plusieurs heures, des trombes d'eaux glacées avaient en effet finalement crevé au-dessus de la ville. Des torrents de pluie s'engouffraient dans l'étroite rue en balayant les façades, s'abattant rageusement en gouttes glacées dans le dos des passants pressés. Le médecin tourna distraitement le coin de la rue de Chevreuse, serra de plus près le col de son imperméable, une manière de passer inaperçu si d'aventure il rencontrait un visage familier, un de ceux qui travaillaient dans les bureaux de MAID, quelques portes plus loin. Les morts sont plus libres que les vivants. Il voulait encore un peu de cette liberté.

Il pataugea dans une fuite d'eau sale avant de pousser enfin la lourde porte du 28. À gauche du vestibule, de plus en plus ternie par le temps, une plaque de cuivre annonçait les locaux de MAID dans une typographie vieillotte. Déjà seize ans qu'il avait, avec Clare O'Reilly et quelques autres, choisi avec la gravité des gens saouls, un nom qui leur avait paru très subtil dans la pénombre vacillante d'un soir noyé de blanc sec. Maid International… Medical Aid pour les peuples. Club Maid, avaient-ils braillé dans la nuit, éblouis par eux-mêmes. L'intention était louable, l'idée nouvelle à l'époque. Aujourd'hui ne restait plus du nom que la prétention d'un vieux jeu de mot ridicule. Quant à l'organisation… Un paquebot si énorme qu'il s'était un jour échoué sans qu'on le remarquât. Trop de capitaines… !

Il se secoua, jetant un coup d'œil nostalgique au petit jardin intérieur qu'il aimait tant. Avec ses arbres nus qui grelottaient sous la pluie, le jardin agonisait, solitaire, dans l'étreinte de l'hiver.

Dam prit à droite, l'escalier C, qu'il gravit jusqu'au dernier palier. Courbant machinalement la tête en poussant la porte, il se heurta pourtant au chambranle, comme à chaque fois.

— Oh! C'est toi, mon petit? fit une voix étranglée.

Une femme, penchée au-dessus d'une des boîtes de carton qui encombraient la pièce, avait tourné la tête. Malgré son visage bourru et fermé, elle n'avait pu cacher l'éclat dans ses yeux.

Dam posa un doigt sur ses lèvres et désigna la porte de son bureau personnel. Il s'y dirigea à pas feutrés. Traînant des savates usées sur le parquet, elle le suivit lourdement à travers les piles de boîtes, vers une petite pièce sombre qui sentait la poussière. Refermant doucement la porte derrière eux, Dam se tourna vers la femme.

— Bonjour, madame Royal, fit-il avec un sourire.

— Mon petit! ne put-elle s'empêcher de répéter, la gorge nouée.

Seize ans aussi qu'elle avait mis les pieds pour la première fois dans les bureaux alors presque vides de MAID, hurlant des ordres secs à des fonctionnaires abasourdis dans un téléphone posé par terre. Elle avait tout monté, tout organisé, savait tout, ne craignait rien, ni personne, fussent-ils papes. Elle s'était incrustée pour de bon dans les murs, comme les plaques de cuivre. Et, malgré l'obséquiosité des autres à son égard, Dam savait aussi qu'elle était l'unique fidèle qui lui restait dans l'organisation.

— Je savais bien que tout ça, c'était de la foutaise! jeta-t-elle enfin de sa voix rauque où perçait encore l'émotion.

Elle s'était assise, massive et le souffle court, en face du médecin. Ses yeux gris se posèrent un instant sur lui et Dam les vit soudain se gonfler.

M^me Royal n'était plus qu'un débris. Pourtant, elle avait été, paraît-il, une très belle femme. Il ne restait plus aujourd'hui qu'une masse de chair terne, bouffie des jambes, bouffie de la taille, bouffie des yeux. Ravagée par l'alcool. Son foie, son cœur, ses poumons, tout était malade chez elle. Elle ne tenait plus qu'à un sursis de Dieu. Une bête solitaire, presque féroce, clouée dans l'isolement par une intelligence trop perçante. À Maid, où Dam l'avait imposée de force après sa désintox, elle régnait par la crainte et une logique implacable. Mais en vieillissant, elle avait des moments de faiblesse, où elle parvenait mal à cacher ses sentiments.

Dam lui avait tourné le dos pour la laisser se remettre sans témoin. D'un geste sec, il tira le cordon du store, dégageant aussitôt un nuage de fines poussières qui dansaient maintenant devant ses yeux. Il fixait distraitement ce ballet, attendant sans bouger qu'elle eût repris un masque placide. Malgré lui, il était touché par l'affection qu'elle manifestait, à son corps défendant. Il entendait dans son dos la lutte qu'elle livrait pour saisir plus d'oxygène à l'atmosphère poussiéreuse.

— Quoi donc ? Quelle foutaise ? reprit-il enfin au bout d'un moment.

— Le truc de presse, comment dis-tu déjà ?

Sa voix était encore un peu enrouée.

— Le communiqué ?

— C'est ça, le communiqué. Ça ne cadrait pas. Je le savais. Je l'ai même dit à de Briançon. Il ne m'a pas cru, évidemment ! Mais c'est un con ! ajouta-t-elle avec dédain.

— Qu'est-ce qui ne cadrait pas ?

— Ben voyons ! Si t'étais mort là-bas, au fond d'un trou de montagnes comme ils disaient, c'est pas comme ça qu'on l'aurait appris. Pas seulement par les officiels et leur communiqué, je veux dire. Il y aurait certainement eu aussi un petit salaud quelconque qu'aurait fait surface de nulle part, qu'aurait voulu se faire payer pour parler, pour nous raconter des choses. Quelqu'un qu'aurait vu quelque chose et qui aurait réclamé le paquet ! Là, il n'y avait personne, pas même à Istanbul. Oui ! J'ai téléphoné. Celui qui m'a répondu là-bas ne savait même pas de quoi je parlais. Quand je lui ai demandé comment il avait su pour ta mort, qui l'avait informé, il m'a parlé de l'ambassade d'Ankara et d'un téléphone qu'il avait eu… Ankara ! Comme si ton cadavre s'était baladé, parfaitement conservé, jusqu'à Ankara ! J'ai dit à de Briançon que je ne croyais rien de tout ça, que je croirais le jour où on m'apporterait, contre un solide paquet de fric, tes bouts de doigts dans le formol pour que je prenne moi-même les empreintes ! Non… Tout ça, ça sentait le machiné.

Dam ne put retenir son rire. Et voilà ! Là où le digne, le professionnel de Briançon n'avait vu que du feu, qu'il avait cru à peu près sans broncher les papiers à en-tête et les porte-parole *off the record*, M^me Royal, elle, avait senti l'arnaque. Elle n'avait pas reniflé son habituelle odeur rance d'humain et elle s'était méfiée.

Il ne put s'empêcher de rire à nouveau.

— Qui a fait ça ? poursuivait-elle, hargneuse. Tu le sais ?

— Non. Je ne sais pas qui et je ne sais pas pourquoi non plus.

— C'est pas bon pour nous, ça, mon petit. Il faudra bien trouver d'où vient ce coup. Elle arrêta pour reprendre son souffle.

— Alors ? Ça n'a pas marché cette fois-ci ?

— Non, ça n'a pas marché. Pas cette fois-ci.

— Pas de casse ? fit-elle d'un voix où l'anxiété perçait.

— Non, ne vous inquiétez pas. O'Reilly est là-bas. Il va bien.

Elle posa sur lui des yeux incrédules.

— Enfin, pas trop mal, reprit-il en baissant la tête.

— Et le matériel ?

— Rien…

— Rien du tout ?

— Rien du tout.

— Qu'est-ce qui a bloqué ? Tu le sais ?

— Non… Pas vraiment. Quelque part au ministère, sûrement…

Elle eut un geste de dépit.

— Je le savais… Quand les hommes politiques s'en mêlent… Hommes politiques ! répéta-t-elle avec mépris. Politique, je sais pas ce que ça veut dire, mais homme, ça, je le sais… et il n'y a pas un seul homme là-dedans, pas un seul qui ait le début d'une courte couille…

Elle se leva brusquement, repoussa sa chaise d'un geste sec.

—Je t'avais dit aussi de nous laisser nous occuper de tout. Quand ça roule pas ici, on sait pourquoi. On peut se donner un coup de pied au cul ou le donner à l'imbécile qui s'est étendu flasque… tandis que là…

Elle le fixa d'un œil sévère.

— Avoue que ça te plaisait aussi de faire affaire avec toutes ces marionnettes décorées. Ça te flattait, non ? Avoue !

Elle dut chercher son souffle avant de poursuivre d'une voix sourde.

— Résultat, j'ai pas eu le contrôle, moi sur cette affaire, alors c'est raté. Maintenant, il faut tout recommencer.

—Je vais trouver ce qui n'a pas marché, madame Royal, fit-il. Je vais retrouver le matériel. J'ai besoin d'un jour ou deux, c'est tout.

Elle leva la tête, soudain agressive.

— C'est ça, perds ton temps ! Ton matériel ! Et tu vas t'adresser où pour le retrouver ? Au ministère ? À un fonctionnaire ? Et lequel ? Au ministre ? Oh ! Ça va être joli ! Mais j'ai tout livré, moi, docteur Dam… Mais non, monsieur le ministre, pas du tout… Et ça va durer longtemps comme ça ? Pendant que vous allez vous acharner sur le même os, il faudra qu'il en meure combien de plus ? Elle serra les lèvres avec mépris. Non, maintenant c'est raté… C'est tout !

— Mais non… !

Elle se tourna vers lui avec colère.

— Et O'Reilly, tu comptes le laisser attendre combien de temps encore là-bas tout seul ?

Dam ferma les yeux. Elle se dirigea d'un pas pesant vers la porte.

— J'ai des caisses déjà prêtes en entrepôt, finit-elle par lui jeter en se retournant. Elles doivent partir pour le Soudan. Tu peux les prendre et repartir tout de suite pour le camp d'Uashuat. Tu les veux ?

Elle attendit sa réponse, qui ne vint pas, haussa les épaules et sortit en claquant la porte. Le Soudan... Dam frémit... Pire peut-être que... Il en serait donc toujours là... Choisir, choisir...

Resté seul, il suivit par la fenêtre la pluie qui continuait de battre la pierre grise des murs, mêlée tout à coup à de gros flocons blancs et mous. Faisait-il vraiment si mauvais ou était-ce dans sa tête ? Il repoussa son siège à son tour avec lassitude, se mit à tourner en rond dans ce bureau qui s'affichait à son nom mais qui lui était pourtant totalement étranger. Autour de lui, les murs portaient encore la trace plus pâle des photos, des cartes, des babioles qu'ils avaient, lui et ses amis, ramenées d'un peu partout, tout un bric-à-brac de souvenirs qui y étaient encore accrochés deux mois plus tôt et qui aujourd'hui n'étaient plus là. Des objets, muets pour les autres mais éloquents pour lui, et qu'on avait dû mettre dans une de ces boîtes qu'il avait vues en entrant. Ne subsistaient plus de son bureau que ce qui l'en avait toujours fait fuir, des amoncellements de papiers, formulaires, procès-verbaux, rapports plus épais les uns que les autres et qu'il était incapable d'affronter.

Il ramassa distraitement une pochette de carton rouge marquée *correspondance*. Avec maladresse, il fit tomber le paquet de feuilles et de petits cartons par l'ouverture béante. Il se pencha, les rassemblant avec ses mains grandes ouvertes comme s'il râtelait le parquet. Il y en avait tant, de plus en plus à chacun de ses retours. Des lettres, parfois mal écrites et déchirantes, des injures aussi. D'autres, élégantes et vides, envoyés par ceux qui avaient le pouvoir ou l'argent, la plupart du temps les deux à la fois d'ailleurs. Ceux-là envoyaient peu de lettres. Que des cartons d'invitation, imprimés sur du papier fin bordé de dorure. Leur nombre augmentait à mesure que sa photo paraissait, de fois en fois, dans les magazines. Au début de sa carrière on lui souriait, on lui tapotait distraitement l'épaule. Maintenant, on ne craignait plus de l'afficher en attraction principale de soirées, comme pâture aux invités de marque.

Il feuilleta sombrement la pile d'invitations, dérisoires, toujours à peu près semblables... galas de danse, musique moderne — cet assemblage de bruits calqués sur ceux de la guerre et qu'il détestait avec passion —, une vente d'œuvres d'art au profit de... Beaucoup de souffrance, beaucoup de musique aussi. Le *charity business* vendait bien. Lui-même avait la nausée de ces causes qui suivaient un palmarès de chansonnettes.

Dégoûté, il reposa la pile sur son bureau, se pencha distraitement pour ramasser un carton oublié. *Monsieur le Président de la République, en l'honneur...* Une réception, une autre... L'Élysée recevait ce soir-là une princesse qui s'occupait d'enfants malades. Là aussi, supposa-t-il, il ornerait la réception, comme une plante verte ou le plateau de pâtisseries. Oui, c'était exactement cela qu'il était devenu, un sucre dont on ornait les réceptions. Il avait cru mieux servir ses idées. Mais c'était son orgueil qu'il avait servi. M^me Royal avait raison.

Il lui vint tout à coup un goût fade de *loser* dans la bouche. Il effleura l'une des marques pâles sur le mur, là où était suspendue auparavant une photo qu'il aimait, prise au Cambodge avec son ami Verdier, qui était encore là-bas d'ailleurs. Au front. Au front... Il serra les poings, submergé soudain par son impuissance, ses erreurs. La honte de son orgueil.

D'un coup, il se laissa brutalement tomber dans le désespoir, dans la défaite. Tout s'écroulait soudain et il se laissa faire, paralysé. Il avait envie de vomir, de s'enfuir. De s'enfuir. Son regard effleura à nouveau l'espace vide laissé par la photo, le vide laissé par Verdier, laissé par O'Reilly. Il ferma les yeux. S'il était méprisable dans l'échec, il l'était encore plus dans la faiblesse.

Il laissa passer un long moment sans bouger, s'appliqua à ramener sa volonté à la raison. Il finit par allonger le bras jusqu'à l'appareil téléphonique, fit le numéro de Bertrand. Le son réel de la sonnerie qui grelottait dans un bureau lointain le soulagea un peu.

Une voix féminine remplaça la sonnerie, répliqua à sa question que Bertrand n'était pas au travail. Il n'insista pas, fit le numéro du domicile du chef de cabinet, n'obtint aucune réponse. Il avait encore l'appareil à la main comme on tient une bouée, lorsque M^me Royal le rejoignit dans la pièce. Elle lui jeta un bref coup d'œil, et détournant son regard, posa sur le bureau une pochette bleue marquée Korguénie et un café noir.

— Plusieurs fois, j'ai appelé Bertrand, avant même que tu partes la dernière fois, commença-t-elle d'une voix neutre, s'appliquant à ne pas le regarder en face. Elle le connaissait si bien. Elle détectait la détresse à l'odeur. Elle fit semblant de l'ignorer.

— Oh! Je sais... Je l'emmerdais prodigieusement, mais je m'en foutais totalement... C'était mon boulot. Je lui ai dit, je veux avoir les papiers, les confirmations, les connaissements pour les conteneurs, tout... Je lui ai répété que je ne lui faisais pas confiance, à lui comme aux autres!

M^me Royal faisait exprès de s'attacher à des bêtises, pour le soulager.

— Mais il s'est défilé... Rien... Je n'ai rien reçu. Pas même les trucs officiels, ceux que tu avais signés. Alors, je me suis méfiée... J'ai gratté, j'ai fouillé, téléphoné à tous les petits sous-fifres que j'ai pu trouver, j'ai emmerdé tout le monde... Oh! Ça a pris beaucoup de temps. Mais, peut-être parce que je n'ai jamais lâché, j'ai fini par trouver ceci, le dossier officiel de l'opération Korguénie. « Vous allez voir, madame Royal, qu'ils me disaient tous, tout est signé et timbré. N'ayez aucune crainte! Tout est parfaitement en ordre... »

Elle ouvrit la pochette devant Dam, pointa du doigt le bas d'une page.

— Timbré, c'est le mot qu'ils employaient. Regarde, comme ici! Ces timbres-là, il y en a en effet beaucoup. Oh! J'ai tout examiné, bien sûr. Oui, ça, pour être timbré, ça l'est! Tellement que moi, je n'ai rien réussi à trouver d'anormal. Rien qui pouvait laisser soupçonner qu'à cette date-ci, tu n'aurais rien reçu, tel que prévu, à Istanbul ! Il y a des signatures, des noms. Alors, j'ai tout mis de côté, j'étais même déçue, d'une certaine façon… Tu comprends, j'aurais presque voulu prouver que, sans moi, tu y serais pas arrivé… Je sais, c'est con ! Mais je ne suis qu'une vieille imbécile.

Elle s'obstinait à ne pas le regarder.

— Tu vois, aujourd'hui j'me dis que dans ces papiers-là, il doit y avoir quelque chose que j'ai pas trouvé… Alors, j'me dis aussi qu'en fouillant correcte-ment, en refaisant tout le chemin, on arrivera bien à trouver une lumière qu'ils n'ont pas réussi à éteindre… Assieds-toi là, mon petit… on en a au moins pour une heure ou deux !

Dam la regardait parler, sidéré. Elle avait tout compris, tout deviné et, surtout, tout résolu. Combien de fois, comme aujourd'hui, leurs actions, les missions qu'ils montaient et dont ils tiraient tant de fierté, lui étaient-elles dues à elle, à son travail d'ombre ?

— À mon avis, poursuivit-elle, j'ai pas vu ce qu'il fallait voir, tu comprends ? Toi et moi, il faut tout reprendre. Ensemble.

Elle tournait déjà les feuilles, les plaçait dans le bon ordre, tout à coup absorbée totalement par sa tâche. Dam sentit l'ironie de son attitude. Elle se foutait de sa gueule. Par affection. Il baissa les yeux, feignant de s'intéresser aux documents, mais ce fut en réalité un aveu d'humilité.

— O.K., commença-t-elle. Le 8 octobre, première réponse officielle à ta demande. Ici, le papier. Regarde, signature de Forclaas. Première lettre de Pharmatrex, le 12 octobre, signature de Smit. Seconde lettre de confirmation de Pharmatrex, le 21. Regarde, l'inventaire y est joint. Vérifie… la première liste, j'en ai une seconde quelque part.

Elle lui passa une pile de feuilles, et il se pencha avec minutie sur les documents. Première réquisition de la marine. Le navire Colonel-DeWaert, commandant Gastier à bord…

Tour à tour, ils s'échangeaient les papiers, cochaient sur des listes qu'ils se fabriquaient à mesure, des dates, des listes d'équipements, des noms.

— 68 caisses de pansements stériles.

— 68 caisses ? C'est énorme ! C'est impossible. Et ici, quarante-deux caisses de…

L'un des deux levait la tête, vérifiait dans ses listes, marquait un point d'interrogation.

— Combien vous avait-on indiqué de conteneurs ?

— Deux…

Dam fronça les sourcils. L'inventaire indiqué était énorme… Il reprit un document.

— Quelle signature ici, madame Royal ?

— Forclaas, Smit et la tienne.

— Et ici ?

Elle se pencha, étudia soigneusement avec la loupe.

— C'est illisible… Qu'est-ce que c'est ? Le nombre de conteneurs ?

Il ne répondit pas, reprit le document.

— C'est quand même curieux que les dates et le nombre de conteneurs aient été laissés en blanc sur l'entente officielle, tu ne trouves pas ? ajouta-t-elle. Il haussa les épaules.

— Je ne sais pas. Ce n'est pas courant ?

— Non.

— Et les connaissements des conteneurs, leurs numéros, vous ne les avez pas, je suppose ?

Les connaissements sont en quelque sorte le pedigree des conteneurs. Destinataires, expéditeurs, tout y est en principe inscrit.

— Non, bien sûr que non, ce serait trop beau… Mais attends, mon petit… Regarde ici… Assignation, commandant Gastier, Toulon. Signature, commandant Gastier, le 8 décembre. Un communiqué de presse *Départ de Toulon du Colonel-DeWaert*, chargé du matériel. Ils avaient quand même du temps à perdre pour rédiger un communiqué de presse.

M^me Royal saisit un autre document, l'examina, le repassa à Dam.

— Et qu'est-ce que tu lis ici, mon petit ?

Le médecin se pencha, tenta de lire.

— GrandPerrin ?

— Oui… Le chef d'État-major… Et ici ?

Elle lui tendit une autre feuille.

Il déchiffra l'étampe mal imprimée.

— Le Havre.

— Le Havre…

Cette fois-ci, Dam ne put retenir un sourire.

— Je crois qu'on tient le bon bout, Madame Royal…

Au bout de deux heures, ils avaient étudié mot à mot chaque document de la pochette bleue. Le médecin réfléchissait, portait à ses lèvres le café qu'il avait oublié et qu'il repoussait avec une grimace. Il avait une furieuse envie de fumer.

— Et maintenant ? Qu'est-ce qu'on fait ? demanda enfin M^me Royal. Dam s'assombrit.

— D'abord, O'Reilly. Il a besoin d'aide. Il faut envoyer une relève.

Elle se renfrogna.

— Une relève… Une relève… Un chargement pour l'abattoir, oui ! C'est pas une place, pour l'heure, où envoyer nos gens. Avec rien, ils ne pourront pas faire de miracles.

— Je sais, je sais… mais j'aurai ce qu'il faut. Ils doivent partir maintenant.

— Et qu'est-ce que tu veux ?

— Un chirurgien… Deux, non, trois infirmières, mais pas plus. On ne pourra pas les nourrir. Qui avez-vous comme chirurgien ?

— Le petit Martin…

Dam sursauta.

— Non, pas Martin.

— Il dit qu'il est prêt. Il veut partir, rétorqua M^me Royal. Et puis c'est le seul que j'ai sous la main. Alors c'est lui ou personne.

— Il est trop jeune, madame Royal, je vous l'ai déjà dit.

— Et tu avais quel âge, toi ?

Personne ne pouvait comprendre Dam, à commencer par le petit Martin lui-même, qui lui en voulait de ses refus répétés. Mais comment le médecin aurait-il pu leur expliquer qu'il tenait cela de son instinct, que le petit était trop petit justement, trop fragile pour le destin qu'il s'obstinait à choisir.

— C'est bon, finit-il par laisser tomber. Martin, alors… Quand peuvent-ils partir ?

— Dans quatre jours…

— Je vous donnerai les contacts là-bas pour qu'ils puissent se rendre au camp.

— Et les caisses du Soudan ?

— Non !

C'était catégorique. Elle n'ajouta rien. Il se leva, ramassa le dossier marqué Korguénie. Son regard fit le tour de la pièce vidée de son contenu, revint se poser sur M<sup>me</sup> Royal.

— Nous partons d'ici ? lui demanda-t-il doucement. Elle baissa la tête.

— Tu sais, ça y est, le déménagement. Ils ont trouvé, plus grand, plus moderne… plus…

— Chic ?

Elle ne répliqua pas.

— C'est moi qui ai tout emballé ici. Tu n'as rien à craindre. Je vais t'installer là-bas, tu seras bien.

Il la considéra un moment, haussa les épaules.

— Ce n'est pas la peine…

Elle leva la tête vers lui, le regarda intensément.

— Reviens… Reviens reprendre la direction. C'est toi ici, tu sais où ça va, où ça doit aller, tes amis sont ici… T'as rien d'autre ailleurs… Reviens, mon petit.

Dam crispa les mains sur la pochette bleue qu'il tenait.

— Jamais, lui jeta-t-il.

M<sup>me</sup> Royal le fixa avec colère.

— Tu as vu pourtant ce que ça donne quand on n'est pas derrière. Tu diras ce que tu voudras, sans nous, sans l'organisation, t'es rien… En tout cas, nuança-t-elle, tu ne peux pas aller très loin ! On a quand même du bon…

— Je sais… Je sais.

Il leva la main, comme pour se défendre.

— Je m'excuse, madame Royal.

La voix du médecin s'enrouait.

— Je m'excuse, je ne peux plus, je ne peux plus… Je ne sais pas si je pourrai jamais… Je n'arrive pas à rentrer dans l'ordre, à m'asseoir ici…

Il désigna les papiers sur son bureau.

— J'ai peur de ça, je me perds là-dedans. J'oublie pourquoi je suis là. Ici, je ne fais plus que du travail… de l'autorité… C'est la mauvaise partie de moi, la partie que je dois contrôler, camoufler, bannir… Je finis par avoir honte de moi, assis à ce bureau… Comprenez-vous ?

Il lui adressa un regard suppliant. Elle le fixa un moment, silencieuse. La tristesse se lisait sur ses traits.

— Ils ont bien fait de m'écarter, vous savez, reprit-il avec peine. Je ne le nie pas…

— Roubaix, Larbier, ils n'étaient même pas là au début, ils peuvent pas savoir comme toi, comment…

— Ils savent, madame Royal. Pas la même chose que moi, qu'O'Reilly peut-être, mais ils savent…

Il chercha le mot.

— …gérer, finit-il par jeter avec, malgré lui, un accent de mépris. Gérer… Moi, je ne…

Elle préféra l'interrompre.

— Comment c'était là-bas, mon petit ?

— Je vieillis, fit-il en fermant les yeux. Je crois que je vieillis, madame Royal… Je suis fatigué…

— Madame Royal… !

La porte s'ouvrit brusquement et une jeune fille pénétra dans la pièce. Elle brandissait un journal, cherchait M^me Royal des yeux.

— Je...

Elle s'interrompit net en les voyant.

— Oh! Excusez-moi...

Elle sourit à Dam, se tourna vers M^me Royal.

— Je suis venue vous dire... dans le journal.

Elle désigna Dam.

— Il est vivant! Enfin, je veux dire...

Elle brandissait le journal inutile devant eux.

— C'est la fille de Roubaix, Mathilde, présenta M^me Royal. Elle fait médecine, alors on la prend quelquefois.

C'était une fille ronde, rose, pleine de vie. Essoufflée d'avoir couru, elle les considérait tous deux, indécise, en plissant de jolis yeux amande. Elle n'avait rien de son père, qui était un homme sec et austère. Dam s'approcha d'elle, saisit l'exemplaire du *World Today*, lut un court article en première page : «*Fort d'une gestion serrée de l'information recueillie... nos sources nous ont indiqué... Il s'agirait d'une erreur ou peut-être d'un canular...*»

— D'un canular, répéta Dam.

Et il partit tout à coup d'un immense éclat de rire. Il lança le journal à M^me Royal.

— Je suis vivant. Eh! Vous imaginez! Le grand de Briançon l'a découvert tout seul! Tout seul... grâce à une «gestion serrée de l'information» qu'il écrit! Une gestion serrée...

Il riait à en perdre le souffle.

— L'imbécile!

Il riait encore en dévalant l'escalier.

▮

— La vérité seulement... belle et nue, martela Dam avec force. Voilà ce que je veux !

— Mais ce n'est que la vérité, Maximilian ! rétorqua de Briançon avec aigreur.

— Non ! La vérité se meurt de soif sur ta langue de bois... Marche ! D'un côté ou de l'autre, mais marche ! Ou crève ! C'est ça la vie, c'est ça la mort, c'est ça la vérité ! La vérité est sale ! Alors que toi, et tes « gestions serrées », vous êtes maladivement propres. La saleté vous répugne...

— C'est pourtant cette... propreté, comme tu dis, que Sianna a cherché auprès de moi, comme seul refuge de paix, ne l'oublie pas, Maximilian ! répliqua le journaliste venimeux. Dam reçut la remarque comme un coup de poing au cœur.

— C'est également cette propreté à laquelle aspirent la nuit en rêve tes Korguènes, Afghans et autres laissés-pour-compte de cette planète, que tu prétends aider... Gérer, au lieu de crever, c'est bien là leur seul vœu... et toi qui cherches tant leur compagnie, tu le sais parfaitement ! Tu ne te bats pas pour autre chose que pour qu'ils accèdent enfin à cette soi-disant propreté.

— Tais-toi, tu réduis leur combat avec tes mots vides... Laissés-pour-compte ! Ça ne veux rien dire, ça ! Laissés-pour-compte de quoi ? Par qui ? Tes mots sont comme tes amis et toi, ils fuient toute responsabilité... C'est dommage d'ailleurs ! Les laissés-pour-compte, comme tu dis, ont besoin de toi, de ton journal pour les sortir de l'ombre où on les tient cachés !

— J'utilise les mots que je connais… et que mes lecteurs connaissent. Les autres mots, ceux que tu voudrais entendre, les feraient fuir et on n'avancerait plus de toute façon. Je dois informer mes lecteurs, non les épouvanter ! Non, tu t'égares, Maximilian, jeta de Briançon avec agacement. Et puis, que voulais-tu que j'écrive différemment ? Dans le cas de ta mort possible, comme dans tous les autres d'ailleurs, j'ai fait mon travail avec une grande rigueur. Nous avons effectivement vérifié nos sources, j'ai recommuniqué personnellement avec Istanbul, j'ai fait examiner la provenance du fil de presse… Nous avons effectué, et c'est vrai, une gestion serrée de l'information, une gestion professionnelle. À l'issue de laquelle j'ai pu conclure, avec bonheur d'ailleurs, que tu étais vivant ! Voilà !

— C'est faux ! La vérité, tu l'as sue par les yeux de ma sœur… La vérité, tu l'as sue aussi par cette photo !

Dam extirpait l'une des photos prises par Hunter la veille, et qu'il avait repérée sur le bureau de de Briançon en entrant.

— Mais ça, tu ne l'as pas dit à tes lecteurs, que tes sources, dans le fond, elles étaient personnelles ! Tu ne leur as pas dit non plus pourquoi ni comment le grand de Briançon s'était fait manipuler ! Ni par qui ! Car on t'a bien manipulé, ne le nie pas ! Mais ça, tu ne leur diras pas ! Question d'orgueil ! Alors, ne fais pas chier avec le pseudo-professionnalisme ! Dis-moi plutôt : pourquoi ne l'as-tu pas publiée cette photo ?

— Hunter ne voulait pas, répondit de Briançon avec embarras. Il disait qu'il t'avait promis…

— Tu vois! Il ne s'est pas caché derrière des mots, lui! Pas de fric qui tienne le coup contre la parole donnée! Et en plus, il ne me l'avait même pas promis! Il a fait ça par respect! Un misérable sac de coke, un photographe de cadavres a plus de morale que toi!

— Ne parle pas de morale, Maximilian. Je reste persuadé qu'au fond nous partageons la même!

Dam préféra ne pas répliquer.

— Et puis, rassure-toi! poursuivit de Briançon avec assurance, ta sœur ne m'a rien dit. D'ailleurs, je ne me serais jamais servi d'elle, bien entendu. Cependant, il est vrai que je l'ai sentie plus… disons plus légère.

Légère! Pour l'homme qui prétendait l'aimer, elle n'avait été que plus légère! Pour Dam au contraire, elle avait frôlé des lieux maudits, des lieux qui laissent des traces indélébiles. Le médecin considéra le profil aristocratique de l'homme devant lui, ses mains qui flottaient avec élégance au-dessus des choses. Deux étrangers face à face, liés malgré eux par une obligation de collaboration et l'amour d'une même femme. D'une certaine façon, le médecin enviait malgré tout au journaliste cette certitude, qu'il affichait avec hauteur, d'avoir toujours raison.

— Tout est question d'interprétation, Maximilian, et non de vérité. J'ai écrit que c'était un canular, tu dis que c'était un faux. Que mes sources étaient incorrectes. Tu dis qu'elles ont menti. Avec les informations que j'ai aujourd'hui devant moi, peut-être puis-je penser en effet que Bertrand m'a menti. Je constate également que ce fil de presse pourrait avoir été truqué tant il ressemble aux communiqués officiels du consulat d'Istanbul. Mais comprends bien ceci : émettre des hypothèses qui pourraient mettre en doute la réputation d'un ministre pour aussi peu est hors de question. Je suis un journaliste responsable, un homme rationnel.

De Briançon eut un geste d'agacement.

— Car c'est bien de cela qu'il s'agit ! Tu veux mettre en cause le ministre sous prétexte que ta mission est un échec ! Or Forclaas, jusqu'à preuve du contraire, est un homme parfaitement honorable et je ne veux prendre aucun risque !

— C'est ça ! Ne prends surtout aucun risque ! lui jeta Dam avec mépris en se dirigeant vers la porte.

— Assieds-toi, Maximilian ! Je suis désolé, crois-moi, de la tournure de cette conversation. Bien que ce soit chaque fois pareil…, fit de Briançon avec un sourire forcé. Dis-moi plutôt la raison de ta visite. S'agit-il de ce dossier ?

Il désignait la pochette bleue que le médecin tenait toujours à la main. Dam revint vers de Briançon, posa la pochette devant lui, fixa le journaliste.

— Oui, il s'agit de cela. Mais laisse… J'ai changé d'avis. Je ne te le laisse pas. Je ne te fais pas confiance.

— Je suis parfaitement honnête, intègre et tout à fait professionnel !

Le journaliste était ulcéré.

— Je ne le nie pas ! Mais c'est une question d'interprétation, comme tu dis, Olivier. L'honorabilité de Forclaas, du gouvernement et du reste de ta clique tient peut-être à ceci, entre ces deux cartons bleus. Or, toi, tu vas les confier à un de ces journalistes qui te ressemblent, un de ceux-là qui glissent sur les mots, qui patinent avec élégance, proprement, qui achètent les yeux fermés toutes les explications fournies *a posteriori* par une armée de fonctionnaires payés pour ça. Payés pour trouver des explications rationnelles à des résultats désastreux, à la misère du monde. Car c'est bien de cela qu'il s'agit.

Dam se redressa, considéra le journaliste avec mépris.

— Non, tu vois, je vais plutôt me trouver un journaliste qui connaît la saleté des choses et ne la craint pas, qui fouille la merde à mains nues. Un journaliste qui se révolte encore. Et toi, si t'as des couilles, tu publieras ce qu'il aura trouvé. tout ce qu'il aura trouvé. Et avec ses mots à lui, des mots vrais même s'ils sont sales !

Dam se pencha vers de Briançon avec un sourire ironique.

— Alors seulement, on aura, toi et moi, la même morale !

▌█▌

— Un scotch ! Double.

L'air du Bouillon était poisseuse. À la fumée dense qui saturait le bar s'ajoutait aujourd'hui l'odeur de moisissure des vêtements mouillés. Dam se fraya un chemin à travers la faune transie qui se collait au comptoir. Il repéra, à l'arrière, quatre ou cinq hommes silencieux assis autour d'une table et, parmi eux, celui qu'il cherchait, Douglas York.

Le médecin fit signe à l'un des barmen et celui-ci alla se pencher vers le journaliste. York leva la tête d'un air indifférent, puis, reconnaissant Dam, il repoussa sa chaise et s'approcha en louvoyant du bar. Pas très grand, voûté dans un éternel imperméable kaki chiffonné au-delà des mots, York avait le visage ravagé de ceux qui ne voient jamais le soleil. Il avait traîné sa vie au fond des bars et des champs de mines d'Afrique, d'Asie et d'ailleurs, et en avait rapporté des portraits de l'enfer. Certains de ses reportages, qui avaient pu trouver le chemin jusqu'à la publication, avaient même fait basculer l'ordre des choses, parfois pour le mieux. Plus souvent qu'autrement, ses photos de massacres et d'enfants égorgés n'avaient rien changé. York s'était tout de même fait un nom, l'un des quatre ou cinq grands journalistes qui persistaient obstinément à contourner les caméras officielles de CNN.

— Je vois que les journaux continuent d'écrire des conneries ! lança York. Ou bien est-ce ton fantôme qui se descend un scotch dans le creux du squelette ?

York tendit la main au médecin.

— Content quand même que tu sois revenu de Korguénie. Ça m'emmerde toujours quand je perds un ami…

— Ça va ? fit le médecin.

— Ça dépend… Et toi ? Beaucoup de casse là-bas ?

— Toujours pareil…

— Un autre ? fit le journaliste en désignant le verre du médecin.

Dam avait déjà la tête lourde. Mais, au point où il en était… Il se tourna vers le barman.

— Deux autres scotchs… doubles! Et toi, tu rentres d'où? reprit le médecin.

— Un bout à Sarajevo… Un bout en Hongrie aussi… Faut qu'j'y retourne, d'ailleurs! J'ai trouvé un truc là-bas, une saloperie…

Le journaliste prit une gorgée, haussa les épaules.

— Mais tu sais comment c'est… Faut d'abord que j'trouve le fric pour continuer… C'est pour ça que je suis rentré. J'ai pu caser deux ou trois trucs sur la reconstruction de Saravejo. Ces jours-ci, ça paie bien la reconstruction de Sarajevo, les journaux aiment publier ça, ça fout bonne conscience à leurs lecteurs, ils ont l'impression satisfaite de nettoyer leur cour.

— Sarajevo… Il y a longtemps que j'y suis allé. Ça s'arrange un peu?

— Non, c'est de la merde! Y'a rien qui marche dans le bon sens… sauf les intellos qui se pointent avec leurs discours, les ingénieurs qui se pointent avec leurs factures… Mais les gens, tu vois, les vrais gens, pour eux, à mon avis, c'est pire que jamais… Même pendant la guerre, c'était plus clair… T'étais d'un côté, t'étais de l'autre… Pas de confusion… Mais aujourd'hui, la haine elle est partout, on ne sait plus d'où elle vient. Elle se glisse entre les individus plutôt qu'entre les partis, entre un voisin et son voisin, un cousin et un autre. On n'a jamais tant senti ce que ça signifiait être d'une race ou de l'autre… On dirait que les gens s'épient sans arrêt, épient la longueur de leur nez, la couleur de leurs yeux…

York vida son verre d'un trait, resta silencieux pendant un moment.

— Et le pire, c'est que la peur est restée, elle aussi, elle a même grossi... La merde, j'te dis...

Le journaliste tira une cigarette de son paquet froissé, l'alluma en plissant les yeux.

— Tu en veux une ? fit-il distraitement.

Le médecin refusa d'un signe de tête.

— Et les enfants là-dedans, continua le journaliste. C'est eux qui vont repartir le bal, tu vas voir. Donne-leur seulement quelques années. Eux, ils feront même pire que leurs parents, tu verras. Quand, enfant, t'as bu du sang plutôt que du petit lait...

York fit la grimace, se tourna de nouveau vers le bar.

— Gaston ! Deux autres. Et je ne peux même pas écrire comme c'est vraiment, poursuivit-il. Si, je peux parfois, mais dans des tirages tellement confidentiels, autant dire pour personne, sauf ceux qui savent déjà... Et puis, c'est pas ça qui m'paie mon ticket de retour là-bas.

Dam ne répliqua pas. Le journaliste leva les yeux vers Dam.

— Et toi, il y a du mieux ?

— Non, pas vraiment. O'Reilly est resté là-bas. Il n'a pas voulu sortir.

Dam vida son verre d'un geste rapide, hésita un peu et piqua finalement une cigarette dans le paquet du journaliste.

— Il se fera tuer un jour. Il se tient toujours trop près de la ligne, murmura York.

Dam hocha la tête. Il poussa la pochette bleue vers York.

— Tiens, j'ai ça pour toi. Sur ce qui s'est passé en Korguénie. Ou plutôt, sur ce qui ne s'est pas passé. C'est à fouiller. Si tu le veux, c'est à toi... De Briançon va bien te le payer au *World Today*, si tu trouves et que tu lui apportes bien ficelé.

York saisit la pochette, l'ouvrit devant lui.

— Ça s'est passé ici ? En France ?

— Oui... Ce que tu as là, c'est la version officielle, celle de Paris. Mais elle est truquée. L'autre, la vraie, se trouve probablement au Havre.

York feuilleta vaguement les feuillets.

Le barman faisait le plein de scotch aux clients accoudés au comptoir. Le médecin lui fit signe. York regarda Dam, les yeux troublés par l'alcool.

— C'est une sale combine, poursuivit Dam. Mais, au fond, c'est une banale question d'argent, c'est tout. Forclaas a disparu peu après mon départ. Les conteneurs, selon les papiers que j'ai réussi à récupérer, sont partis du Havre et non de Toulon, je ne sais pas pourquoi.

— Le Havre..., murmura York. C'est là où transite la moitié des saloperies pourries qui se baladent en Europe et ailleurs... dans des conteneurs scellés comme des cercueils. Avec des salauds en costume griffé comme maîtres de funérailles. Des salauds de salon. Ceux-là me font vomir...

— Bertrand, qui a réglé tous les papiers, a peur. Il cache quelque chose, il couvre quelqu'un. Et il sait...

— Rien d'autre ?

Dam hésita.

— Vas-y, grommela le journaliste.

— Je ne veux pas y donner plus d'importance que ça, commença Dam avec réticence.

— Mais ?

Dam relata avec réticence la mort du clochard, coulé dans le Bosphore, le fil de presse...

— Il semble que cela s'est fait avec le concours du consulat français à Istanbul, peut-être même de Bertrand, ici. Pourquoi ? Je ne sais pas...

York feuilleta le contenu de la pochette. Le temps s'était arrêté, les visages humides autour du bar changeaient sans doute et pourtant ils se ressemblaient tous. Dam jeta un regard au journaliste. Il sentait un malaise.

— Tu sais..., commença York.

Il s'interrompit, chercha ses mots.

— Je me fais vieux, je suis usé... Je ne sais pas si je pourrai démêler ça...

— Tu connais toutes les ficelles...

— Les ficelles, peut-être... Mais c'est pas ça... C'est le courage, vois-tu, le courage qui vient à me manquer. Ça, c'est gros, compliqué... Est-ce que je suis encore capable ?

York levait vers Dam des yeux inquiets.

— Je suis peut-être allé trop loin, vois-tu. J'ai vu trop de choses. Pour fouiller un truc pareil, il faut encore croire à l'espoir. Moi, c'est fini. Je ne l'ai plus et ça m'enlève mes forces, mon courage. Il faut croire en quelque chose pour grimper ces montagnes-là. Moi, je ne crois plus à rien...

— Mais tu veux pourtant retourner là-bas ?

— Oui, c'est vrai. Mais là-bas, je suis parmi les miens, mon monde. Tout est simple, clair. Il y a ceux qui tirent et ceux qui tombent. Il suffit d'être avec ceux qui tombent. Peu importe leur camp... Je n'ai qu'à les montrer. C'est plus facile. Tandis que ça, fit-il en désignant la pochette... Il faut croire qu'on peut y changer quelque chose. Et moi, je n'y crois plus. Il vaudrait mieux que tu t'adresses à un jeune, quelqu'un de neuf, de fou...

Dam fixa le journaliste. Il posa une main sur son épaule.

— J'ai besoin de toi, de ton cynisme. Un jeune se fera berner...

York lança au médecin un regard incertain.

— Je t'en prie, fit Dam, j'ai besoin de toi...

Le journaliste vida son verre d'un trait, finit par mettre la pochette sous son bras.

— Si tu le dis...

— Je le dis...

— O.K., finit par laisser tomber York en soupirant. Eh! Gaston! Apporte-nous la bouteille au fond, à la table! Regarde, Dam! continua-t-il. Regarde à la table où j'étais assis! Tu vois cet homme, au fond?

Le médecin jeta un coup d'œil, reconnut les journalistes qui accompagnaient York mais ne put distinguer l'homme enfoncé dans la pénombre que lui indiquait le journaliste.

— Vous mangez quelque chose? interrompit le barman.

— Ce que tu veux, répondit York. Apporte ça là-bas. Et donne la bouteille ici! Viens! fit le journaliste en quittant le comptoir, traînant Dam avec lui. Je te présente... Je l'ai trouvé à Sarajevo...

Dam suivit le journaliste. La chaleur, le scotch, les amis aussi qu'il retrouvait ici, dans ce petit bar connu des seuls habitués, avait enfin eu raison de l'angoisse qui le poursuivait depuis son retour. Pour la première fois, il se sentait bien. York se dirigea vers la table et tira une chaise pour le médecin. Dam jeta un coup d'œil autour de la table, salua les hommes. Sauf pour l'inconnu, il connaissait bien les autres, avait fait le Liban avec deux d'entre eux, un photographe et un journaliste.

— Comment va, Jeannot ? fit le médecin. Le photographe avait reçu une balle au thorax en Yougoslavie. Une sale blessure.

— Ça va ! Seulement j'prends un peu l'air par les coutures maintenant, mais autrement c'est bon, fit le photographe, cachant mal une grimace.

York désigna l'inconnu au bout de la table.

— Je te présente Klotz, Alex Klotz. Il était au *Krojltze*, le dernier journal de Sarajevo. Dam, le médecin. De Maid, enfin anciennement, de Maid, rectifia York.

Dam se tourna vers Klotz, enfoncé dans l'obscurité. Il fit le tour de la table. L'homme se leva également, mais, à la surprise de Dam, cela parut à peine. Klotz avait la taille d'un enfant de dix ans.

— Enchanté, fit Klotz. Sa voix était grave. Dam le fixa avec plus d'attention. Dans l'obscurité, il devinait un visage beau, aux traits fins et délicats, perché au-dessus d'un corps défait de nain mais qu'il tenait pourtant très droit. Ce n'est finalement que lorsque le Yougoslave tourna légèrement la tête vers le médecin que celui-ci aperçut pleinement le massacre. Le côté gauche du visage n'avait plus rien d'humain. La peau, les traits, avaient fondu dans un amas de chair grise et boursouflée. Le feu avait ravagé la moitié de son visage. Dam ne put s'empêcher de baisser les yeux un court instant. Il lui tendit la main sans un mot, puis retourna s'asseoir, troublé.

— Tu retournes bientôt au camp d'Uashuat, Dam ? fit York en brisant le silence qui s'était installé.

— Oui, dès que tout est réglé, fit le médecin.

— Alex pourrait t'accompagner, poursuivit le journaliste. Dam se tourna vers le Yougoslave et fut de nouveau troublé, cette fois par l'éclat intense des yeux fixés sur lui.

— C'est difficile de partir là-bas, fit Dam à voix basse. Les papiers…

Klotz haussa les épaules, répondit de sa voix trop douce pour un tel corps.

— Je suis musulman, comme si cette réponse résolvait toutes les questions.

— Alex s'est entêté à imprimer le dernier journal de la ville dans une cave de Sarajevo pendant la guerre, commença York d'une voix morne.

La cigarette pendue aux lèvres, il ne regardait personne, s'appliquant à remplir avec une attention soutenue les verres de scotch sans rien répandre.

— Il n'y avait pour ainsi dire plus de murs debout au-dessus de cette foutue cave. Le building était en ruines. Quand la roquette est arrivée, elle a frappé de plein fouet le plafond de la cave… ou ce qui en restait ! Comme un Exocet, elle a foncé directement sur eux. Enfin, presque. Parce que tu vois, je ne sais pas

comment mais ils étaient parvenus à se trouver des
réserves de papier... Tu t'imagines l'exploit, en pleine
guerre ? Ils avaient stocké les rouleaux à l'entrée de la
cave. Ça c'était plutôt con... La flambée que ç'a fait
devant la seule sortie de secours ! Tous les journalistes,
une dizaine, ont été bloqués au fond. Tous, sauf Alex.
Il a voulu les sortir de là, mais...

York ne crut pas nécessaire d'achever sa phrase.
Toujours concentré, il repoussait, sans regarder personne, les verres pleins vers les hommes.

Dam savait que le monologue lui était destiné,
même s'il ne voyait pas encore pourquoi. Il se tourna
vers Klotz qui, toujours enfoncé dans la pénombre, ne
touchait pas à l'alcool. Il sentait le regard aigu du Yougoslave sur lui.

— Ils n'ont pas pu sortir, reprenait finalement York.
Ils ont tous grillé. Tous, sauf un, Alex.

York leva les yeux vers Dam, le fixa intensément.

— C'est bête à dire, poursuivit-il, mais il a fallu les
incinérer. Enfin, ce qui en restait. Tu te rappelles
Jeannot ? fit York, prenant le photographe à témoin.
Il n'y avait plus de place en ville pour enterrer les cadavres... C'est comme ça que j'ai connu Alex... J'avais
rendez-vous au journal. Je suis arrivé juste à temps
pour l'aider... à ramasser...

York se tourna à nouveau vers Dam, abandonnant
soudain son apparente indifférence.

— Alex veut aller en Korguénie, Dam, fit-il d'une
voix sourde. Il a un compte à régler avec les marchands
de canons. Tu comprends ça ?

Dam ne répondit pas.

— Il veut rencontrer le réseau korguène. Et toi, tu es le seul à pouvoir l'introduire auprès d'eux, le seul en qui ils ont confiance. Le seul. Il a besoin de ton aide. Il ne trahira pas. Tu peux me croire.

Le médecin se tourna vers le Yougoslave. C'était pourtant sacré, ils le savaient tous. Ceux qui connaissaient les filières, les sources, les gardaient secrètes. Pour tous. Même pour un ami. C'était l'ABC de la sécurité. Jeannot, York, tous autour de la table savaient ça, respectaient eux-mêmes ce principe. Dam vida son verre, le remplit à nouveau. Il aurait préféré avoir toute sa tête, ne pas être englué dans l'alcool pour prendre une telle décision.

Le silence s'était fait autour de lui. Ils attendaient son verdict. Ils le respecteraient, Dam le savait, et ça, au moins, c'était rassurant. Cela faisait partie du pacte. À lui seul revenait de prendre la décision de divulguer des secrets qu'on lui avait confiés avec anxiété. Sur son mollet, solidement attaché, il sentait même la pression du petit carnet noir si vital pour les Korguènes. Serait-ce trahir ? Serait-ce au contraire les aider ?

Son instinct décida pour lui et, au bout d'un moment, il releva la tête. Silencieusement, il leva son verre en direction de Klotz, puis le vida d'un trait. Sans dire un mot, tous l'imitèrent aussitôt, portant cette fois leurs verres vers le médecin. Seul le Yougoslave resta imperturbable, les yeux toujours fixés intensément sur Dam. À peine un mince sourire étira-t-il ses lèvres. Le médecin sentit nettement le soupir de soulagement autour de la table.

Puis, contenue trop longtemps, la conversation

s'engagea, décousue. Gaston avait apporté une assiette de sandwichs, mais c'est à peine s'ils y touchèrent. De temps en temps, Dam jetait un coup d'œil vers Klotz, qui continuait de garder le silence. Le photographe reprit une fois encore, avec humour, le récit de sa sortie de Sarajevo, une balle dans la peau, par les voies militaires, le truffant d'anecdotes grotesques et dérisoires, glissant étrangement par-dessus toute allusion à la peur et à la douleur. Dam les écoutait mollement, se laissait glisser dans une torpeur tranquille, une quiétude que venait protéger davantage la nuit qui tombait.

— Eh! Dam!

Une voix perçante le secoua malgré lui. Avec un soupir, il se résolut à se retourner, salua le nouveau venu.

— Hunter, photographe, présenta-t-il vaguement aux autres. Hunter portait, comme la veille, une caméra à son cou et la caressait avec la même agitation. Les hommes le saluèrent plutôt froidement. Ils n'étaient pas du même côté.

— J'ai quelque chose pour toi, continua le photographe sans se formaliser de l'accueil. Ton Forclaas, il va resurfacer ce soir. Pour la pétasse anglaise, à l'Élysée… C'est ce qu'on m'a dit, et tu sais comme mes tuyaux sont bons. Il sera sûrement en meilleur état de marche qu'hier soir. S'il a décidé de retourner au mondain…

— Merci, laissa tomber Dam, toujours engourdi.

— J'aurai les clichés des mecs de cette nuit pour toi, tout à l'heure, continuait le photographe, Oublie pas… C'est moi que tu renseignes si tu les reconnais… Personne d'autre!

Il désigna les journalistes autour de la table.

— Je n'oublierai pas…

Hunter tourna les talons.

— Eh! Hunter! fit tout à coup Dam avec un sursaut. Merci, pour de Briançon.

Le photographe haussa les épaules.

— C'est rien pour de Briançon. J'lui ai simplement montré le cliché, une manière de dire qu'il savait pas travailler, même quand c'était sous son nez! Après tout, t'es comme une manière de beauf pour lui, non?

Sans prévenir, le photographe porta soudain, comme la veille, son appareil à ses yeux. Un violent flash déchira la pénombre autour des cinq hommes. Aveuglé, le médecin porta les mains à ses yeux tandis qu'il entendait le rire sec du photographe.

— J'espère au moins que tu vas me rapporter un maximum un de ces jours, fit Hunter en s'éloignant.

Dam garda les yeux fermés un moment, cherchant à retrouver dans sa mémoire ce que lui rappelait cette impression d'aveuglement, la seconde en deux jours. Perplexe, il finit par rouvrir les yeux et jeta un regard machinal vers Klotz. Ce n'était plus le même homme. La tête inclinée et qui cachait son visage, le Yougoslave tremblait de tout son corps. Il avait posé les mains devant lui comme pour se retenir de tomber. Deux mains d'une délicatesse extrême, aux longs doigts fins, des doigts de harpiste vidés de leur sang, crispés sur le bord de la table comme aux abords d'un abîme.

Le chef du protocole de l'Élysée était furieux. La pluie, et surtout le vent violent, menaçaient l'ordonnance sacrée de ses parapluies et de leurs porteurs, chargés de protéger les robes des invitées à la sortie des limousines. Pire, si cela était encore possible, le chef cuisinier avait décrété sèchement la présence de tomates cerises en entrée, article dont le découpage périlleux donnait lieu chaque fois, surtout parmi les convives étrangers, à des scènes grotesques s'apparentant à un jeu de billard sur les nappes de fantaisie. Enfin, dernier assaut d'un sort mesquin, le cabinet venait de lui annoncer la présence impromptue d'un nouvel invité, un médecin, lequel devait obligatoirement trouver place à l'une de ces tables dont la disposition protocolaire lui avait demandé pas moins de quatre jours d'angoissantes réflexions et négociations.

Ignorant tout du drame de coulisses dont il était la cause, Dam circulait dans l'enfilade de vastes salons sans avoir trouvé trace de Forclaas. Sous les ors et les boiseries qui ruisselaient des murs et des lustres, il se frayait un chemin au milieu de la foule qui se pressait en rang serré, guettant le passage de la princesse et du président. Dam, qui avait aperçu la princesse un bref instant, avait été déçu par le profil long et maigre de la brunette aux cheveux droits. Grande et décharnée, elle jouait cependant son rôle avec une maîtrise parfaite et, un sourire radieux et totalement immobile aux lèvres, elle inclinait avec une précision mécanique son altière tête couronnée à chaque nouvelle présentation. Flanquée d'un président court et trapu qu'elle dépassait d'une bonne tête, un homme drapé dans une austérité de manières autant que de costume, elle brillait au contraire de tous ses feux, étroitement cintrée dans un fourreau de soie rose profondément décolleté. L'homme et la bête de cirque racée, accouplés dans cette étonnante dissonance de taille et d'éclat, attiraient comme des mouches tout le gratin politique, artistique et médiatique de l'heure, pressé de courber l'échine en un salut royal tout autant que servile.

Fuyant comme la peste les courtisans agglutinés au miel, Dam se mouvait au milieu des garçons portant plateaux, frôlant au passage les soieries fluides et griffées de robes qui s'étiraient en amas de chiffons informes sur le parquet. Fatigué, il avait du mal à afficher sur son visage une expression convenable, irrité aussi par le bruissement sourd des invités qui ondulaient comme une vague à chaque mouvement de la princesse. S'éloignant du centre d'attraction, il salua ici et là des invités qu'il connaissait, glissant d'un pas rapide pour éviter les conversations. Il reconnut de Briançon au loin, mais préféra ne pas s'approcher. Malgré lui, il chercha la silhouette de sa sœur et fut soulagé de constater son absence.

— Maximilian !

Il se retourna, regarda s'approcher Louise de Burgh. Toujours élégante, elle savait jouer du regard pour troubler son interlocuteur. Elle ne s'en privait d'ailleurs pas, en gros plan chaque samedi à la tété, lors de l'émission hebdomadaire qu'elle animait. Avec succès d'ailleurs, Dam devait le reconnaître. Il l'avait, un soir de solitude particulièrement difficile, amenée au creux de son lit, une faiblesse qui lui avait répugné aussitôt. Elle adressa au médecin un sourire éclatant, posa sa main sur lui pour le retenir. Un geste que Dam ne supportait pas.

— Ne te sauve pas..

Elle avait une voix grave, trop étudiée au goût du médecin.

— Me sauver ? Mais il le faut au contraire ! répondit-il avec son meilleur sourire. Ton corps, ce soir encore, pourrait me corrompre…

Le sourire de la jeune femme se fit plus caressant. Elle passa la pointe de sa langue sur ses lèvres.

— Corruption, dis-tu ? fit-elle. Quel beau programme !

Sans lui laisser le temps de poursuivre, Dam la prit dans ses bras et passa vaguement ses lèvres sur sa joue. Il la sentit glousser. Elle ouvrit la bouche et Dam y posa le doigt.

— Ne parle pas… Tu me troublerais, dit-il suavement.

Puis, sans crier gare, il tourna les talons et s'éloigna sans se retourner.

Cherchant un refuge temporaire, il gagna la loggia du grand salon, qui s'ouvrait l'été sur les magnifiques jardins du palais. La lumière crue s'interrompait brusquement à l'entrée de la longue pièce de verre. Au-delà, la pénombre, déchirée seulement par l'éclat terne de quelques chandeliers, offrait enfin un refuge solitaire. La pluie drue, qui crépitait sur les carreaux de verre, couvrait le bruit des salons. Dam plongea avec soulagement dans ce havre de quiétude, cherchant à deviner dans la nuit les vestiges gelés du jardin abandonné à l'hiver. Son apaisement ne dura pas. Il sentit soudain un léger mouvement dans la pièce. Il se retourna.

Deux silhouettes immobiles se détachaient sur le fond obscur de la nuit. Dam reconnut aussitôt l'une d'entre elles, ne fut pas étonné de sa présence. Un sourire vint étirer ses lèvres. Enfin, face à face… Forclaas… Forclaas, qui jetait un regard affolé vers sa femme à ses côtés. Dam fit un geste pour s'approcher du couple. Seule Anne Forclaas, magnifique et évanescente dans sa longue robe blanche, balayée seulement des longs doigts frénétiques de l'ombre qui tombait des jardins, continua de fixer le médecin en silence. Son mari baissa les yeux.

Dam prenait son temps, savourait la défaite et la peur qui gagnait le ministre. Il n'avait besoin d'aucun autre aveu de culpabilité. Les mains blanches du ministre qui tremblaient dans la nuit lui suffisaient. L'homme savait, avait toujours su. Quoi ? C'est ce qui restait à résoudre. Une simple question de détails, de détails sordides sans plus. Mais on y était enfin. Dam l'avait désormais entre les mains, pouvait enfin casser cet homme qui avait pris des vies avec la désinvolture des monarques. Sans arme, sans canon, simplement avec une ou deux signatures griffonnées en détournant les yeux.

— Heureux de vous voir enfin de retour à la vie publique, monsieur le ministre, finit par murmurer doucement Dam.

Forclaas ne put prononcer un mot. Ce fut sa femme qui rompit le silence.

— Nous sommes heureux que vous soyez de retour aussi, docteur Dam.

Anne Forclaas conservait dans les circonstances une prestance et une dignité qui força l'admiration du médecin.

— Nous avons été inquiets, vous savez…

Elle hésita, se tourna vers son mari, jugea sans doute qu'il n'était pas en mesure de poursuivre la conversation.

— Vous…

Dam l'interrompit d'un geste, se tourna résolument vers le ministre qu'il fixa avec insistance.

— C'est à cause de vous si je suis de retour si tôt, monsieur le ministre. Mais peut-être espériez-vous que je sois mort ?

— Que voulez-vous dire ? finit par articuler Forclaas. Son visage blême ruisselait de sueur.

— Ne m'aviez-vous pas affirmé que vous veilleriez personnellement au succès de ma mission ?

— En effet, en effet… La voix était presque inaudible, et Dam se demanda avec satisfaction combien de temps Forclaas tiendrait encore le coup.

— Eh bien ! La mission a été un échec total, monsieur le ministre. Et je suis ici pour vous en demander des comptes.

— Je crains que cela ne soit malheureusement impossible, docteur Dam, lança une voix forte derrière le médecin.

Un homme se faufilait entre eux, s'avançait à pas lents vers le couple.

— Bonsoir, docteur Dam. Heureux de vous revoir…

Smit, le président de Pharmatrex, posait son bras

sur celui du ministre, tournait vers le médecin un visage impassible où les lèvres s'étiraient vaguement en une caricature de sourire.

— Vous conviendrez avec moi, docteur, que ce n'est ni l'endroit ni le moment de demander des comptes à notre cher ami…

Smit, qui passait avec une élégance soignée la soixantaine, s'approcha d'Anne Forclaas, lui murmura quelques mots à l'oreille.

— Ne soyez pas si cruel, docteur, poursuivit-il d'un ton où perçait l'autorité sous la courtoisie glacée.

Il avait insisté ironiquement sur les derniers mots.

— Notre ami est encore affaibli par sa récente… maladie.

Smit, lui aussi, jouissait de la faiblesse de Forclaas, et ne pouvait se retenir d'afficher son mépris pour le ministre.

— Mais peut-être, docteur Dam, vous qui revenez de si loin, ne le saviez-vous pas ?

— Je reviens d'un lieu où rien ne parvient jamais, vous avez raison. Un pays de morts…

Le sourire ironique s'accentua sur les lèvres de Smit.

— Le pays des morts, docteur Dam ? N'est-ce pas un lieu où, enfin, on n'a plus besoin de rien ? Et surtout pas de demander des comptes ?

Il parlait d'une voix détachée, glissant sur les mots sans sembler y attacher d'importance. Pourtant, son regard semblait à lui seul contrôler les mouvements autour de lui. Dam sentait la tension palpable du ministre et de sa femme, suspendue à la volonté de Smit.

— Permettez, continuait Smit se tournant vers Forclaas. On me dit que vous êtes attendu dans votre bureau, monsieur le ministre. Une urgence, semble-t-il. Ces messieurs vont vous conduire, fit-il, faisant un signe rapide vers deux hommes à forte carrure, étriqués dans une tenue de circonstance, qui s'avancèrent aussitôt auprès de Forclaas. Le ton était toujours léger, mais le médecin ne s'y méprit pas : Smit donnait un ordre, Forclaas et les deux hommes exécutaient.

— Ah ! fit Forclaas, désemparé. Dans ce cas, je vous prie de nous excuser, fut tout ce qu'il put articuler pour préserver un semblant de dignité.

Il passa devant Dam sans le regarder, redressant avec difficulté la tête avant d'entreprendre l'angoissante traversée des salons. Smit le suivit des yeux avec un regard dur qu'il ne tenta pas de camoufler. Puis il se tourna vers Anne Forclaas, et Dam fut étonné de la douceur soudaine qu'il manifestait à l'égard de la jeune femme.

— Je vous rejoins bientôt, Anne. Carl vous accompagne. Le second homme saisit le bras de la jeune femme et s'éloigna avec elle.

Dam ne bougeait pas. Dès la minute où Smit était arrivé près d'eux, sa seule volonté s'était imposée. Sur le ministre, sur sa femme. Il les avait littéralement enlevés sous les yeux du médecin.

— Smit…

— Docteur Dam ?

Le médecin lança un regard en direction de Forclaas.

— Vous avez bien fait de l'éloigner. Je préfère les vrais face-à-face.

— Je suis désormais à votre service, docteur Dam…

— C'est la seconde fois que vous me répétez cette phrase, Smit. La première était lors de cette comédie que vous m'avez fait jouer devant les journalistes. Et pourquoi désirez-vous tant me rendre service ?

—Je suis une manière d'humaniste. J'aime les bonnes causes. Vous en êtes…

— Une bonne cause ?

— Vous ne croyez pas ?

Dam prit le temps de faire une pause, ses yeux se durcirent et il ajouta, martelant chacun de ses mots

—Je saurai, Smit. Je saurai tout ce qui s'est passé. Tout ce que vous avez fait. Et surtout, écoutez-moi bien, *je dirai tout…*

Les yeux de Smit luirent de colère. Dam interpella un serveur, saisit un verre sur son plateau. Il porta un toast en direction de Smit.

— Célébrez, monsieur Smit, continua-t-il d'une voix sourde. Célébrez, car je suis de retour… et je ne vais, désormais, m'occuper que de vous !

Il fracassa le verre aux pieds de Smit et donna un coup de pied aux morceaux de vitre.

—Je suis un *loose canon*, c'est ce qu'on dit de moi. Ne le savez-vous donc pas ? Je casse ceux qui m'indisposent. Et vous m'indisposez…

Malgré lui, Smit serra les mâchoires et Dam fut satisfait que sa sortie, somme toute idiote, ait tout de même eut un effet. Sans se retourner, le médecin quitta la pièce et regagna les salons. Ses pas le ramenèrent vers la princière attraction.

— Docteur Dam ! fit le président, permettez-moi de vous présenter le docteur Dam, continua-t-il en se tournant vers la princesse. Mais peut-être le connais-sez-vous déjà ?

— Bien sûr, répondit-elle, qui ne connaît pas Maid ? Vous revenez d'un quelconque camp, docteur Dam ?

— Oui, fit Dam, avec un sourire. Un camp très quelconque en effet.

Elle ne saisit pas l'ironie, poursuivit, fidèle à son image.

— Et comment était-ce là-bas ?

— Sale, Madame, très sale…

Le président eut un sourire ironique.

— On dirait que vous me décrivez une réunion de cabinet de ministres !

Le ton était badin mais le regard perçant que le président lui lançait intrigua Dam.

— Il y a de cela….

— Il est vrai, docteur Dam, ne trouvez-vous pas, que certaines raisons d'État peuvent être assez sales… Je comprends que vous ayez de la difficulté à vous en accommoder…

— Et vous, monsieur le président ? Vous vous en accommodez bien ?

— Quand c'est pour le bien général de mon pays ? Toujours ! N'en doutez jamais !

Et il éclata d'un rire sonore.

Dam grimaça.

— Je retiens la remarque pour usage ultérieur…

||||

Le chef du protocole était maintenant tout à fait catastrophé : à l'heure de faire passer les convives à table pour le dîner, on venait de lui apprendre que la princesse, qui l'avait trouvé charmant, exigeait que le D<sup>r</sup> Dam soit assis près d'elle. Quant au ministre des Affaires étrangères et son épouse, dont les noms sur les cartons attendaient leurs titulaires à la table d'honneur, ils venaient brusquement de se faire porter absents. Le casse-tête indescriptible des places protocolaires à table devait donc être revu en quelques secondes et la table réaménagée.

Le chef du protocole se pencha avec anxiété sur la maquette des tables, ornée de petits cartons amovibles qui figuraient les invités, lorsqu'il fut interrompu par deux valets. Le premier lui indiqua que monsieur le président commençait à manifester certains signes d'impatience, alors que le second lui apprit que le chef cuisinier, qui pressentait un désastre et une carbonisation complète des rôtis devant le retard du chef du protocole à mettre en branle le « processus dîner », menaçait celui-ci d'extermination.

Exaspéré, le chef du protocole prit l'une des décisions les plus lourdes de sa carrière : il ordonna en hurlant au messager des cuisines de ne pas servir l'entrée de tomates cerises. Puis calmé, il se rassit, songeant tout à coup avec ravissement que ou bien on avait une entrée et une viande trop cuite ou bien on sautait impoliment un service. Et, dans ces deux cas, pour une fois, la faute en serait imputée aux cuisines plutôt qu'à lui.

▮▮

Dam considérait silencieusement l'une des photos étalées sur ses genoux. En noir et blanc, un homme fixait l'objectif sans le savoir, affichant l'air flottant des gens mal réveillés. Rasé et coiffé de près pourtant malgré l'heure nocturne, le col d'une excellente veste de cuir relevé sur ses épaules, il avait le visage lisse et l'attitude hautaine de ceux qui prennent soin d'eux. Dans le flou de la photo prise sans flash par Hunter, il affichait la jeune trentaine.

En fait, il en avait un peu plus. Ils avaient à peu près le même âge, Dam et lui, puisqu'ils avaient fait leur médecine ensemble. Toujours à court d'argent, le D$^r$ de Fourval avait très tôt exprimé son désir de luxe et son intention de se faire une place à Paris. Étudiant déjà, il avait emprunté de tous côtés pour maintenir le train de vie qui lui plaisait. Boîtes de nuit, voitures de sport, chevaux…

Il y avait bien eu, à la sortie de faculté, des rumeurs sur des signatures d'ordonnances qu'il aurait bradées contre un ou deux services, mais la chose était restée sans suite. Dam l'avait déjà perdu de vue à l'époque, sauf pour une invitation à un mariage où il n'était pas allé. Le médecin se rappelait cependant vaguement la jeune mariée, la fille d'un industriel du textile.

Dam avait ensuite rencontré de Fourval ici et là au hasard de réceptions. Réputé pour sa discrétion très coûteuse, on le disait au service des toxicos de la bonne société. Sa fortune récente, avait-on même murmuré, lui venait de ce qu'il fournissait lui-même la cocaïne ou la méthadone à certains de ses clients.

Dam revoyait les perles de sueur couvrir le visage

blême de Forclaas, la fragilité de ses mains agitées. Un homme en manque, un homme affolé par la souffrance d'un sevrage forcé. Hunter avait bien eu raison, qui avait reconnu dans les cris du ministre à travers les croisées, la détresse d'un homme qui attendait sa dose...

Dam posa les photos à ses pieds parce qu'il n'y avait plus de place sur les meubles. Il fixa distraitement les flammes qui s'agitaient dans la cheminée de la pièce en désordre, son refuge d'homme déraciné. Ainsi, Forclaas n'avait donc été qu'une illusion. Une illusion qu'il avait pourtant traquée depuis les camps, certain de ne pas se tromper. Or, au moment de rendre des comptes, il ne trouvait devant lui qu'une loque, une victime de lui-même, une proie de chantage. La bête de pouvoir, dont l'ascension au sommet avait fait l'envie, rampait donc, lamentable, devant une mince ligne de poudre blanche. Rampait aussi devant celui qui lui tendait cette ligne, sa récompense pour bonne conduite. Smit qui avait enlevé le ministre en pleine réception... Smit, suivi de ses gardes du corps en tenue de soirée...

Pour Dam, cela signifiait le retour à la case départ. Recommencer. À partir de la Suisse, cette fois. Ou encore, admettre l'abandon, la défaite...

Le médecin jeta un coup d'œil vers Klotz, immobile et les yeux rivés au feu. Où prenait-il donc le courage de ne pas lâcher ?

— Ne désirez-vous pas parfois vous reposer un peu ?

— Me reposer ? fit Klotz avec un mince sourire. M'asseoir un instant, peut-être face à la mer... et ma femme à mes côtés...

— Vous avez...

— Oui, fit Klotz avec douceur. J'ai été marié.

Le Yougoslave tourna les yeux vers Dam.

— Difficile de l'imaginer n'est-ce-pas ? Il leva légèrement les bras, pour mieux dévoiler son corps difforme.

Dam ne répondit pas. Il fixait le reflet des flammes qui s'agitaient sur la chair brûlée de Klotz. Des fantômes dévoraient la peau crevée, gonflée et creusée par de sinistres cratères, seul l'œil vivant dans cette masse informe. Y avait-il déjà eu un visage humain, aimé, dans cette chair ? Il semblait, ce soir, dans l'éclat de la flamme, que ce visage ne pouvait être qu'un décor où brûleraient à jamais des bûchers d'innocents...

— Demain à Uashuat, hier à Sarajevo, avant à Kaboul. Depuis toujours, je traverse les villes, je cours d'une ruine à l'autre, je fuis sans doute... Mais toujours devant, fit Klotz avec un sourire. Et vous aussi, n'est-ce pas, docteur Dam ? fit tout à coup Klotz en se penchant vers le médecin. N'ai-je pas deviné ? Vous fuyez aussi quelque chose ?

Dam échappa au regard perçant du Yougoslave, ouvrit la bouche pour répliquer, mais préféra se taire. Bien sûr Klotz, l'un des seuls, avait pu deviner. Seul un homme défait peut découvrir son semblable. Pour Dam, Klotz était une menace...

— La seule utilité qui me reste, je suppose, consiste à courir ainsi et à rapporter, toujours rapporter, comme un chien de chasse qui possède ce trait dans ses gênes, continuait Klotz avec douceur. Dommage, je voudrais aussi parfois m'arrêter... Souffrir une heure, sans me presser. Comprendre aussi, faire les liens que mes photos ne peuvent pas illustrer... Car ce que je rapporte est toujours incomplet, comme si je ne prenais entre mes crocs qu'une moitié de victime, sa seule tête qui roule, ou une main déchirée, par exemple. Mais où est le reste du cadavre, où est la pièce qui permettrait de comprendre l'ensemble, d'y donner un sens, de reconstituer le massacre au complet ? D'où venait la bombe, qui a fabriqué la mine, la roquette qui a éventré la foule à l'heure du marché ? J'essaie, j'essaie, mais seul, je n'y arrive pas…

Le Yougoslave prit un moment d'arrêt, se tourna lentement vers le médecin. Un sourire d'une douceur inexplicable éclairait maintenant son visage dont on ne voyait plus, dans la pénombre, que les traits fins, animés d'une beauté qu'on avait peine à croire.

— Ce qui me console, voyez-vous, poursuivit-il, la tête toujours penchée vers Dam, c'est que je ne suis pas seul. Nous sommes, en définitive, une meute complète. Ainsi vous, par exemple, vous complétez ce que je ne peux moi-même déterrer. Et d'autres encore complètent ce que vous ne pouvez saisir. Et c'est ainsi que, sans défaillir, à travers l'histoire, la genèse des guerres finit toujours par être dévoilée.

Un rire muet glissa des lèvres de Klotz.

— Vous êtes étonnant de naïveté, compte tenu…

Dam s'interrompit.

— Compte tenu de mon histoire, vouliez-vous dire ? Vous avez tort, docteur Dam et vous le savez parfaitement. Pour vous comme pour moi, arrêter signifierait aussitôt arrêter de vivre. Pourrait-il exister, pour nous, d'autres…

Klotz hésita un instant.

— ...sentiments à survenir ? L'amour peut-être ?

Klotz se replia dans le fauteuil, laissa tomber finalement :

— Peut-être... pour vous, en effet...

Dam eut un rire triste.

— Non... et vous le savez bien !

— Non, je ne le sais pas. Mais...

Klotz se pencha à nouveau vers le médecin.

— Cessez de vous poser des questions qui vous arrêtent sans cesse... Continuez, c'est tout...

Coup bas, songea Dam avec tristesse. Il s'efforça à contenir sa douleur et son désarroi. Klotz avait pudiquement détourné les yeux.

Ils restèrent des heures, enfoncés dans la nuit, à regarder le feu sans plus échanger que quelques mots. Au petit matin, le médecin s'envola pour la Suisse.

▌▌

— Tu vois, fils, pour bien voir, il faut fermer les yeux...

Le thé était noir, très âcre. Steiner avait ouvert les tentures afin que Dam pût mieux examiner l'une des immenses cartes géographiques qui tapissaient, par-dessus la soie rayée, les murs de l'appartement. Un soleil froid et cru perçait par les portes-fenêtres aux vitres grasses et donnait vie aux spirales de fumée exhalées par le vieil homme qui enfilait l'une après l'autre ses cigarettes de tabac brun.

— Regarde bien, fils ! Ce n'est pas une carte que tu as devant toi, un vulgaire dessin de couleurs sur un rouleau de papier. Non, non. Tu n'as donc rien retenu de mes cours ? Pourtant, tout est là, sur le terrain. Ne cherche pas de grandes causes ! Tout est là, simple, labouré à même la géographie du sol ! Regarde ! On n'en sort pas, on ne crée rien de plus que ce qui est là, déchiré par les frontières, les montagnes, les plateaux glacés, les couloirs de neige… Regarde bien cette carte, toutes ces couleurs qui se confondent, qui se posent l'une sur l'autre… Relief, géographie physique… Sens les pics, les ravins sous tes doigts, les cols inaccessibles qui obligent à des détours, les passages d'accès à travers les plateaux de neige. Tu cherches un hypothétique convoi ? Mais il est là ! Ne le vois-tu donc pas ? Viens par ici !

Dam suivit Steiner vers une autre grande carte suspendue, celle-là, sur les murs de ce qui avait été, à peine quelques années auparavant, une salle à manger bourgeoise et stricte

— Voilà ce qui pousse dans le monde, mon fils. Soja, riz… La carte des cultures ! Maintenant, regarde ces taches bien vertes à droite, vers l'Est… Des terres bien gorgées, riches, capables d'engraisser leurs enfants, d'enrichir leurs fils… Tu sais ce qu'elles sont, ces taches vertes et si fertiles ?… De la drogue, mon fils, que de la drogue… C'est là que poussent la cocaïne, l'opium… À peu près tout ce qu'on consomme, à l'Ouest, à Amsterdam, à Londres, ici même, Place…

— Je sais tout cela, mais…

— Tu le sais, dis-tu ? C'est faux ! Si tu le savais

vraiment, tu aurais déjà compris où sont tes caisses ! Tu restes le nez collé au sol, les yeux rivés sur les hypothétiques mégots de cigarettes qu'on laisse obligeamment traîner à ton intention, pour te confondre, pour t'amuser. Tu agis comme un vulgaire Watson de seconde zone. Éloigne-toi, trouve d'abord le modèle, la récurrence, la structure de ce qui se passe chaque fois que tu joues sur ce terrain. Ensuite, et seulement ensuite, tu sauras ce qui est arrivé, et surtout, ce qui arrivera chaque fois que tu y retourneras ! Si tu veux les contrer, mon fils, tu dois d'abord les décoder. Tiens ! Viens ici ! Regarde-la, ta Korguénie…

Steiner interrompit son monologue un instant. Il s'était enflammé peu à peu, avait retrouvé son discours, ses mots d'autrefois, mais la fougue brillante qui l'avait animé jadis faisait place à une fièvre angoissée et sombre. Dam constatait avec chagrin que l'homme brillant s'était transformé en bête malade et solitaire, miné par des combats qu'il avait à peu près tous perdus.

— Regarde ta Korguénie, répétait Steiner avec force, en mettant le doigt sur un minuscule point orangé de la carte géopolitique. À peine une goutte de sang qui perle sur la peau rugueuse des nations. Un pays assassiné… Assassiné !

Il se redressa soudain, retrouva pendant quelques secondes la vigueur et l'orgueil qui avaient maintes fois fait trembler ses adversaires, les banquiers, les avocats, ses collègues, députés et ministres..

— Et moi, Steiner, martela-t-il dans un ultime élan qui parut le laisser épuisé, je connais ses assassins !

Le professeur jeta un regard trouble vers ses cartes, puis les délaissant, il se dirigea à pas lents vers l'un des fauteuils. Il porta à ses lèvres la tasse de thé refroidi, grimaça de dégoût, se cala finalement avec un soupir douloureux au fond du fauteuil. Il semblait à bout de force, usé et râpé comme si un poids d'humilité, de défaite appréhendée, s'était tout à coup abattu sur lui. Au bout d'un moment, il reprit la parole, d'une voix à peine audible, sans plus chercher d'effet.

— Voilà un point que mes collègues de l'Université, tous ces philosophes profonds, ne m'ont jamais pardonné : que moi, le simple professeur de géographie, une discipline si mineure n'est-ce pas, ne leur ravisse leur droit sacré à expliquer le monde. Et pourtant... Il y a longtemps que la philosophie est morte, avec les grandes causes, les causes justes. Le seul motif qui pousse tous ces gens-là, du plus fort au plus obscur, c'est l'argent. Drogue contre armes. Armes contre drogue. Avec la mort en finale. Point. S'il arrivait un jour que le saucisson puisse tuer, il prendrait lui aussi le chemin des convois, sans autre forme de pensée philosophique. Voilà tout !

Il soupira, s'interrompit un moment avant de poursuivre d'une voix monocorde.

— Dans ce coin du monde, seule la Korguénie offre une sortie facile par la mer vers l'Occident, en passant par la Turquie. Au Nord, tu le sais bien, par les anciennes républiques russes, le chaos est trop grand. Le moindre petit chef de clan peut saisir un convoi pour le revendre à son compte. Car les convois qui viennent de l'Est, remplis de drogue, reviennent sur leurs pas, tout aussi pleins… mais cette fois-là, d'armes, de caisses d'armes, de munitions, d'armes qui alimentent des dizaines de guerres ici et là, dans le secteur… Des chefs de guerre, libanais, afghans, talibans, pakistanais, il y en a tellement… Des centaines d'individus, qui lancent des cris de guerre absurdes et vides, suivis par quelques dizaines, par quelques milliers d'individus en loques, d'anciens paysans, des enfants. Pas un pays qui n'ait, dans un coin ou un autre, ces armées d'opérette, équipées jusqu'aux dents et qui contrôlent avec plus ou moins de succès un coin ou un autre de ce bout de planète… Sur tous ces misérables en armes, plane l'ombre des Grands : l'Irak, l'Iran, Israël aussi. Et bien sûr, les États-Unis, l'Europe… Les vendeurs d'armes, les acheteurs… Ta pauvre Korguénie, mon garçon, meurtrie et agonisante, n'est rien de plus qu'une excellente porte d'entrée et de sortie entre deux marchés pour tous les convois de merde qui transitent dans le secteur vers l'Europe et l'Amérique. Quant à tes amis korguènes, ils en sont des portiers gênants qu'il convient d'éliminer. C'est aussi simple que ça !

Steiner soupira, puis releva la tête avec une soudaine fièvre, saisit Dam par le bras.

— Tu te rends compte de ce que tu as fait, Maximilian ? Mais, mon fils ! Est-ce que tu te rends compte du cadeau que tu leur as fait, à ces bouchers ? Tes conteneurs, c'était une occasion inespérée de rentrer facilement une grande cargaison d'armes, sans aucun problème. Tu imagines ! Transportés par la marine française elle-même ! Aucun risque d'inspection de douanes ou de police. Aucun risque d'attaque en pleine mer par dieu sait quels pirates…

Steiner secoua Dam avec plus de force encore, le fixa intensément dans les yeux.

— Tu es devenu leur meilleur collaborateur, tu leur as fourni un passeport pour la facilité et la sécurité, mon fils !

Steiner se replongea brusquement au fond du fauteuil.

— Tiens, c'est trop triste ! laissa-t-il tomber avec un soudain dépit. Il me semble même, si je ferme les yeux, que je les entends rire d'ici…

La phrase toucha douloureusement le médecin. O'Reilly, à Uashuat, n'avait-il pas lui aussi employé exactement les mêmes mots ?

— Qui ça, « ils » ? fit Dam avec une soudaine agressivité, Forclaas… Smit… ?

— Smit et ses pareils, laissa tomber simplement Steiner, gardant les paupières baissées. Les autres sont des marionnettes que l'on paie…

◨

La nuit était tombée. L'appartement, aujourd'hui envahi de ces cartes colorées qui cachaient les jolis papiers peints fleuris de M^me Steiner, avait sombré dans l'obscurité. Dam avait trouvé une bouteille d'alcool de poire et avait remplacé le thé amer et froid de Steiner. Peu à peu, le vieil homme s'était assoupi.

Le médecin avait tourné en rond dans l'appartement, cherchant à retrouver cet unique sentiment de sécurité qui l'envahissait auparavant chaque fois qu'il revenait dans ces murs. Des pièces coquettes et touchantes de dentelles bourgeoises où M^me Steiner recevait autrefois ces dames de l'Université, dont les maris, eux aussi, comme le professeur... C'était pourtant si peu loin! Dam entendait encore le bruissement de leurs voix, qui s'éteignaient dès que le professeur apparaissait, interrompant un rituel sacré fait d'argenterie astiquée, de thé léger, de gâteaux au chocolat. Ce professeur, à l'époque si brillant, que ses combats menés comme autant de tempêtes, avaient laissé, seul et brisé, sur le rivage resté intact de la Suisse, de ses banques, de ses institutions, arpenté par ces hommes aux impeccables et inaltérables complets sombres. Des combats où il avait sans doute gagné une âme. Et perdu le reste...

Le reste s'était dissous comme la neige sur les flancs du Vaud où le professeur était né à l'ombre d'une écrasante cathédrale de roches. Son prestigieux poste de professeur, celui de député aussi, avaient été, en quelques années, balayés par les vents d'innombrables poursuites judiciaires. Il s'était attaqué à des géants, en avait mis quelques uns K.O. D'autres s'étaient relevés, plus forts que jamais, l'avaient assommé de saisies, de procès, de hargne. Alors, bien sûr, comme au lépreux à qui on reproche ses plaies trop visibles, on l'avait fui, déserté, lui, et sa femme surtout.

Puis un jour, le drame, le vrai celui-là, avait frappé à la porte sans prévenir. Ce jour-là, Steiner avait perdu le seul combat qui comptait pour lui sans qu'on s'en doutât. Épuisée et humiliée par ces luttes qu'elle n'avait pas choisies, qu'elle avait supportées en silence,

M^me Steiner s'était laissée mourir. Sans combattre, sans un mot. Et Steiner s'était effondré. Seul, à pied, il avait suivi le cercueil noir de sa femme, puis avait disparu pendant des mois.

Et s'était relevé. Peu à peu. Un jour, il y avait eu un premier article dans un journal, suivi d'un autre, puis d'un troisième. L'homme avait ainsi refait surface. Malgré tout, le corps frêle que Dam contemplait cette nuit avait encaissé les coups. Dam suivait la respiration légère qui soulevait la poitrine du vieil homme. Il aimait cet homme.

Le médecin se leva à pas furtifs, couvrit Steiner d'une grosse couverture paysanne. Puis il alla à la cuisine préparer un mauvais spaghetti, dénicha deux bouteilles de vieux bordeaux et attendit le réveil de Steiner. Il avait dû somnoler lui aussi puisqu'il était près de trois heures du matin lorsque Steiner le réveilla. Soulagé, Dam constata que le vieux professeur avait repris sa forme, avait même un sourire guilleret au coin des lèvres. Dam réchauffa les pâtes tandis que Steiner débouchait le vin. Il fit une place sur la table, repoussant les revues et les coupures de journaux.

— Tu l'as rencontré ? attaqua Steiner.

— Smit ?

— Oui, tu as remarqué son léger accent ?

— Oui. À peine.

— Oui, c'est vrai, il est très léger ! Tu vois, parmi toute la racaille en costume qui patauge en Suisse, il y en a quelques-uns pour qui j'ai disons… une affection particulière… en tout cas, à qui je porte une attention toute spéciale… Smit est un de ceux-là. Son accent, il le tient de son père, qui était libanais et il a passé une grande partie de son enfance là-bas, au Liban. Sa mère était suisse, une authentique fille du Vaud, à côté de chez moi. Tu te rends compte ?

Steiner s'interrompit, avala avec appétit les pâtes.

— C'est pour cela que je m'y suis intéressé. L'histoire de la fuite de Magdalena Smit avec un jeune étudiant libanais avait, à l'époque, fait le tour du canton. Je crois d'ailleurs, connaissant la Suisse, que sa famille ne se relèvera jamais totalement de l'opprobre général qui s'est abattu sur elle à la suite de cette histoire. Seules quelques femmes, dont ma mère je dois l'avouer, avaient trouvé la fuite romantique et avaient consenti à en raconter quelques bribes. Un fils leur est né là-bas, un fils unique. Que s'est-il passé au cours de ces années d'exil ? À vrai dire, j'en sais fort peu. Ce qui est certain, c'est que notre Smit actuel a fait sa première apparition ici au cours des années soixante. Il s'est tout de suite installé dans l'import-export de médicaments — tu vois déjà où il allait! — en direction des pays du Moyen-Orient. Facile, il connaissait les pays, parlait la langue. Il a racheté peu à peu une multitude de petits fabricants de médicaments suisses et, d'une chose à l'autre, il a créé Pharmatrex, aujourd'hui la quatrième plus importante compagnie de produits pharmaceutiques, dont plusieurs dérivés de morphine. Officiellement, il fait le commerce licite de médicaments, notamment avec le Moyen-Orient. En réalité, il fournit tout ce que ces pays lui commandent, armes comprises. Pour l'Irak par exemple, qui est sous embargo international, il est un véritable masque d'oxygène.

Steiner s'interrompit, se resservit avec appétit une large part de pâtes. Dam déboucha la seconde bouteille.

— Je suppose qu'il était plus pratique et plus anonyme pour ses activités ici d'avoir un nom européen et c'est sans doute pour cela qu'il a pris le nom de sa mère. Ce qu'il est advenu d'elle, officiellement, on ne sait pas. Elle n'est jamais revenue de là-bas, n'est jamais réapparue nulle part en Occident. Cependant, on raconte qu'elle a été tuée en tentant de fuir avec son jeune fils. Celui-ci en aurait, été dit-on, très affecté. C'est possible. Mais ce qui est nettement plus intéressant, c'est que le fils lui-même aurait, paraît-il, répété l'exploit du père.

— Avec sa femme ?

— Lorsqu'il est arrivé ici, il avait une jeune femme, une Libanaise ou une Syrienne. Peu de gens l'ont vu à l'époque car Smit ne la sortait pratiquement jamais. Elle s'intégrait mal à la Suisse. Un jour, en vacances sur une quelconque plage sud-américaine, la jeune madame Smit a plongé du haut du quatorzième étage de son hôtel. Verdict officiel, suicide. En réalité, ce verdict a coûté plusieurs dizaines de milliers de dollars à Smit, versés aux policiers chargés de l'enquête. La jeune madame Smit était-elle devenue encombrante ? Toujours est-il que Smit a veillé à ce que les bruits de cette histoire ne parviennent jamais jusqu'ici. Il a en effet, comme tous ses pareils, un désir frénétique de respectabilité.

— Voilà donc mon homme ?

— Oui… Mais attention! Il est intelligent. C'est loin d'être un de ces petits minables qui se font prendre…

— Et on peut le coincer quand même?

— Oui, je crois…

— Comment?

— L'ébranler serait plus juste. J'ai ma petite idée là-dessus! laissa tomber Steiner avec un sourire. Il repoussa son assiette, étendit ses jambes sous la table avec un soupir de satisfaction.

— Mais pourquoi veux-tu le coincer? À ce qu'il me semble, ce n'est pas ton combat. Ce serait même plutôt le mien! Steiner parlait sur un ton d'ironie amusée.

— Vous croyez que les médicaments sont partis aussi, avec les armes, pour Istanbul?

Steiner réfléchit un moment.

— À dire vrai, si cela ne mettait pas en péril sa cargaison principale, oui. Pour les revendre. Il n'y a pas de petit profit, tu sais! Dans le cas contraire, il aura tout balancé à la flotte.

— Et cette petite idée à laquelle vous faisiez allusion?

Steiner se mit à rire.

— Smit, qui n'est pas con, emploie avec la haute société suisse, la stratégie versaillaise afin de se dorer un magnifique blason de reconnaissance sociale.

— C'est-à-dire…

— Les réceptions, les galas! Il les éblouit tous constamment de réceptions clinquantes, si bien qu'ils se battent pour obtenir des invitations. Et ça, vois-tu mon petit, ça laisse des traces, acheva-t-il avec un sourire.

∎

— Sais-tu pour combien de conteneurs tu as signé le bon de connaissement ?

La voix de Douglas York grésillait au bout du fil, étrangement métallique.

— Deux, répondit Dam.

— Erreur ! Sept ! J'ai devant moi la copie du document, avec ta signature au bas, ainsi que celle de Forclaas, Smit, et le paraphe du commandant, un certain Gastier.

— C'est un faux !

— Non. Simplement, comme un idiot, tu as signé des documents en blanc.

— Oui, mais Bertrand m'avait assuré…

— Bertrand ! Oublie Bertrand, veux-tu ! Ce qu'il avait à cacher, je ne le sais pas, mais, en tout cas, il a préféré se faire oublier quelque temps. Introuvable, qu'il est, l'attaché de cabinet. Ni au travail, ni même chez lui…

Dam fronça les sourcils. L'avait-il trop effrayé ?

— Ce qu'il y a dans tous ces conteneurs, je ne le sais pas. Ils étaient hermétiquement fermés, et gardés par des gardes de sécurité jusqu'à ce qu'ils embarquent sur le bateau, continuait York. C'est ce que m'a raconté un certain Garin, un marin à bord du Colonel-DeWaert. Il est très rare, m'a-t-il raconté, que leur bateau, comme tous ceux de la marine d'ailleurs, quitte Toulon, leur port d'attache, pour Le Havre. Déjà, cela l'avait intrigué, mais sans plus. Ensuite, c'est l'embarquement des conteneurs qu'il a trouvé bizarre. En pleine nuit, et sous la garde d'hommes de sécurité. Pour des sacs de riz et des bouteilles d'antibiotiques, il a trouvé cela un peu fort!

— Il peut faire une déposition ce marin? Donner des détails?

— Ne te fais pas d'illusion. Ni lui ni les autres ne parleront officiellement. Et je n'ai pas trouvé le plus petit début d'une preuve, pour pouvoir écrire qu'il y a eu magouille...

Dam se renfrogna.

— Il faut pourtant que tu les coinces...

— Je sais... Écoute, il y a plus étrange! Le 14 décembre, en pleine mer, en route vers Istanbul, le bateau a soudain fait demi-tour. Ils sont retournés à Chypre, où ils ont passé trois jours, avec interdiction de descendre à terre. Les marins étaient furieux, mais pas seulement les marins. Leur commandant également...

— Ce qui veut dire...

— Je ne sais pas exactement, mais Garin, qui est tout de même sous-off, raconte qu'il y a eu un échange anormal de télex et que le commandant Gastier n'a pas desserré les dents pendant le reste du voyage. Le 14 décembre, ça te rappelle quelque chose?

— C'est le jour où j'ai contacté Facchi. Le soir où le clochard a plongé dans le Bosphore...

— Exactement! Tu ne me demandes pas pourquoi?

— Non, répondit Dam après un moment, je crois que je le sais...

— On a retardé l'arrivée du bateau dès que tu as donné signe de vie. Le bateau n'est reparti de Chypre qu'après qu'ils aient eu la conviction que tu avais...

disparu. Et lorsque tu as inopinément refait surface à Paris, cela n'avait plus d'importance, la livraison était terminée. Attends un moment… Un entrepôt à Istanbul, peut-être le 22… Je te donne ça pour ce que ça vaut. J'ai aussi une photo, je te l'envoie…

York s'interrompit un moment.

— Ils se sont admirablement bien joués de toi, Dam, tu sais… Tu les a bien servi !

Dam raccrocha rageusement l'appareil.

◻

— Que voulez-vous dire ?

— Exactement ce que je te dis, répliqua vertement Mme Royal au bout du fil. L'équipe est partie depuis six jours, comme prévu, et dès son arrivée là-bas, elle s'est évanouie dans la nature.

— Vous avez téléphoné à Istanbul ?

— Ne m'insulte pas, veux-tu ! Bien sûr que j'ai téléphoné. Ils sont tous arrivés à l'hôtel le mardi vers 16 heures, l'ont quitté vers 21 heures et depuis, néant.

Dam jeta un coup d'œil distrait vers Steiner, qui tentait de suivre la conversation.

— Et tu étais où, toi, pendant tout ce temps ?

Dam hésita, puis répondit :

— Dans le Vaud…

— Dans le Vaud ! répliqua-t-elle, incrédule.

— Dans le Vaud… Qui avez-vous envoyé, finalement ?

— Le petit Martin, Louis, Veyer, et deux infirmières. La petite Roubaix que tu as rencontrée.

Dam revoyait la fraîcheur souriante de la jeune fille, ses joues roses d'avoir trop couru, le petit Martin…

— Je rentre à Paris ce soir, finit-il par laisser sombrement tomber. Préparez mes papiers pour Istanbul.

▌▌

L'électricité avait flanché d'un seul coup. La ville était plongée dans l'obscurité totale depuis plus de quatre heures. Un délai qui avait largement laissé le temps au chaos de s'installer. La neige, qui n'avait cessé de tomber depuis deux jours, était maintenant balayée par des vents puissants. Au creux de chacune des rues, des passages cachés, au fond de chacun des appartements, du plus cossu au plus délabré, le Moyen Âge avait repris ses droits sur Paris. Était-ce cependant un signe céleste ? Comme si elle ne s'était abattue que sur la pécheresse Sodome, la noirceur s'était arrêtée aux portes de Paris. Ses habitants, fuyant la ville condamnée, avaient aussitôt envahi toutes les routes menant vers les banlieues épargnées par la panne, restées chaudes et lumineuses dans leur laideur.

Malgré le chaos, le taxi s'entêtait à suivre obstinément la route menant à l'aéroport. Prêtant peu d'attention au bavardage du chauffeur, Dam ne pouvait se retenir d'admirer malgré lui, par la fenêtre, la beauté éteinte de la ville qui s'éloignait.

— Regardez ça ! Mais regardez ça !

Tout à sa mission périlleuse de rallier l'aéroport à temps pour l'avion d'Istanbul, le chauffeur exultait, retrouvant l'adrénaline des parcours de combattant de sa jeunesse.

— Ah! Bien sûr! J'aurais dû savoir qu'il s'agissait de ces merdiques étrangers, des...

Le chauffeur s'interrompit soudain, inquiet de froisser les opinions de son client qu'il connaissait de réputation. Il termina sa phrase mentalement et, comme la filée de voitures semblait s'être complètement immobilisée, il se résolut à descendre et secoua distraitement ses essuie-glace.

— Vous fumez?

Par la portière restée ouverte, le chauffeur tendait son paquet au médecin. Dam prit une cigarette avec un bref remerciement et, pour calmer l'impatience qui le gagnait, rejoignit le chauffeur à l'extérieur.

— N'empêche! continuait le chauffeur. On ne bougera jamais avec ces gens-là...

Distraitement, Dam jeta un coup d'œil vers *ces gens-là*.

Des fantômes s'agitaient en mouvements amples dans l'éclairage diffus des phares de voitures. Intrigué, Dam s'approcha. Autour de quelques voitures qui s'étaient embouties sur le terre-plein, une vingtaine de personnages dépareillés gesticulaient en poussant des cris au milieu de valises éventrées. Hindoues en sari recouvertes de châles, musulmanes voilées qui retenaient leurs jupes dans la tourmente du vent, Occidentales dans leurs fourrures, toutes contemplaient en grelottant leurs hommes qui glapissaient, chacun dans sa langue. Dam ne put s'empêcher de sourire. Le spectacle lui rappelait une image qui l'amusait tant, enfant, le dessin d'un astrologue turc en costume de chez lui, découvreur de l'astéroïde où habitait le Petit Prince. Pour éviter d'être la risée des Occidentaux, l'homme avait consenti à revêtir un complet-cravate, ce qui en avait fait tout à coup un héros. Il aurait suffi, ce soir, de retrancher un ou deux mètres de tissu dans les voiles trop vastes des musulmanes, pour que, soudainement, *ces gens-là* ne deviennent simplement que de pauvres gens...

D'un geste brusque, Dam jeta sa cigarette dans la neige, et revint à pas lents vers son taxi. Abandonnant à leur tour leurs voitures inutiles, les automobilistes surgissaient un à un dans la nuit devant le médecin, curieux eux aussi de l'altercation qu'ils entrevoyaient au loin.

— Maximilian Dam !

Le médecin leva les yeux vers la silhouette longue et grise qui l'interpellait. Dans l'obscurité et le brouillard de neige, Dam ne distinguait pas la tête de l'homme, enfoncée sous un chapeau à large bord. La silhouette restait immobile et ce fut Dam qui s'approcha finalement.

— Ruiz ! fit le médecin étonné. Quelle coïncidence !

— Une coïncidence ?

L'homme parlait très bas, avec ce léger accent de soleil qu'il n'avait jamais perdu.

— Non, Maximilian, je ne crois pas qu'il s'agisse d'une coïncidence...

— Tu allais à l'aéroport ? Tu pars ?

— Oui, en effet, je m'apprête à partir, à rentrer chez moi. Cependant, et jusqu'à ce matin, je te cherchais... Je n'avais que cette idée en tête d'ailleurs... Te trouver...

— Que se passe-t-il ?

— Bertrand est mort, fit Ruiz à voix basse. Ne le savais-tu pas ?

— Mort ! Mais c'est impossible ! s'exclama Dam. Qu'est-ce que tu racontes…

— Deux jours après ta visite, cette nuit-là… Il s'est empoisonné… lui-même.

Ruiz s'interrompit, les traits soudain crispés de douleur.

— Il s'est suicidé ? fit Dam, incrédule.

— Il a disparu, le lendemain de ta visite, sans même me prévenir. Je vous avais écouté, je sentais qu'il avait peur. Je l'ai cherché partout. Je suis même allé à Amboise, dans la petite maison que tu connais, près de la rivière. Et il était là.

Dam baissa la tête.

— Je suis désolé, Ruiz, désolé…

Il garda le silence un instant, puis reprit.

— Je ne comprends pas… Pourquoi aurait-il fait cela ? Ce que je lui demandais ne présentait pas de risque pour lui. Et il savait qu'il pouvait compter sur moi, sur ma discrétion…

— Tu ne comprends pas, Maximilian ? Le ton de Ruiz était soudain plus fiévreux. Tu n'as pas compris que tu forçais Bertrand à choisir entre toi, entre sa loyauté pour toi et son amour pour moi !

— Non, je ne comprends pas, Ruiz…

— Il y avait les exigences des autres…

— Les autres ? Quels autres ?

— Bertrand a dû se plier aux demandes de Forclaas,

et surtout de ce Suisse, Smit. Il n'avait aucun choix. Bien sûr, il a falsifié les documents que tu avais signés. Pourtant, tu le sais, Bertrand était honnête. Mais, dans ce métier, dans les méandres du pouvoir, à quoi cela lui aurait-il servi de s'insurger, de s'indigner, de refuser ? Qui donc en aurait été ému ? Bertrand n'a fait qu'obéir aux ordres. Et voilà que tu surgis dans la nuit... Crois-tu vraiment qu'il pouvait sortir ces documents à l'insu de ceux qui le commandaient ?

— Pourquoi ne m'a-t-il pas parlé ? Que craignait-il tant ?

— Tu n'es pourtant pas si naïf, Maximilian... Ne sais-tu donc pas à quel point nous sommes vulnérables, moi, Bertrand, ceux de notre espèce ? Ne sais-tu donc pas comment il est difficile, pour nous, de faire semblant, de faire comme si... de faire comme les autres. C'est un combat que nous avons mené chacune des minutes de ces dix années, Bertrand et moi. Nous cachant sans arrêt, mais heureux, ensemble... Voilà tout ce que tu as pris, en une seule nuit !

Ruiz ferma les yeux.

— Il y avait ces photos, vois-tu... Des photos... De simples images de bonheur pour n'importe qui... Sauf pour nous, qui sommes damnés... Forclaas, ou Smit peut-être, les détenait, menaçait de les rendre publiques !

Ruiz rouvrit les yeux, fixa Dam.

— Tu demandais à Bertrand de choisir entre toi et moi. Alors, il nous a choisis, tous les deux : il s'est sacrifié...

Dam considéra Ruiz, toujours incrédule. Il posa la main sur l'épaule de l'Argentin.

— Je suis désolé, répéta-t-il. Il aurait dû me parler…
Ruiz haussa les épaules.

— Te dire quoi ? Ne pouvais-tu donc comprendre seul ? C'est vrai ! Il était sans doute faible, vieillissant aussi, comme moi… Rien de tout cela n'était vraiment beau, je le sais… Cependant, je l'aimais, fit Ruiz. Et toi, à cause de ta sœur, tu aurais dû comprendre mieux, le protéger…

— Je ne pouvais le protéger contre lui-même, Ruiz…

— Refuses-tu donc de reconnaître ta responsabilité ?

Dam ne répondit pas. La fine neige blanche s'accumulait sur les épaules de l'Argentin et découpait sa silhouette sur la toile sombre de la ville éteinte. Ruiz plongea la main dans une poche, en extirpa un petit revolver plat qu'il tint couché au fond de sa paume. L'acier noir lança un bref éclair dans la nuit.

— Jusqu'à ce matin, je ne désirais qu'une chose Maximilian, t'enlever aussi la vie, comme celle que tu lui as prise. Je ne pouvais plus dormir, je ne pouvais pas pleurer. Ma colère était insurmontable.

Ruiz eut un pâle sourire.

— N'est-ce pas idiot ? Cette envie de tuer pour soulager, pour venger… comme si j'avais pu mieux dormir ensuite… Sans doute est-ce l'un de mes atavismes sud-américains, le souffle des pampas qui me traverse encore.

Ruiz, fixant doucement Dam, ricana sans méchanceté.

— Ce matin, je me suis enfin réveillé…

Dam saisit à nouveau l'épaule de Ruiz.

— Je me suis trompé, Ruiz... Donne-moi un peu de temps, et je réparerai...

Ruiz leva un sourire triste vers le médecin.

— Réparer ? Réparer une vie... N'est-ce pas là bien prétentieux ?

Ruiz hocha la tête avec lassitude, leva la main qui tenait toujours le pistolet.

— Laisse, Maximilian, laisse ma vie à elle-même maintenant...

— Que vas-tu faire ?

— Je rentre chez moi, je te l'ai déjà dit. J'y serai beaucoup mieux qu'ici.

Les deux hommes se regardèrent un moment sans parler. Dam tendit enfin la main à Ruiz qui la saisit, après un vague instant de réticence. Puis l'Argentin tourna les talons et le médecin le regarda s'éloigner. Au bout de vingt pas, Ruiz s'arrêta comme s'il avait oublié un détail. Il porta la main à sa tempe. Il n'y eut pas de bruit. Il tomba, avec une sorte de légèreté, dans la neige molle.

❚❚❚

Les gyrophares rouges éclaboussaient la neige par battements syncopés. Au loin, la ville avait repris ses droits, et l'électricité revenue projetait une masse blanche et lourde dans le ciel encore chargé. Les policiers envahissaient le terre-plein. La neige, piétinée par les hommes et l'équipement lourd, avait pris une teinte sale et usée.

Seul, au milieu de cette frénésie, un cercle immaculé, fermé d'un ruban jaune, conservait une apparente sérénité. Dans son lit de neige, le cadavre reposait avec une grâce solitaire.

— Ça ne colle pas, Douglas! Ça ne colle pas.

Comme les autres, Dam s'agitait, téléphone en main, en évitant de jeter un regard vers la forme grise allongée sur le sol.

— Je connaissais Bertrand. Pas un mauvais type, plutôt ordinaire. Mais ce n'était certainement pas un homme à se suicider, surtout pas pour une simple question morale ni même pour protéger Ruiz... Il aurait fui, il aurait craqué, sans doute, à sa manière... Mais pas en se suicidant. C'est trop... définitif. Bertrand ne vivait pas ce genre de tragique.

Dam s'interrompit un moment.

— Oui, il avait peur et cela, Ruiz l'a parfaitement compris. Mais une peur qui mène à se protéger, à se terrer, à sauver un maximum de meubles... Non... Ces fameuses photos, même si elles existent vraiment, n'auraient pas fait grand mal. Elles ne sont qu'un prétexte que Ruiz a cru bêtement...

Dans son manège inconscient, Dam était revenu vers l'Argentin. Il suivait les efforts des hommes de la morgue pour glisser le cadavre dans l'enveloppe de plastique noire. Le médecin recula pour laisser passer la civière.

— Ruiz? répondit-il à une question de son interlocuteur.

Dam contempla un moment le sac noir.

— Ruiz, lui, est mort… noblement, finit-il par répondre. C'est le seul éloge que l'on puisse lui rendre maintenant. Il faut que tu cherches, Douglas. Continue de chercher !

Dam salua York et rendit l'appareil à un jeune policier. Un homme plus âgé, en civil, s'approcha d'eux.

— Il n'y a plus rien à faire, docteur Dam. Vous pouvez partir. J'ai une voiture pour vous. Elle vous conduira à l'aéroport.

Dam hocha la tête en signe d'assentiment.

Il ne restait plus maintenant qu'un mince filet sombre tracé sur la neige. Le médecin ramassa un peu de sang gelé dans ses mains. Au bout d'un bref moment, le sang fondu filtra entre ses doigts et retomba goutte à goutte sur la neige. Avec un soupir, il se résigna à suivre le policier jusqu'à la voiture.

— Je mets la sirène, monsieur ?

— C'est inutile, je vous remercie, répondit Dam.

Il ne vit presque rien du trajet, et c'est avec étonnement qu'il découvrit tout à coup la rampe d'accès de l'aéroport.

— Laissez-moi ici, fit Dam, ne sachant plus quel avion pourrait à cette heure le ramener rapidement vers Istanbul.

— Bien, monsieur, répondit le jeune policier, manœuvrant avec précaution sur la surface glacée de la route.

Dam empoigna son sac et pénétra dans le hall.

L'aéroport n'avait jamais été aussi agité. Réfugiés de la tempête, les voyageurs s'entassaient par groupes, se bousculaient, couraient à la recherche nerveuse d'un improbable renseignement. Épuisés, certains avaient déplié leurs manteaux et dormaient à même le sol.

Bousculant lui aussi la foule nerveuse, Dam se dirigea vers l'un des comptoirs de Turkish Airlines. C'est au milieu de ce trajet qu'il fut soudain happé par un mouvement brusque de la foule qui l'obligea à reculer. Quatre ou cinq hommes repoussaient les gens avec fermeté. Dam réalisa qu'il se trouvait au milieu de la cohue provoquée par les gestes d'un service de sécurité rapproché. Quelque part, à proximité, devait se trouver une quelconque vedette et les hommes tentaient de lui ouvrir un passage.

Devant Dam, il y eut un mouvement et des dizaines de photographes se battirent pour accéder à l'avant du peloton. Dam tenta de s'éloigner, mais il fut entraîné comme les autres vers le centre de la foule.

Les flashs se mirent soudain à mitrailler avec une rare férocité. Aveuglé, il ferma les yeux et tenta encore une fois de comprendre l'impression vague que ce flot de lumière faisait naître sans cesse dans sa mémoire depuis qu'il était rentré.

Devant ses paupières closes, il revoyait nettement la même lumière blanche, fusant par éclairs brefs au milieu du chaos. Autour, les cris de la foule se fondirent peu à peu à ceux d'hommes sur lesquels il commença enfin à mettre un visage. Une scène se déroulait sous ses yeux dans ses moindres détails, prenait peu à peu une netteté accablante. C'était donc ça !

Il avait enfin compris. Compris où et quand cet éclair de flashes avait marqué sa mémoire. Compris ce que la scène signifiait. Il rouvrit les yeux, hébété. Dans sa vie, jamais, il en était certain, le poids de ses actes et de son inconscience n'avait été aussi terrible de consé-quences.

— Un verre…

Il eut soudain un urgent besoin d'un scotch… Déri-soire rempart contre l'implacable horreur de ce qu'il venait de comprendre.

‖■‖

# TROISIÈME PARTIE

L e crépuscule doré avait rejoint l'étroit cratère de la rue Koroskoï, étouffée entre ses façades serrées. La lumière avait peint sur les murs de crépi une couleur de safran, et la même odeur épicée embaumait l'atmosphère. Dans la longue enfilade de portes basses et de porches béants qui abritaient les petits commerces, une foule grouillante et colorée s'affairait et s'interpellait, ponctuant ses cris de gestes brusques. De temps à autre, un volet s'ouvrait avec fracas au-dessus d'une échoppe et une tête de femme apparaissait, glapissant une phrase en direction d'un quelconque passant.

Çà et là, trois ou quatre tables bancales prenaient toute la rue. Des hommes assis sur les chaises branlantes et basses, des vieillards pour la plupart, contemplaient les allées et venues de la foule, portant de temps à autre avec gravité un verre de thé à leurs lèvres. Parfois, l'un d'entre eux jetait une courte phrase, que les autres approuvaient silencieusement en hochant la tête.

Devant l'un de ces cafés, une des échoppes était close et sa porte basse clouée d'un large placard de planches. Au-dessus de l'entrée, les fenêtres du logement étaient aussi obturées par de larges pièces de bois, fixées à même les volets. Aucune lumière, aucun bruit ne filtrait de l'intérieur, et l'étroit édifice dégageait une sinistre odeur d'abandon. Comme pour souligner l'affront permanent de ce logement désert au milieu de la vie animée et bruyante de la rue, les quelques vieillards qui sirotaient le thé évitaient obstinément d'adresser leurs regards de ce côté.

Dam n'avait pas eu besoin de déchiffrer les lettres effacées au-dessus de la porte pour savoir qu'il avait trouvé ce qu'il cherchait. Il savait aussi qu'il serait inutile de questionner les voisins ou les vieillards. Murés dans leur peur, tous se terreraient dans le plus profond mutisme. Silencieux, le médecin se contenta donc de contempler la maison abandonnée.

Un dernier rayon de soleil vint allumer un moment d'une brillance insolente l'affiche ternie au-dessus de la porte condamnée : LIBRAIRIE JAHL, SPÉCIALITÉ LIVRES FRANÇAIS.

Les vieillards avaient feint de ne pas voir l'étranger devant l'échoppe fermée. Pourtant, dès qu'il leur eut tourné le dos, ils le suivirent des yeux jusqu'à ce qu'il se perde dans l'agitation de la foule. Instinctivement, ils jetèrent aussi un bref regard vers l'affiche décolorée. Un vieil homme à la peau creusée et brunie laissa tomber une phrase. Sur les traits des vieillards apparurent, un moment, la haine et la crainte de l'étranger, mêlées à la tristesse millénaire des peuples meurtris et fatalistes.

Dam remontait la rue Koroskoï avec une lenteur excessive. Il avait gardé cette adresse pour la fin du périple qu'il avait entrepris depuis le matin à travers la ville. Une manière de reculer la conclusion fatidique qu'il savait pourtant inéluctable depuis qu'il avait saisi la signification de ces flashes. Déjà, il avait visité les neuf autres adresses inscrites sur les pages du petit carnet noir dont il sentait la peau de cuir sur sa propre peau, attaché à sa jambe.

Chaque fois, il s'était heurté à ces mêmes portes placardées et condamnées, il avait respiré la même odeur de silence et d'abandon Tous, hommes, femmes et enfants qui habitaient encore ces maisons il y a peu, avaient disparu en une nuit pour ne plus jamais revenir.

L'irrespirable odeur d'abandon qu'exhalait, elle aussi, la maison de Jahl, de sa femme, de ses deux filles venait effacer le dernier espoir du médecin. Du réseau de résistants korguènes à Istanbul, il ne restait plus aucune trace.

▐█

Dam pénétra dans un café bondé, ramassa un verre au comptoir et se dirigea vers les téléphones. Il eut de la difficulté à obtenir la communication avec le *Izmir Daily*, l'un des gros quotidiens d'Izmir, publié en langue anglaise.

Une voix féminine finit par émerger du crépitement de la ligne.

— *Izmir Daily, Good afternoon.*

— *Ara Günner, the journalist, please.*

— *One moment, please. I'll give you the press room.*

Cela prit plusieurs minutes, puis une voix jeta distraitement à l'appareil :

— *Ara Günner here.*

— Dam, jeta simplement le médecin. Il y eut un silence à l'autre bout du fil.

— Je ne connais pas ce nom, laissa finalement tomber Günner.

Sans se démonter, Dam poursuivit :

— Bien… Désolé de l'erreur. Un faux renseignement sans aucun doute. J'informerai Paris. J'y repars. Demain, ajouta-t-il en insistant.

— Bon voyage ! se contenta de laisser tomber le journaliste d'un ton morne.

— Demain, ajouta Dam en insistant sur le mot.

— Bon voyage, répéta Günner à l'autre bout avant de raccrocher.

Le médecin reposa l'appareil, acheva son verre lentement. Ainsi, même Günner, le flamboyant journaliste, Korguène lui aussi, avait peur. Peur de ses rapports avec Dam.

Il serra les dents, assommé de nouveau par l'horreur de ce qu'il avait lui-même rendu possible. Car tout était de sa faute. S'il avait réagi à temps…

Il sortit du café et se plongea avec soulagement dans la frénésie de la rue. Il s'absorba dans la difficulté de retrouver le chemin du Pera Palas.

▌▐

— Docteur Dam, bonsoir !

Le vieil homme, étriqué dans un costume bardé de dorures ternes, était à l'image même de l'hôtel qu'il servait avec ferveur depuis tant d'années : il respirait la décrépitude d'une époque faste qui achevait de s'éteindre. Le Pera Palas, hôtel somptueux, semblable à ces titanesques paquebots parés des feux de bals brûlants et étourdissants, sombrait avec son époque. Avec cet hôtel s'évanouissaient peu à peu les dernières images de stars enveloppées de vison, les voluptés d'écrivains ivres de sens et d'opium et les jeunes filles lascives qui avaient hanté ses chambres jadis. Jamais Dam n'eût voulu habiter ailleurs, lorsqu'il était à Istanbul.

Le maître portier, qu'il connaissait bien, se faisait appeler Sam, un pseudonyme au parfum de cinéma et qui avait dû l'enchanter à l'ère où l'insouciance régnait chaque soir dans les grands salons étouffés de l'hôtel.

— Je ne savais pas que vous seriez des nôtres, fit Sam. Monsieur n'a pas réservé, poursuivit-il d'un ton de reproche, comme si aujourd'hui encore, l'hôtel vivait l'affluence.

— Bonsoir Sam, fit Dam avec un sourire. En effet, je n'ai pas réservé… Il lança un regard flatteur vers le portier.

— En fait, Sam, je comptais sur vous pour arranger ça…

Tel que prévu, le coup porta. Le portier se gourma instantanément, imbu de fierté.

— Bien sûr. Vous avez bien raison, docteur Dam. Je peux toujours tout arranger.

— D'ailleurs Sam, continua Dam, je me demandais… mais sans doute ne le savez-vous pas…

Sam se redressa avec panache, blessé.

— Docteur Dam, qu'est-ce que Sam ne peut pas savoir, je vous en prie ? Demandez et vous verrez que Sam peut vous répondre…

Dam sourit intérieurement.

— C'est à propos de certains amis que j'ai envoyés ici, il y a quelques jours.

Sam leva aussitôt une main autoritaire.

— Je sais, je sais. Ils étaient cinq. Avec un étrange monsieur, un homme très petit et…

Sam se passa la main sur son visage…

— Le visage brûlé…

— C'est çà… brûlé, confirma Sam.

Dam ne put s'empêcher de sourire. L'être humain, se dit-il, peu importe sa position, aura toujours le réflexe malsain de vouloir tout savoir sur les autres.

— Un nommé Klotz, poursuivit le médecin.

— Oui… Lui, et les autres sont arrivés mardi il y a huit jours. Pour autant que je sache, ils étaient gentils, surtout les jeunes. Et ce petit homme, très curieux avec son visage brûlé. Il a pris une photo de moi. Le portier se recula et prit la pose.

— C'est vrai qu'il est journaliste ?

Dam acquiesça.

— Il y a toujours beaucoup de journalistes ici, continua le portier avec satisfaction. CNN, Reuters, je les connais bien…

Le portier s'approcha à nouveau du médecin. Il souriait, mais Dam percevait une lueur trouble au fond de ses yeux.

— Ils sont partis bien vite, vos amis ! souffla soudain le portier à l'oreille de Dam, épiant les parages d'un œil inquiet… Sont arrivés vers la fin de l'après-midi. Ils sont tout de suite montés à leur chambre. J'en ai vu un ou deux un peu plus tard. Ils sont venus respirer l'air. Ils ont fait quelques pas mais ils sont vite rentrés à l'hôtel. Istanbul est une ville effrayante, vous le savez, docteur Dam, pour ceux qui ne la connaissent pas. Puis, vers vingt heures, lorsqu'on est venu les chercher, ils sont tous partis. C'est tout. On ne les a plus revus.

Le portier fit une pause, pressentant que son récit produirait un effet sur le médecin. Mais celui-ci ne prononça pas un mot, se contentant de réfléchir. Après un bref moment, craignant qu'on ne lui demandât pas la suite, le portier se pencha à nouveau vers Dam :

— C'est vrai qu'ils avaient de bons amis ici, de très bons amis ici, fit le portier appuyant sur les derniers mots.

— Que voulez-vous dire ?

— Ah ! C'est vrai ! C'est un homme bien occupé et important ! Il vient souvent ici, vous savez. En tout cas, lorsqu'il est à Istanbul. C'est un habitué, en quelque sorte. Il s'assoit au bar, à la table du fond, et discute avec d'autres hommes d'affaires. D'ailleurs, j'ai été étonné. Je ne savais pas que vous le connaissiez aussi, fit Sam sur un air de reproche. En tout cas, que vos amis le connaissaient…

— De qui parlez-vous ? laissa tomber Dam pour satisfaire son interlocuteur.

Il avait du mal à camoufler son impatience.

— Du président de la *Turkish and Bond Bank*, s'exclama le portier sans pouvoir se retenir d'y mettre une certaine emphase.

— Quoi ? Dam regarda l'autre, éberlué.

Enfin, le portier ravi tenait son effet…

— Du président de la *Turkish and Bond Bank*, monsieur Smit, répéta-t-il.

— Smit ? Smit !

Soudain, Dam ne savait plus que penser.

— Mes amis sont partis avec un certain Smit, le président d'une banque ? Dam ne camouflait même pas sa surprise.

— Mais non, bien sur que non !

— Ah ! fit Dam, décontenancé et à la limite de la colère.

— Non, il a simplement envoyé sa limousine, une longue Mercedes noire conduite par son chauffeur, C'est le chauffeur que j'ai reconnu ! Pas moyen de se tromper ! Un mauvais chauffeur celui-là. Déjà, il était venu la veille, avec une amie du patron, une blonde, pas comme les autres celle-là, divine, et j'avais déjà remarqué le feu rouge arrière brisé. Or, le lendemain, le phare n'était pas encore réparé ! Imaginez ! Une Mercedes limousine avec un feu en morceaux… !

— Et ensuite, fit Dam excédé. Que s'est-il passé ?

— Le chauffeur est monté, avec deux autres hommes qui l'accompagnaient. Cela a pris quelques minutes seulement. Ils sont tous redescendus, avec leurs bagages. Les trois hommes de Smit et vos cinq amis.

Un étrange sourire flottait sur les lèvres du portier. Dam soupira. Il porta la main à sa poche et en tira quelques billets.

— Vous êtes un témoin extraordinaire, Sam, fit le médecin, se gardant cependant de tendre immédiatement les billets. Tout sourire disparut soudain de la face du portier qui s'approcha à nouveau de l'oreille du médecin.

— Méfiez-vous, docteur Dam.

— Que voulez-vous dire ? fit le médecin.

Mais Sam s'était déjà retiré, avait retrouvé son sourire béat. Il tendit la main vers les billets.

— Vos amis avaient tous l'air enchantés lorsqu'ils sont partis d'ici. Le chauffeur a prévenu qu'ils étaient les invités de monsieur Smit et ils sont partis ensemble. Cependant...

Enfin, on y était !

— Cependant ?

— C'est ce petit homme brûlé, Klotz. C'est curieux. Avant de monter dans la voiture, il a hésité. En montant, son pied s'est accroché et il est tombé. C'est vrai que quand on est nabot... Je l'ai aidé à se relever, bien sûr. C'est alors qu'il m'a glissé un petit paquet dans la main. Puis il a vite rejoint les autres et ils sont tous partis sur les chapeaux de roue.

— Et ce paquet ?

Sam ne répondit pas tout de suite. Dam porta la main de nouveau à sa poche. Sam regarda les billets, hésitant à les prendre, ce qui étonna le médecin.

— Il avait mis votre nom sur le paquet. C'est pour ça que je l'ai gardé si soigneusement, laissa finalement tomber le portier, continuant de loucher vers les billets sans les prendre. Dam se décida à mettre fin à son dilemme et les lui mit dans la poche, ce qui sembla soulager le portier.

— Et ce paquet ? répéta Dam.

— J'ai pensé qu'il valait mieux le mettre en lieu sûr, acheva le portier. Je vous l'apporterai.

— C'est tout ?

— C'est tout.

Dam hésita. Il voulut un moment obliger le portier à lui remettre immédiatement le paquet, mais préféra renoncer. Laissant son sac à Sam, il se tourna à nouveau vers l'agitation de la ville et s'enfonça dans la nuit.

▮

Karakoy, le *night spot* d'Istanbul, est chaud, sale, bruyant et déchiré de lumières hurlantes. Tailladées à même le flanc de colline comme des cicatrices qui montent à pic vers la vieille tour Galata, les rues étouffées du district, balafrées de néons criards dessinant des cuisses ouvertes de filles, des cartes à jouer ou d'immenses signes de dollars, grouillent d'une faune en sueur, fondue en une masse compacte d'individus à la dérive.

Dam rejoignit rapidement le quartier et s'enfonça dans la marée humaine sans s'arrêter, se frayant avec peine un chemin dans la foule. Il continua de descendre vers le port et, dépassant la gare, il atteignit les quais de débarquement qui s'étiraient le long de la Corne d'or, quais marchands au sud, et quais militaires, fermés au public, vers le nord.

Le bruit, la lumière et la fureur cessèrent dès qu'il eut passé la gare, et il se retrouva soudain dans une obscurité chargée de sons étouffés. Passants furtifs traînant leur ivresse, filles maigres, meutes d'enfants sauvages, des ombres se glissaient dans la nuit autour de lui et disparaissaient aussitôt. Seuls déchiraient le silence parfois un rire rauque ou un bref cri rapidement éteint.

Au détour d'une ruelle sombre écrasée sous des balcons chancelants, Dam déboucha enfin sur le port, devant l'épais trait sombre que dessinait le Bosphore. Il ignora la rive et dirigea plutôt ses pas vers le sud. Au-delà de quelques centaines de mètres de quais encombrés de conteneurs, une enfilade de bâtiments décrépits, plantés çà et là comme par un effet du hasard, formaient un mur entre la ville et le détroit. Suivant l'ombre des hangars, Dam continua vers une série d'entrepôts plus neufs qu'il avait repérés au sud.

Bien que parfois un chiffre se laissât deviner sur la façade d'un entrepôt, Dam constata rapidement que la numérotation des bâtiments ne suivait aucun ordre numérique logique. Malgré tout, son instinct ne l'avait pas trahi et c'est effectivement dans la série d'entrepôts plus neufs, mais également plus isolés, qu'il repéra le numéro 22.

Ce qu'il s'était attendu de trouver là, Dam eût été bien en peine de le dire. Était-ce même l'entrepôt qui avait servi au transfert ? Pouvait-il, après plus d'un mois, subsister une quelconque trace des conteneurs de Maid ? Peu probable.

Effleurant les murs, il scruta les environs. À vouloir choisir un endroit retiré, il eût en effet choisi celui-ci. Le coin était isolé, et devait l'être, même en plein jour. Le quai, désert et vide de conteneurs, s'allongeait jusqu'au détroit où aucun bateau n'était amarré. Deux cent mètres plus loin de chaque côté, la file monotone des vieux cargos reprenait, frottant paresseusement leurs étraves rouillées sur le quai. Parfois, une des embarcations qui sillonnaient la Corne d'or jetait une pâle et brève lumière sur la façade de l'entrepôt, mais elle retombait aussitôt dans l'ombre.

Dam jeta un coup d'œil sur la porte. Retenue par une solide chaîne, il semblait impossible de pénétrer de ce côté. Le médecin entreprit de faire le tour de l'entrepôt. Longeant la tôle, il cherchait un quelconque interstice.

Tout à son inspection, il ne perçut aucun bruit, aucun signe de danger. L'homme avait surgi derrière lui. À peine Dam perçut-il un bras enlaçant son cou, cherchant la gorge. Le médecin sentit aussitôt la fine lame de rasoir près de la jugulaire et sentit la trace du liquide chaud qui commençait à s'échapper. Il retint sa respiration. Une étrange voix flûtée se fit entendre.

— *Money, money… Quick…*

Dans une brusque détente, Dam pivota et parvint à saisir le bras qui tenait le rasoir. Ses doigts se refermèrent aussitôt sur un poignet et le médecin constata avec stupeur qu'ils en faisaient aisément le tour. Malgré tout, et bien que le médecin pût dégager une force étonnante pour sa relative fragilité, il eut du mal à maîtriser la furie qui se déchaînait entre ses mains. Ils se débattirent quelques secondes avant que Dam parvint à maîtriser l'homme. L'étouffant sous une pression au cou, Dam tordit le bras qui tenait la lame jusqu'au point de cassure. Au bout d'un moment, l'homme lâcha le couteau.

Haletant, le médecin attendit de reprendre son

souffle avant de relâcher son étreinte. Puis, poussant du pied le rasoir hors de portée, il fit pivoter l'homme face à lui. C'est sans surprise qu'il découvrit un maigre garçon d'au plus une douzaine d'années. L'enfant le fixait avec des yeux sombres et Dam put y lire autant de terreur que de haine.

Épuisé et à bout de souffle, Dam réfléchit un moment, puis, sans relâcher la pression, plongea la main dans sa poche. Il sentit l'enfant se raidir dans ses bras dans une détente désespérée pour s'enfuir. Le médecin serra à nouveau le cou du garçon. Puis, il sortit deux billets de sa poche et les froissa devant les yeux du gamin… Celui-ci cessa de bouger. Dans un mouvement brusque, le médecin le repoussa et ramassa le couteau qui gisait à leurs pieds.

L'enfant ne tenta pas de s'enfuir. Ses prunelles brûlantes allaient des billets au médecin. Il attendait. Dam continua de le menacer de la lame tout en désignant la porte de l'entrepôt.

—Je veux entrer, aller là-dedans! *Open that door for me*, dit-il, montrant la porte et la chaîne, puis brandissant à nouveau l'argent. L'enfant fixa Dam un bref moment et, acquiesçant de la tête, montra qu'il avait compris. Il leva la main pour signifier au médecin d'attendre et fila aussitôt dans la nuit.

Dam ferma les yeux un instant, épuisé. Les sens néanmoins en alerte, il épiait le moindre bruit, s'attendant à voir surgir devant lui une meute d'enfants armés. Pourtant, et malgré sa vigilance, il n'entendit aucun bruit lorsque la frêle silhouette du garçon réapparut à ses côtés. L'enfant était seul et tenait une forte pince dans les mains. Sans un regard au médecin, il se dirigea vers la porte et d'un geste sec, sectionna la chaîne qui la retenait. Puis, se tournant vers Dam, il tendit la main. Dam y remit l'argent et pénétra dans l'entrepôt.

Il ne put s'empêcher de pousser un soupir de dépit. Bien que plongé dans une obscurité presque totale, il était facile de constater que l'endroit était vide, totalement vide. On n'y voyait même pas ces cagibis de verre qui servent de bureau et dans lequel le médecin aurait pu espérer trouver un quelconque document. Dam fit néanmoins le tour, s'éclairant à la flamme de son briquet. Il entendait derrière lui les pas de l'enfant qui, lui aussi, furetait dans l'espoir de mettre la main sur un éventuel objet à vendre ou à troquer.

Aucun des deux ne trouva quelque chose. La place était si nette que Dam eut le bizarre sentiment que l'endroit avait été nettoyé et balayé. Il s'arrêta un moment et, se baissant, examina le sol. Il n'y trouvait aucune trace de produits d'emballage et de compactage, ce qui semblait impossible dans un port aussi actif et délabré qu'Istanbul. Il passa les doigts au plancher. Aucune poussière ni sable, seule une sorte de poudre qui scintillait sous le feu du briquet. Il se releva, perplexe. Aussi invraisemblable que cela puisse paraître, l'endroit avait en effet été balayé. Un fait qu'il ne pouvait expliquer mais qui confirmait, par sa bizarrerie, que l'entrepôt 22 était bien celui où s'était effectué le transfert. C'était au moins une maigre consolation que de l'avoir découvert.

Il rejoignit les quais et contempla un moment la file de navires. Ainsi, le Colonel-DeWaert s'était-il amarré à ce quai, brièvement et sans doute la nuit, et on avait déchargé les conteneurs. Un déchargement qui avait tout de même dû susciter l'attention. Car les navires de guerre n'avaient pas pour habitude de s'amarrer aux quais réservés au transport de fret. Ils étaient assignés normalement aux quais militaires, beaucoup plus au nord.

Le jeune avait rejoint Dam, mais le médecin n'y fit pas attention. Concentré, il tentait de reconstituer la logique de la scène qui s'était déroulée quelques semaines plus tôt. Dam finit par tourner les yeux vers le garçon devant lui. Le gamin désigna le rasoir que Dam avait toujours à la main. Faisant signe d'attendre, le médecin glissa la main dans le sac qu'il avait à la ceinture et qui contenait, non pas son passeport ou de l'argent, mais plutôt une petite trousse de médicaments d'urgence. Le jeune suivait ses gestes d'un regard sombre, cherchant à deviner ce que contenait la sacoche. Au bout d'un instant, le médecin en extirpa une photo, un simple Polaroïd que lui avait fait parvenir York. Le cliché représentait la partie avant du navire militaire français. Sur la proue, clairement identifié, les lettres du Colonel-DeWaert se détachaient sur le fond sombre de la coque.

Dam joignit à la photo une poignée de billets, plus importante que la précédente. Il les tendit à l'enfant, soulignant de son doigt les mots écrits sur le bateau. Le garçon prit la photo et l'examina avec attention. L'effort était difficile pour lui qui était illettré et Dam vit son front se creuser d'un pli pathétique. Le médecin eut soudain pitié du gamin en haillons, de cette tête courbée sur des lettres impossibles à déchiffrer. Il fut tenté de le remercier d'un geste de la main. L'enfant cependant releva enfin la tête et acquiesça d'un signe de reconnaissance. Dam constata que l'intelligence et l'intérêt avaient chassé la lueur haineuse de ses yeux.

— Dam, fit le médecin en se désignant.

— Hakki, Hakki, répliqua le garçon, faisant de même.

— *Seläm*, Hakki, répondit le médecin.

Il saisit doucement le bras de l'enfant, désigna les quais. Avec des gestes, il mima le déchargement des caisses.

— *Dockers*, Hakki, *you understand*? ajouta-t-il.

Le gamin hocha la tête à nouveau et Dam admira sa vivacité d'esprit. Il lui sourit et fut tenté de passer une main dans la tignasse noire et longue du gamin mais par respect pour l'enfant, il se retint.

— *Gär, Gär!*

Avec des gestes, Hakki fit comprendre au médecin de le suivre et, tournant les talons avec brusquerie, il se jeta sur le rasoir à la lame toujours ouverte. Dam le considéra avec appréhension mais le gamin se contenta de replier soigneusement le couteau et de le ranger dans une poche. Puis, dans un geste qui décontenança le médecin par sa candeur, il lui saisit la main et l'entraîna avec lui.

◼

Ils rejoignirent Karakoy District, où la nuit s'achevait. Les fillettes maquillées de Yüsek Kaldirim Street s'accrochaient aux hommes, cherchant avec âpreté leurs derniers clients avant de rendre leurs comptes aux souteneurs. Les hommes les repoussaient avec colère plus souvent qu'autrement, désespérés de réaliser avant l'aube le pari ultime qui ferait leur fortune. Seuls les quelques chanceux de la nuit cherchaient à brûler une éphémère fortune sur les nattes souillées qui servaient de matelas aux filles de la rue.

Dam avait du mal à suivre Hakki dans la foule qui se ruait sur les trottoirs. Il enjambait des corps inertes. Chaque club vomissait sa ration d'hommes pressés en même temps qu'une orgie de lumières blafardes et de musiques métalliques. À tout moment, des hommes saisissaient Dam par la manche et le médecin découvrait sous leurs vestes des montres, des bijoux, de la drogue ou encore des photos d'enfants aux jambes ouvertes, fillettes ou garçons parfois menottés, avec des adresses griffonnées à travers le corps. Visiblement chez lui ici, Hakki fendait le flot humain sans s'arrêter, jetant parfois un regard rapide à l'intérieur de certains clubs.

Le gamin s'enfonça soudain dans un de ces clubs et Dam le perdit de vue quelques instants tandis que ses yeux se faisaient à l'atmosphère opaque et chargée de la salle. Des ampoules jaunes et rouges pendaient au bout de leurs fils, et un *follow spot* cherchait d'un jet mauve le ventre huilé et brillant des filles. Elles étaient sept ou huit qui dansaient, grimpées sur des sortes de caisses qui servaient aussi de tables, au milieu des clients. La plus vieille n'avait pas quinze ans. Des paillettes brillantes pendaient de leurs pubis tandis qu'elles ondulaient le ventre à hauteur des yeux des hommes. Dam jeta un coup d'œil et repéra parmi la foule le coin des Européens, une dizaine d'hommes qui jetaient des dollars américains au pied des filles, entre les verres de raki. Le geste provoquait aussitôt une ruée des gamines qui frôlaient entre leurs cuisses huilées le crâne des généreux donateurs.

Dam chercha à retrouver Hakki dans la foule et il craignit un moment de l'avoir perdu. Le médecin finit par découvrir dans un coin reculé un rideau de cordes masquant une entrée. Plusieurs clients s'y dirigeaient, après avoir glissé quelques livres dans la main d'un Turc imposant qui gardait l'accès.

C'est là que Dam finit par repérer Hakki, en conversation animée avec le Turc. Le médecin s'approcha et, sans comprendre ce qui se disait, mit fin à l'échange en glissant des livres dans la main de l'homme.

— *Sola*, laissa tomber l'homme en se reculant.

Dam suivit Hakki dans un escalier sale, éclairé par la faible lueur d'une ampoule nue. Une odeur âcre et lourde prenait à la gorge à mesure que l'on grimpait dans l'étroit passage et le médecin se surprit à évoquer la sale odeur de sang et de viande pourrie des morgues de guerre. Hakki atteignit le palier et, sans se retourner, se dirigea vers l'une des portes du couloir qu'il repoussa.

La pièce sombre était saturée de fumée. Seul son centre était plongé dans une lumière bleue. L'odeur de boucherie pourrie était irrespirable et le médecin ne put réprimer un bref haut-le-cœur. Au centre de la pièce, plusieurs dizaines d'hommes, le dos tourné au médecin, formaient un cercle autour d'un point que Dam ne pouvait apercevoir. Suivant Hakki, il se fraya un chemin au milieu des hommes qui hurlaient et gesticulaient, leurs chemises collées à la peau par la sueur et l'excitation.

Le médecin entendit les cris stridents d'animaux enragés avant même d'en apercevoir l'origine. Au milieu du cercle, un enclos de planches rond et rudimentaire était dressé. Prisonnier de cette arène sommaire, deux énormes rats noirs s'entre-déchiraient. Les deux bêtes avaient un bouton d'une couleur différente piqué à même le fouet de leur queue. Ils étaient sanguinolents, près de la fin du combat, une fin que les spectateurs exacerbés encourageaient de hurlements furieux. Le sol de l'arène baignait dans le sang, et des morceaux de chair déchirée flottaient dans les mares. Des carcasses ouvertes de rats, victimes de duels précédents, gisaient çà et là, repoussés négligemment autour de l'enceinte. Au centre, la lutte faisait rage avec fureur et l'un des rats plantait ses dents acérées dans le ventre de l'autre qui ne réagissait plus que par quelques soubresauts de plus en plus faibles. Le sang giclait par jets syncopés des artères de la bête. Malgré l'état de la victime, la curée se poursuivit de longues minutes avant que le rat défait n'achève enfin son agonie en poussant de rares cris dans un ultime bouillonnement de sang.

La foule se déchaîna aussitôt dans des hurlements de victoire mêlés de cris de dépit tandis qu'un gros homme pénétrait dans l'arène en brandissant une liasse de livres. Les mains se tendirent avec avidité et l'argent s'échangea entre le bookmaker et les gagnants. Bousculé dans la cohue, Dam recula, écœuré par la chemise souillée de traînées rouges du bookmaker.

Croyant que Hakki l'avait entraîné là pour parier, Dam le chercha avec colère. Le gamin discutait avec un homme, particulièrement costaud. Une moustache drue barrait son visage et une cigarette jaune et molle pendait entre ses lèvres. L'homme jeta un regard indifférent au médecin et continua de froisser entre ses doigts la liasse de livres qu'il venait de toucher. Hakki fit un signe à Dam qui s'approcha.

— *Docker, docker,* fit Hakki en désignant l'homme. *Give money…*

Dam comprit et brandit un dix dollars américain devant l'homme. Le Turc jeta un regard rapide vers le billet et replongea les yeux vers ses livres qu'il continua de compter avec application. Dam sortit un second billet. L'homme ne réagit pas plus.

— *You fucking bastard!* fit Dam avec colère, saisissant l'homme par sa chemise. *You won't get more money before you talk, asshole!*

Le Turc leva enfin les yeux et jeta un regard navré vers l'arène où un autre combat débutait. Il finit cependant par se tourner vers le médecin. Hakki, qui les avait quittés, revint bientôt, poussant devant lui un deuxième homme, plus jeune, qui s'avéra pouvoir servir d'interprète.

Dam tira de sa poche la photo du bateau et la tendit au jeune homme.

— Je veux savoir tout ce qu'il sait de ce bateau et de son chargement. Je veux la date d'arrivée, de départ, ce qu'il contenait. Je veux savoir qui était là, quelle était sa destination…

Il posa devant chacun des deux hommes un billet de mille livres.

Le jeune homme se tourna vers le docker et le dialogue s'engagea.

— Il ne veut pas parler. Il dit qu'il n'a rien vu et qu'il ne sait rien, traduisit le jeune homme.

Dam hésita entre la colère et la résignation. Excédé, il se contenta de sortir un second billet américain qu'il poussa vers le docker. Celui-ci saisit aussitôt l'argent qu'il empocha, puis il se mit à parler en un flot ininterrompu qui dura plusieurs minutes. À un certain moment, il montra ses mains aux doigts étirés.

— Il ne sait pas quel jour le bateau est arrivé. Mais il se souvient très bien du chargement. C'était un bateau français, et pas n'importe lequel, un bateau de la marine française. Lui et ses amis ont déchargé en une seule nuit tous les conteneurs. Il ne se sait pas exactement combien. Moins que ses dix doigts. Ils ont été étonnés parce que le bateau n'a pas pris le temps de faire le plein et est reparti aussitôt. Quant aux dockers, ils ont continué très tard dans la soirée à rentrer les conteneurs dans l'entrepôt.

L'homme écoutait avec intérêt le jeune traduire ses propos au médecin et, même s'il ne comprenait rien, on le voyait parfois hocher la tête en acquiesçant.

— Deux soirs plus tard, poursuivit le traducteur, un homme a arrêté le docker à la fin de sa journée et l'a embauché avec plusieurs autres pour la nuit. Ils se sont tous retrouvés dans l'entrepôt et on leur a donné l'ordre de vider les conteneurs de leurs caisses. L'homme dit que l'opération s'est déroulée très vite parce qu'il y avait beaucoup d'équipement, plus que d'habitude dans l'entrepôt. Des lifts et des monte-charge. Ils ont travaillé une grande partie de la nuit. Les portes étaient fermées et ils ont eu très chaud. Quand l'un des dockers a demandé d'ouvrir les portes pour faire entrer de l'air, les hommes qui les supervisaient ont refusé et l'un d'eux a sorti une arme. Les dockers n'ont pas insisté. Il faisait encore nuit lorsqu'ils ont eu terminé de sortir toutes les caisses des conteneurs. Plusieurs personnes sont alors arrivées, des Européens bien habillés. Ils ne sont pas restés longtemps. Ils ont ouvert une caisse et ont discuté un moment. Tout le monde est parti, les dockers aussi. Ils ont été très bien payés. Il dit qu'en partant, il est allé pisser derrière l'entrepôt et il a aperçu une longue Mercedes noire qui attendait. Il l'a remarquée parce que l'un de ses feux arrière était brisé, et ça l'a fait rire. Il a eu envie de briser l'autre pour se marrer mais a préféré laisser tomber.

— Il les a revus ? demanda Dam. Le traducteur s'adressa au Turc qui reprit un long monologue…

— Oui, reprit le traducteur. La nuit suivante, ils ont été réembauchés par les mêmes hommes pour embarquer les caisses sur un petit bateau, le Lidya. Il le connaît parce qu'il lui est arrivé de le charger déjà, presque toujours la nuit. Le bateau vient toujours du nord et repart vers le nord, à ce qu'il dit.

— Comment étaient les caisses ? Qu'est-ce qu'il y avait dedans ?

Le jeune homme prit son temps, avala précautionneusement une gorgée d'alcool, comme s'il prenait conscience de sa supériorité sur le docker et finit par se tourner vers celui-ci. Il posa une brève question. Cette fois, l'homme ne répondit pas tout de suite. Manifestement, il hésitait sur la conduite à tenir. Le traducteur répéta sa question. Le docker finit par se décider.

— Quelques caisses portaient un nom. Mon homme ne sait pas lire, mais il a remarqué une croix, comme sur les caisses de la Croix-Rouge. Quant aux autres caisses, elles n'étaient pas identifiées. C'est l'une de celles-là que les hommes de la Mercedes ont ouverte. Mon homme dit que c'étaient des armes. C'est pour ça qu'il a peur.

— Comment sait-il que c'étaient des armes ?

Le traducteur sembla plonger soudain dans un abîme de réflexion. Dam sentit qu'il hésitait lui aussi. Il préféra avancer rapidement deux autres billets américains. Le jeune homme jeta un regard rapide autour de lui, saisit les billets qu'il fit disparaître aussitôt.

— Le premier soir, des hommes sont venus, en même temps que les dockers. Ils se sont installés dans un coin avec quelques caisses. Et pendant quelques heures, ils ont scié les canons des fusils.

— Scié les canons ? fit Dam perplexe.

Le jeune homme ne répondit pas, se contenta de hausser les épaules.

— Ils ont dû balayer pour faire disparaître les poussières de métal. Les hommes de la Mercedes sont repartis avec ces armes-là.

— Qu'est-ce qui est arrivé aux caisses marquées d'une croix ?

Dam n'eut pas le temps d'avoir une réponse. Il y eut soudain des cris furieux derrière lui et il fut projeté au sol. Une bagarre avait éclaté entre les parieurs. Les coups de poing volaient et le médecin vit apparaître des couteaux ouverts.

Rampant sur le sol, il tenta de se frayer un chemin vers la sortie. Autour, les hommes lançaient tout ce qui leur tombait sous la main. La bataille se déplaça dans l'arène et les hommes roulèrent dans les mares de sang. Dam tenta de se relever mais fut aussitôt jeté à nouveau au sol, cloué au plancher par un assaillant. Désespéré, Dam lui enfonça les doigts dans la gorge jusqu'à ce que l'autre, étouffé et les yeux exorbités, desserre son étreinte. Le médecin parvint à le repousser. Au même moment, le rat vainqueur, encore sanguinolent, lui sauta au visage et, enragé, le mordit sauvagement. Paniqué, le médecin le saisit à pleines mains et le lança au milieu de la mêlée. Puis, il se redressa et fonça vers la sortie.

Il atteignit le couloir en quelques secondes et parvint à refermer la porte derrière lui. Il s'essuya tant bien que mal le visage. Plié en deux comme s'il avait reçu un coup au ventre, il se mit à vomir violemment, ajoutant encore à l'odeur de viande pourrie.

La porte s'ouvrit de nouveau. Il sentit une main fouiller autour de sa taille et entendit un homme dévaler les escaliers. Il reconnut Hakki. Dam constata aussitôt que son sac avait disparu. Retenant ses spasmes de nausée entre ses dents serrées, le médecin dévala à son tour l'escalier et, se frayant un chemin à travers la foule du club, poursuivit Hakki sur Hakkidim Street.

Repoussant et bousculant la foule dans sa course effrénée, Dam finit par rejoindre le gamin et le poussa dans une ruelle sombre. Il eut du mal à le tenir tant le garçon se débattait avec une énergie de chien enragé. Dam parvint tout de même à le plaquer au mur. Il fouilla ses poches et en tira le rasoir qu'il tint sous la gorge du garçon. Il comprenait mal pourquoi Hakki l'avait quitté avant même d'avoir été payé pour ses services. Dam continua de le fouiller et stupéfait, constata que le gamin n'avait pas tenté de récupérer l'argent et s'était contenté de rafler dans son sac les seringues et les fioles de médicaments.

— Qu'est-ce que tu veux faire avec ça, hein ? Enfant de salaud, tu comptais les vendre au marché noir, te faire du fric ? C'est ça ? Plaquant toujours le couteau sur la gorge du garçon, il plongea une main dans sa propre poche, en retira une liasse de billets.

— Pourquoi t'as pas attendu, hein ? Tiens, le voilà ton fric. Celui-là, tu l'as gagné. T'avais pas besoin de me faire les poches…

Dam jeta les billets à terre.

— Tiens, ramasse ton fric. Donne-moi les bouteilles et fous le camp !

Hakki ne bougea pas, ne fit pas mine de ramasser les billets. Il fixa au contraire Dam avec un mélange de haine et de désespoir. Le dos au mur, il n'avait même pas un regard vers l'argent qui menaçait de s'envoler.

— Allez, fit Dam, Ramasse-le. C'est à toi. Et file. *Run away.*

Au lieu d'obtempérer, le garçon, dans une détente brusque, se précipita encore sur Dam et, ignorant le couteau que le médecin pointait vers lui, tenta à nouveau de saisir les seringues. Le médecin dut lever le couteau pour ne pas le blesser. Hakki se débattit à nouveau avec un acharnement que Dam ne comprenait pas, mordant et déchirant les vêtements dans une crise incontrôlée. Ils roulèrent tous les deux sur le pavé avant que Dam ne réussisse à le maintenir, face contre terre, sous son poids. Avec colère, il dégagea la face du garçon, repoussa ses cheveux. Avec stupéfaction, il vit le gamin pleurer. Des larmes silencieuses, qui traçaient des sillons sur ses joues sales.

— Qu'est-ce que tu veux ? haleta le médecin. Qu'est-ce que tu veux faire avec ça ? fit Dam en montrant les seringues.

— *I need it… I need… Doctor… Are you doctor?* fit Hakki au bout d'un moment, en fixant Dam.

— Oui, *I am a doctor… Why…?*

Dam sentit le gamin fléchir sous lui, sa tension tomber. Sans explication, les larmes se mirent à couler de nouveau sur son visage. Le médecin se releva et tendit la main à Hakki. Le gamin semblait avoir soudain perdu toute assurance. Perplexe, le médecin ramassa l'argent et le mit dans la poche de Hakki, qui ne bougeait plus.

— Qu'est-ce qu'il y a ? fit Dam doucement. Qu'est-ce que tu veux ? *What do you need?*

Le médecin leva la tête du garçon, essuya les larmes, passa son bras autour de ses épaules. Il se laissèrent tous les deux tomber, épuisés, le long du mur. Dam fixait, les yeux vides, un point vague devant lui. Le gamin leva enfin la tête. Il ne pleurait plus et tourna les yeux vers le médecin.

— *Come… Come with me*, fit-il d'une voix à peine audible.

Dam le suivit, résigné. Ils redescendirent Yüksek Kaldirim Street vers le pont Galata. L'aube avait décimé la foule, ne laissant çà et là que des corps inertes sur les pavés. Non loin du pont, Hakki emprunta un dédale de ruelles obscures, à peine plus larges qu'un couloir de maison, comme si le quartier lui-même n'avait été qu'une vaste demeure.

Ils marchaient avec attention, évitant de glisser dans les mares d'eau sale qui coulaient vers le fleuve. Le pont leur apparut tout à coup au détour d'une ruelle, masse noire et large semée d'arcs roses et jaunes, colorés par l'aurore. Sans un regard pour le spectacle, Hakki poursuivit sa route et, longeant la Corne d'or, se retrouva bientôt directement sous la structure du pont Galata.

L'immense assemblage de fer se voûtait comme une cathédrale au-dessus d'eux et répandait en halo une humidité sourde et glacée. Des gouttes froides s'échappaient des hauteurs et venaient s'écraser sur leurs nuques. Hakki se dirigeait avec sûreté vers un but qu'il semblait connaître parfaitement.

Contrairement aux apparences, l'endroit était loin d'être désert. Dam pressentait plus qu'il ne voyait vraiment de vagues silhouettes s'agiter dans les encoignures obscures des énormes piliers du pont. Hakki, qui semblait toujours sur ses gardes, bifurqua soudain et dirigea ses pas vers une voûte de pierre. Un maigre feu avait été allumé et les flammes jetaient parfois un éclair à l'intérieur des grottes hautes et profondes, formées par l'assemblage des blocs.

À mesure qu'il approchait des voûtes, Dam constata que l'endroit était peuplé. Des silhouettes fantomatiques, des dizaines d'enfants maigres en haillons hantaient les lieux. Le plus vieux ne devait pas avoir quinze ans. À l'intérieur des grottes, le médecin put apercevoir, au hasard des flammes, des petits corps allongés sur le sol, entassés les uns sur les autres.

Sans un regard pour les enfants, Hakki s'approcha de l'une des niches de pierre, restée, celle-là, dans une obscurité totale. Il fit quelque pas à l'intérieur, se baissa et fit signe au médecin de faire de même. Dam crut apercevoir une forme allongée sur le sol. Il battit son briquet. Une forme était étendue, recouverte d'une couverture. Dam la retira doucement.

La fillette qui gisait là n'avait pas plus de dix ans. Recroquevillée, couchée sur son flanc gauche, les jambes repliées sur son ventre. Ses cheveux mêlés, sales et collés sur son visage, cachaient ses traits. Dam aperçut néanmoins ses lèvres ouvertes, d'où s'échappait un très faible râle.

La petite était immobile. Entre ses jambes, un long filet de sang s'étirait en méandres visqueux entre les briques du pavé et se perdait dans l'obscurité.

Hakki se pencha vers la fillette, effleura sa tête avec précaution, puis leva les yeux vers le médecin.

❚▌❚

Le corps de la fillette était habillé des lambeaux de tissus brillants et colorés des jeunes putains. Dam passa ses mains avec délicatesse sur la tête, puis sous les lambeaux de vêtements, palpant des lacérations béantes. La fillette tremblait de fièvre. Le médecin repoussa ses cheveux, souleva les paupières mi-closes. Puis, repoussant Hakki, il entreprit doucement de la tourner. Ses jambes s'étaient figées en position relevée et Dam eut du mal à les déplier.

Il entendit Hakki reculer derrière lui. Dam continua de déplier les jambes avec lenteur et approcha la flamme entre les cuisses. Quelqu'un, sans doute Hakki, avait posé des morceaux de couverture sale sur la blessure et le tissu imprégné de sang s'était incrusté au corps de l'enfant. Avec des précautions infinies, Dam commença à soulever le pansement improvisé. Chacun de ses mouvements amenait une plainte entre les lèvres de la gamine qui restait inconsciente. Dam continua, millimètre par millimètre, à détacher le tissu de la blessure, bénissant Hakki d'avoir eu le réflexe de stopper temporairement l'hémorragie.

Le médecin retira enfin le dernier morceau de croûte durcie de sang. Il approcha la flamme. Comme les deux arêtes d'un ravin, la peau de la fillette était ouverte et laissait à nu la chair et les muscles. Elle avait eu le pubis tranché jusqu'au ventre.

Dam se tourna vers Hakki.

— *Man, big man…. was too hard, much too hard with Souha when he….*, fit le garçon dans un filet de voix. Il s'arrêta, incapable de continuer.

— Souha ?

— *Sister… Sister,* fit le garçon dont la voix s'était brisée.

Le médecin ne posa plus de questions. Serrant les dents, il se tourna à nouveau vers la plaie dont les bords noircis indiquaient la progression de l'infection. Elle avait perdu beaucoup de sang et était déjà dans un état semi-comateux. Dam savait qu'il avait peu de chance de la sauver. Il défit son sac et lui injecta une dose massive d'antibiotiques, suivie de morphine. Il attendit que celle-ci fasse effet.

Au moins, songea Dam, qu'elle meure ailleurs qu'ici. Il fit comprendre à Hakki qu'ils devaient la sortir de là. Hakki acquiesça et laissa le médecin agir. Dam enveloppa la fillette dans sa veste et la prit dans ses bras. Elle était terriblement légère.

Ils refirent le chemin des ruelles en sens inverse, retrouvèrent Karakoy District. Dam héla un taxi et avant même que le chauffeur n'ouvrit la bouche, lui fourra dans les mains une centaine de livres pour éviter les questions.

— *Pera Palas, quick!* Le chauffeur hocha la tête et, sans plus se soucier de ses passagers, fila en vitesse vers les hauteurs de la ville. Hakki s'enfonça dans un coin de la banquette, fixa la ville avec des yeux absents.

La fillette brûlait de fièvre et Dam sentait le feu sur sa poitrine. Il la tenait comme un oiseau blessé. Les yeux toujours clos, elle restait inerte. Les râles cessèrent peu à peu et Dam, à l'insu du gamin, prit le pouls de crainte qu'elle ne soit morte. À peine palpitait-il faiblement, mais il tenait bon. La morphine avait dû calmer la douleur.

La ville aussi semblait s'apaiser à mesure que la voiture grimpait la colline. La folie se concentrait dans les quartiers plus bas. À l'extrémité d'une avenue apparut enfin l'imposante façade du Pera Palas.

▌█▌

— Consulat de France, *good morning…*

— Monsieur Roux, je vous prie…

La voix féminine hésita un moment, mit l'appel en attente puis revint au bout du fil.

— Je regrette monsieur, mais monsieur Roux a quitté le Consulat. En fait, il est rentré en métropole. Quelqu'un d'autre peut-il vous aider ?

— Ici, Maximilian Dam. Dites à son successeur de me rappeler au Pera Palas. Chambre 411.

Dam reposa le combiné, jeta un coup d'œil à sa montre. Il était dix heures. Un matin joyeux s'acharnait à vouloir traverser les tentures de velours lourdes de poussières. Le médecin repoussa sa chaise et, sans un regard pour l'objet enveloppé d'un curieux mouchoir rouge et posé au centre de la table ronde, se dirigea vers la salle de bain, jetant un coup d'œil au passage sur Hakki. L'épuisement n'avait pas eu raison de l'angoisse du garçon et Dam avait dû lui donner un somnifère pour l'assommer. Il dormait enfin profondément sur le lit.

Le médecin poussa la porte de la salle de bain, ferma les yeux avec douleur à cause de la blancheur éclatante de la lumière réfléchie par le marbre blanc. Dans un coin, s'entassaient les draps souillés de sang que l'on avait retirés du lit après le départ clandestin de Souha vers l'hôpital. Avant de pouvoir joindre le docteur Varï, de l'hôpital général d'Istanbul, qu'il connaissait assez bien, Dam avait désinfecté les plaies et refait un pansement temporaire, déclenchant un début d'hémorragie. À son arrivée, Varï avait lui aussi grimacé devant l'état de la fillette. Il s'était contenté de la prendre dans ses bras sans demander plus d'explication et l'avait descendue discrètement, aidé de Sam, par un ascenseur de service vers une voiture qui attendait. La fillette n'avait jamais repris conscience.

Dam tourna le bouton de la douche et s'engouffra sous le jet brûlant, qu'il ramena bientôt au froid. Malgré la morsure de l'eau glacée, il ne sentait rien. Les yeux fermés, vidé, il laissa l'eau ruisseler sur son corps sans faire un geste. Ce fut la sonnerie du téléphone qui le tira de sa torpeur. À regret, il retraversa la chambre.

— Dam…

— Docteur Dam, fit une voix que le médecin reconnut aussitôt.

En souriant, il consulta sa montre. 10 heures 32. Trente-deux minutes ! Le message au Consulat n'avait mis que trente-deux minutes à se rendre à son véritable destinataire !

— Facchi ?

— C'est exact, docteur Dam, fit l'autre avec une pointe d'étonnement dans la voix. Enchanté de…

— Je veux rencontrer Smit, l'interrompit aussitôt le médecin. Ici, à Istanbul.

— Je ne comprends pas, docteur. Que voulez-vous dire ? Quel Smit ? Je…

— Contentez-vous de livrer mon message sans commentaires, l'arrêta Dam sèchement.

— Mais ! Je ne…

— Je vous laisse le bénéfice du lieu et de l'heure, lui jeta Dam avant de raccrocher.

Minable Facchi, minable sous-fifre. S'il y avait moins de ceux-là à exécuter les ordres en fermant les yeux…

Le médecin alla s'asseoir, jeta un coup d'œil vers la table ronde. D'une main crispée, il saisit le petit paquet posé devant lui. Il redéplia soigneusement les bords du mouchoir rouge qui enveloppait l'objet, un mince cylindre métallique d'à peine quelques centimètres de long.

— Sam !

Une heure auparavant, le médecin avait retenu le portier qui s'apprêtait à quitter la chambre après avoir aidé à transporter la fillette.

— Vous n'avez rien pour moi ?

Le portier avait jeté vers le médecin un regard oblique et avait hésité, perdant tout à coup son assurance obséquieuse.

— Le paquet de Klotz ? avait poursuivi le médecin. Vous ne l'avez pas ?

— Oui, avait fait le portier, si visiblement mal à l'aise que le médecin en avait cherché la raison.

Le portier avait extirpé de son costume doré une enveloppe brune, gonflée en son centre.

— Voilà, avait-il fait avec aigreur.

Dam avait saisi le paquet et tendu un billet américain que Sam avait considéré un moment. Puis, contre toute attente, il s'était contenté de lever une main excédée et s'était plutôt dirigé vers la porte.

— Sam !

Le ton avait été si autoritaire que l'homme s'était aussitôt arrêté.

— Tu es Korguène, n'est-ce-pas ? avait fait le médecin, cherchant sans le trouver le regard fuyant du portier.

Le portier s'était contenté de baisser la tête davantage, sans répondre, et Dam savait qu'il avait rougi.

— Tiens, prends…

Le médecin avait ajouté un second billet au premier mais le portier avait secoué négativement la tête.

— Prends ! avait insisté le médecin en fourrant l'argent dans sa poche. Allez ! File maintenant !

Le portier avait fixé le médecin sans comprendre puis, n'osant pas poser de question, il s'était hâté de sortir.

Dam avait posé l'enveloppe sans l'ouvrir et s'était tourné vers la fillette qui gisait sur le lit. Il avait refait des injections de morphine et d'antibiotiques en attendant Varï. Et ce n'est qu'après leur départ qu'il s'était enfin autorisé à sortir de son enveloppe l'objet laissé par Klotz à son intention.

Dam le tenait à nouveau au creux de sa paume. Aucun mot d'explication, aucune note. Klotz, pressé par le temps, n'avait pu laisser d'autre message. C'était inutile. Dam avait compris.

C'était une balle. Une simple balle de 7,62 mm. Une balle, en fait, toute semblable à celle que l'on balaie sur le sol des salles d'opération de guerre, lorsque d'aventure on a le loisir de les nettoyer. Dam l'avait reconnue pour en avoir vu des pareilles dans le corps des blessés et des morts de l'ex-Yougoslavie. Là, ou ailleurs aussi, où faisait fureur un certain type de fusil d'assaut, le

FN-Fal. Une arme solide, simple à manipuler, même pour des enfants, et d'une parfaite efficacité...

Cette balle-là n'était plus vierge. Déformée par un impact et noircie par la poudre, elle était recouverte de croûtes durcies et d'une sorte de poussière ferreuse qui tachait les doigts. Les mêmes particules que l'on retrouvait aussi sur le mouchoir qui avait servi à l'envelopper. Un curieux mouchoir de poche pour accompagner un tel objet, une pièce de tissu, joyeuse et fraîche comme un matin d'été à la campagne avec ses carrés rouges et blancs, des motifs que l'on devinait encore malgré de larges taches sombres. Le mouchoir aussi, tout comme la balle elle-même, était figé dans une croûte de sang séché.

Dam soupira, replia soigneusement le mouchoir, et remit le petit paquet dans l'enveloppe. Des cinq hommes qui arrivaient de Paris, seul Alex Klotz s'était douté de quelque chose. Était-ce parce qu'il était journaliste ou parce qu'il connaissait la guerre ? Il n'avait eu que quelques minutes de réflexion et, pourtant, d'instinct, il avait senti le piège.

Pressé, Klotz n'avait sans doute pu prévenir les autres. Il aurait pu lui, au moment d'être poussé dans la Mercedes, choisir de s'échapper, tenter de sauver sa propre peau. Il ne l'avait pas fait. Il s'était contenté de jeter une hypothétique bouteille à la mer, un message sibyllin, au cas où... Une simple balle qui avait déjà servi.

Le son grêle du téléphone fit tressaillir le médecin. Dans un anglais approximatif, la téléphoniste de l'hôtel balbutia quelques mots et, après un bref déclic, le médecin reconnut la voix lointaine de York.

— Retiens tes paroles, prévint aussitôt le médecin avant que le journaliste n'engage la conversation.

— Sommes-nous donc si nombreux sur cette ligne ? fit le journaliste d'un ton railleur.

— Certainement…

— Bien. Écoute. Il s'agit de cet ami, tu sais, celui qui nous a quittés ? À Amboise…

— Oui, se contenta de répondre le médecin.

— Eh bien, il n'est pas parti seul. Il avait eu de la visite au préalable….

— Continue…

— Deux amis à lui sont passés lui rendre visite dans sa maison. Juste avant son départ. Deux amis que tu connais très bien pour les avoir rencontrés devant chez Forclaas, une nuit. Photographiés par Hunter. Assez costauds. Ceux que tu as revus encore, à l'Élysée.

— Je vois…

— Ils ont… Ils ont en quelque sorte… poussé notre ami à faire ses bagages et recueilli ses adieux… Tu comprends ?

— Oui. Très bien.

— Dam ? Tu es toujours là ?

— Oui.

— Écoute… York hésitait. C'est laid, cette histoire, laid et inaccessible, tu comprends ? répéta-t-il.

— Oui.

— Écoute, laisse tomber. Reviens.

Dam ne répondit pas tout de suite, hésita à son tour.

— Tu as peut-être raison, finit par laisser tomber le médecin.

— Je suis désolé.

— Ce n'est rien.

Le médecin reposa doucement le combiné. Bertrand avait été tué. Un mort de plus à inscrire sur sa liste personnelle. Et Ruiz, par un sinistre et malfaisant destin, s'était suicidé pour la mauvaise raison. Peut-être simplement pour ajouter à la liste de ceux qui mourraient par sa propre faute ? Combien de cadavres, Dieu, combien de morts laisserait-il encore dans ses traces ? songea Dam avec désespoir.

Il jeta un regard vers Hakki, plongé dans un sommeil étrangement paisible et presque heureux. Qu'est-ce qui pouvait bien danser devant les yeux clos du garçon pour amener un mince sourire sur ses lèvres ? Des images d'enfant, de fêtes foraines, de stands de tirs à la carabine aux balles vides et inoffensives, des clowns peut-être... Devant ses yeux, le médecin vit apparaître une silhouette de clown, un clown aux larges mains, au sourire narquois et désabusé. Un clown abandonné dans un stand de tir, armé de vraies balles celui-là. Un clown qui s'agitait devant des gamins creusés par la faim et le choléra...

Le médecin acheva de s'habiller. Il rangea le mouchoir à carreaux rouges dans son sac de taille. Son regard fit un dernier tour de la pièce, s'attarda un moment sur la mince silhouette étendue sur le lit. Il la contempla, cheveux épars sur l'oreiller, toujours ce sourire étrange et juvénile aux lèvres. Il mit un peu d'argent sur le guéridon, à côté.

Sans bruit, il quitta la chambre.

Sam était toujours à son poste. Dam le salua d'un vague coup de tête et marcha nonchalamment avant de s'engouffrer dans un taxi. Il se fit descendre Place Kurgin, inspecta les environs, héla un second taxi. Il changea ainsi trois fois de voiture et, rassuré, se décida enfin à filer vers la gare.

Il faillit manquer son train pour Izmir. La chaleur moite du compartiment bondé, le seul où il trouva une place, eut raison de lui malgré sa volonté et il s'enfonça dans un sommeil malsain. Sa joue contre la poitrine de la toute petite Kaïa, il épiait avec angoisse son souffle qui s'obstinait à fuir. Comme à chacun de ses cauchemars, c'est à l'instant même où le souffle de sa sœur s'éteignait tout à fait qu'il s'éveilla, malade.

▮

Camouflé aux regards dans l'obscurité de la porte, le journaliste tentait de percer avec une acuité fiévreuse chacun des mouvements de la rue. C'était l'heure de la journée où les bureaux fermaient les uns après les autres, l'heure que ses collègues et lui-même repoussaient chaque jour avec plus d'angoisse. Il se répéta pour la dixième ou centième fois peut-être que, dès le lendemain, il reviendrait à la charge auprès de la direction, qu'il exigerait qu'un poste d'observation soit installé, au premier étage du journal, et cela, malgré les fenêtres murées pour la sécurité. C'était suicidaire de se jeter ainsi dans la foule, sans avoir pu examiner avec un grand soin l'ensemble des mouvements de la bruyante place Eylul Meydani.

Déjà qu'Izmir elle-même, bétonnée et laide, était une fourmilière vibrante et incontrôlable. Une ville secouée par son port débordé, tiraillée par les déchirements de la région, du pays, du passé. Une ville, vacillant d'un côté ou de l'autre, perchée entre des extrêmes irréconciliables et malgré tout fraternels. Une ville en équilibre entre Orient et Occident, entre commerce d'opium et commerce de dattes, vol d'antiquités et tourisme béat. Une ville écartelée aussi entre la mosquée KKI Cesmelik, la chrétienne cathédrale Saint-Jean, le quartier juif et les Levantins. Une ville folle, magnifique et vivante, la fière descendante de Smyrne la Conquérante. Et c'était au cœur de cette mêlée de bruit et de mouvements que l'homme devait, chaque soir, se jeter à nouveau.

Il continuait de fixer avec intensité la place, carrefour ouvert à la fois sur la gare et sur le bazar. Il pouvait compter pas moins d'une vingtaine de soldats en armes, des hommes théoriquement chargés de prévenir les attentats, mais sans grand résultat. Du moins pouvait-on espérer qu'ils réussiraient à repérer les éventuelles voitures bourrées d'explosifs devant le journal, ce qui était déjà ça.

L'homme s'appliqua à suivre avec calme chacun des points de la méthode de contrôle et de surveillance qu'il s'obligeait à respecter. D'abord, les voitures arrêtées, leurs chauffeurs. Ensuite, les voitures en mouvement. Il calculait les directions, tentait de deviner leur course et en fichait mentalement quelques-unes dans sa tête comme suspectes. Puis, il repérait les mobylettes, les motos, pour prévenir la technique dite sicilienne où les tueurs, à deux sur l'un de ces engins, parvenaient à quelques mètres de leur cible, tiraient, puis disparaissaient dans la cohue. Il repéra trois motos de faible force, stationnées en bordure de la place, chercha les conducteurs mais sans les trouver.

Point numéro quatre, il examina soigneusement la foule. Une tâche impossible mais qu'il s'imposait néanmoins avec rigueur, surveillant les manteaux trop amples, les mains enfoncées dans les poches, les pas trop nonchalants, les équipes de deux ou trois hommes. À cette heure où les bureaux fermaient, les immeubles déversaient tant d'hommes et de femmes pressés qu'il était illusoire de vouloir repérer un ou des éventuels tueurs. Malgré tout, il s'obligeait à examiner un maximum de passants pressés, courant au bazar, vers la gare ou les autobus. Puis son regard s'attardait sur les vastes terrasses qui bordaient la place, grouillantes d'une faune colorée qui vivait, insouciante et gaie, cette fin d'après-midi ensoleillée. Seul le journaliste, toujours enfoncé à l'ombre du porche, semblait vivre dans un monde parallèle.

Il voulait attendre le retour des motocyclistes mais, devant leur absence qui se prolongeait, l'homme se résigna à plonger. Il passa une main moite dans sa figure, puis se coula dans la foule.

Épiant nerveusement le mouvement des passants, il franchit à grands pas la place, jetant au passage un bref et douloureux regard d'envie vers les clients des terrasses. Au bout de quelques mètres, il bifurqua dans l'une des rues transversales, étroites et peu achalandées qui longeaient le bazar. Trop isolée, la ruelle constituait un endroit dangereux, mais elle lui permettait néanmoins de gagner quelques minutes précieuses sur son trajet. Ses sens en alerte, il surveilla avec angoisse l'apparition de pas derrière lui, mais ne perçut aucun bruit suspect. Soulagé, il ralentit le pas et, la tension se relâchant, il eut presque envie de rire de lui-même.

C'est à ce moment précis qu'une main l'empoigna par derrière et le plaqua au mur. Il ne poussa aucun cri, ferma les yeux, attendit la détonation.

Elle ne vint pas, pas tout de suite. Avec un effort surhumain, il rouvrit les yeux, les leva, résigné, vers son agresseur.

Il le reconnut aussitôt. Alors, ses jambes fléchirent d'un coup et il perdit pied. Sa tête roula mollement en avant, s'affaissant sur l'épaule de son vis-à-vis.

— Ara ! C'est moi ! N'avais-tu pas compris que je viendrais aujourd'hui ?

Günner ne fit aucune réponse. Pourtant, Dam eut le sentiment d'avoir entendu un bref sanglot.

▮

Le calepin noir gisait entre les deux hommes sur la large roche plate et grise en bordure de la plage. Dam braquait fixement les yeux sur les pages noircies d'écriture, incapable d'affronter le regard de Günner.

— J'ai été si aveugle, Ara… Ce n'est qu'à l'aéroport, sous les *flashes*, que j'ai enfin compris… Le carnet n'avait pas disparu, c'est vrai, mais il avait été photographié. C'est l'éclair de l'appareil photo que j'avais vu sans le comprendre, dans la tente, au milieu des *flashes* d'obus. Toute cette comédie, cette nuit-là dans le camp, continua Dam avec douleur, cette avalanche de merde qui nous tombait dessus comme jamais auparavant... Simplement pour camoufler l'intrusion, photographier les noms, replacer soigneusement, repartir ni vu ni connu. N'eût été d'un hasard, nous n'aurions jamais su que nous avions eu de la visite. Et j'ai mis plus d'un mois à comprendre cette chose si simple... Un mois ! Pendant lequel la filière est restée à nu... Il ne restait plus qu'à les ramasser tous !

Günner fixait le sol. Il se mit à parler d'une voix monocorde.

— Il y a eu des rafles partout, à Istanbul, ici à Izmir, dans les villages. Tout s'est passé en une seule nuit, celle du 4. Ils ont fait cela proprement, avec une terrible précision. Günner parlait en détachant chaque syllabe, le regard froid et dur.

— Ils sont entrés dans certaines maisons et pas dans les autres, toujours exactement les bonnes, et sont ressortis en quelques minutes à peine, emmenant les hommes, les femmes et les enfants. À travers le pays, l'opération n'a pris que trois heures. D'une précision chirurgicale... Quand on l'a su ici...

— Comment avez-vous su ? Dam posa la question à voix basse, le regard toujours fixé sur le carnet noir.

— Quand on l'a su, continua de marteler Günner sans daigner relever l'interruption, on n'a même pas pu l'écrire dans les journaux... histoire d'en prévenir quelques-uns, ceux qui auraient pu, par miracle, encore s'échapper... Histoire aussi de faire connaître le massacre au monde entier. Non. Il a fallu se taire. Et de toute façon...

— De toute façon... ?

Günner, le visage jeune et passionné mais les yeux déjà cernés d'un fin réseau de sillons inquiets, se contenta de hausser les épaules.

— De toute façon, cela n'aurait rien changé... cela ne changera rien... Ce n'est rien qu'un sursis... Qu'on fasse notre travail ou qu'on ne le fasse pas, qu'on écrive les choses ou qu'on les taise, nous serons toujours la menace qu'ils doivent... éradiquer...

La remarque amena un vague sourire sur les lèvres de Dam.

— Éradiquer... C'est ce qu'on disait, n'est-ce pas ? dit-il.

Günner lui rendit son sourire.

— Se faire éradiquer...Mais avec dignité, n'est-ce-pas Maxian ? fit Günner. Oui, c'est ce qu'on disait avant, à Paris ? On crèvera tous, mais avec classe ! *Morituri te salutant...*

Günner, ses cheveux noir jais flottant au vent, levait les yeux et la main vers le ciel, dans une figure sublime et tragique.

— Seulement toi, à l'époque, tu étais le seul à savoir ce que cela signifiait vraiment... Moi, c'était de la frime... Je ne savais pas combien la petite peur constante, celle qui te suit partout sans montrer son vrai visage, je ne savais pas combien elle pouvait miner la dignité d'un homme à la longue... L'agneau sacrificiel n'a aucune beauté, Maxian. Avant, il est rongé par les vulgaires maux de ventre de la peur. Après, la gorge ouverte, il est rongé par les vers.

Günner se tut un moment, puis reprit d'une voix, faussement joyeuse :

— Dans le fond, je devrais t'être reconnaissant, Dam... Avec ta connerie, tu as enfin fait sortir la menace de l'ombre... Grâce à toi, aujourd'hui, mes amis, leurs femmes, leurs enfants ont crevé... et je sais, moi, que mon tour est arrivé. Le temps de la petite peur sera bientôt terminé.

Dam serra douloureusement les mâchoires, lança un regard désespéré vers l'horizon. La plage longue et blanche s'étirait comme une trace de craie sur les flancs dorés de la terre. La mer y posait son écume, seconde après seconde, dans un aller-retour épuisant. Au loin, l'Histoire avait oublié un décor de théâtre dans sa fuite, quelques ruines blondes, une forteresse brisée dans quelque bataille oubliée. Bientôt, Dam le prévoyait, un puissant coucher de soleil embraserait le ciel, comme un générique de film en forme de *happy end*.

Günner se mit à rire, d'un rire un peu forcé, posa la main sur l'épaule de son ami.

— Allez, mon vieux. Je suis cruel. Je le sais. Tu ne l'as pas fait exprès. C'est notre destin de perdant, voilà tout ! Et puis, écoute, il faut voir l'aspect positif. C'était tellement gros, cette opération, qu'elle n'est quand même pas passée inaperçue. Malgré sa rapidité, elle a fait du bruit jusque dans les bureaux de Kordonboyu Avenue. Nos petits amis de l'OTAN ont sursauté. C'est étonnant d'ailleurs. On dirait qu'ils n'avaient pas été prévenus. Comme si les autorités se savaient si fortes et solides qu'elles pouvaient se passer de la bénédiction des alliés... En tout cas, à l'OTAN, ils ont fait des tas de réunions, ils ont vérifié toutes leurs sources, les ont testées. Et voilà ce qu'ils ont appris : en une seule nuit, tout le réseau korguène s'est totalement effondré, disparu, envolé. La filière de passage vers les camps, celle que tu as toujours empruntée, est désormais morte.

Günner eut un bref rire sarcastique.

— Morte dans tous les sens du mot, Dam. Tout est mort, personne ne sait rien, personne ne connaît personne. Un mur. Aucun moyen de retourner dans les camps, de savoir ce qui s'y passe... C'est comme si tout à coup, les Korguènes de la frontière nord-est n'existaient plus.

Günner se tut un moment.

— Il y a quelque chose de bien, malgré tout, dans tout ça...! Les capitales européennes ont été prévenues. Peut-être qu'il y aura une réaction. Nous avons, nous aussi, des alliés...

Günner eut un autre rire sarcastique.

— Avec un peu de chance, on aura droit à un petit article, un entrefilet qui alertera enfin le monde sur notre sort!

Le journaliste fit un large geste vers la mer.

— Et les Korguènes verront soudain accourir, dans une chevauchée magnifique, une horde de soldats virils placés sous l'ombre protectrice et fière du vaste étendard bleu orné des lauriers blancs de l'ONU...

Il passa une main lasse dans ses cheveux, tourna les yeux vers Dam.

— Tu sais, Maxian, l'espoir, c'est tout ce qui nous reste... Mais, faut être honnête, ça aide!

— L'espoir! fit Dam d'une voix morne. Les bonnes intentions ne sont pas une arme. Au mieux, elles ne sont qu'une justification. Et ça, j'aurais dû le savoir...

En fait, je le savais... et je vous ai tous trompés...

Il fixa Günner intensément.

— Ara... Je... Jahl...

Le journaliste le considéra avec une grande douceur.

— Même si tu avais compris aussitôt, Maxian... Même si tu avais pu prévenir Jahl et les autres... Qu'auraient-ils pu faire ? Où seraient-ils allés ? Où veux-tu te cacher dans ce bordel de pays ? Tu es toujours trahi de tous les côtés... Notre cause est déjà beaucoup trop vieille, Maxian. C'est vrai qu'il y a les authentiques victimes... Mais, chez nous, il y a maintenant autant de mafieux que de martyrs...

Günner ramassa le carnet noir, en feuilleta les pages machinalement.

— Même moi, Maxian, je ne sais pas toujours très bien si je tiens des uns ou des autres, lesquels je sers vraiment en vérité... Notre cause a depuis longtemps dépassé le bien ou le mal, les justes et les méchants... Simplement, nous sommes un peuple... malade... malade de souffrance, de tortures... de corruption...

Günner tourna un regard soudain fiévreux vers le médecin. Il brandit le carnet devant Dam.

— Et de trahisons, Dam... De trahisons... Ainsi, ce carnet, c'est certainement un des nôtres qui a révélé où il se trouvait chez toi, dans ce camp... Et ton portier, korguène ou pas, il est directement branché sur les militaires, comme tous les autres portiers et téléphonistes de ce pays... Le précieux colis de Klotz, tu peux être assuré qu'ils l'ont eu entre les mains dans les minutes qui ont suivi... Quant aux rafles de la nuit du 4...

La voix de Günner s'étouffa dans un sanglot réprimé avec peine.

— Les rafles de cette nuit-là, Maxian... Que crois-tu que nous avons pensé, hein ? À tenter de sauver les victimes ? À s'unir pour protester ? Non ! Nous nous sommes seulement demandé lequel d'entre nous avait trahi son sang... avait envoyé ses frères à la mort... Nous en sommes là, Maxian...

Le soleil se décidait enfin à plonger dans l'horizon rouge. La plage déserte virait à l'ocre. Günner se mit debout, se planta devant Dam. Il passa son bras autour des épaules du médecin.

— Allez viens. Maintenant, on va boire.

▮

— C'est bien lui !

Günner rendit à Dam la photo.

— Le président de *Turkish and Bonds Bank*... et d'autres choses encore... Notamment une filiale de Pharmatrex, la *Kirkish Medics*, d'Istanbul... Smit, un sale bonhomme, infect...

— Mais pourquoi a-t-il pris le risque d'envoyer sa propre voiture au Pera Palas ? Et surtout, pourquoi l'envoyer à l'entrepôt 22 ? Même la nuit, quelqu'un pouvait la reconnaître ? demanda le médecin, suivant Günner qui marchait à grands pas. Le journaliste haussa les épaules.

— Smit n'est pas un imbécile. Seulement comme tous ses pareils, il est tellement puissant, tellement protégé qu'il se sent invulnérable. Tiens ! C'est ici !

Il pénétra dans un minuscule café ouvrant sur la plage.

— Monsieur Ertem! Monsieur Ertem! cria-t-il. Ici Ara Günner. Je suis venu dîner et boire, clama le journaliste comme s'il effectuait une entrée en scène. Ah! Monsieur Ertem!

Un homme d'une cinquantaine d'années, la taille ceinturée d'un tablier à peu près blanc, émergeait de l'arrière-salle.

— Ces gens-là ressentent malgré eux une impunité totale, ajouta distraitement Günner. Rien ne peut leur arriver ou ainsi pensent-ils. Peut-être avec raison... Monsieur Ertem, propriétaire de cette magnifique lokanta, permettez-moi de vous présenter un ami... un ami de Paris ! continua Günner avec hauteur.

Un large sourire fit son apparition sous la moustache fine de Ertem.

— Enchanté de vous recevoir ici, monsieur... Bienvenue dans notre modeste maison, fit l'homme avec un geste vers la salle d'une dizaine de tables tout au plus.

Seuls cinq ou six clients, déjà passablement éméchés, étaient attablés devant des plats vides et des bouteilles largement entamées.

Malgré la civilité de son sourire et de ses paroles, Dam perçut une inquiétude chez Ertem, qui se pencha à l'oreille de Günner. Celui-ci approuva sans mot dire et les deux hommes se laissèrent guider vers un réduit camouflé par des rideaux. La place contenait une table basse entourée de coussins, éclairant par deux faibles ampoules les murs lourdement ornés de reliefs en stuc noircis. Les deux hommes s'installèrent sur les coussins épais.

— C'est ici qu'Ertem fait passer les couples, fit en souriant Günner à l'endroit du médecin.

Ertem revint avec quelques plats de *mezem* et surtout deux bouteilles de raki. Günner se saisit de l'une d'elles qu'il déboucha aussitôt avec impatience

— À notre vie, Maxian! Celle qui est derrière, fit-il portant la bouteille à sa bouche.

Il en avala la moitié d'une seule rasade et la tendit à Dam qui l'acheva d'un seul trait. Günner déboucha la seconde bouteille.

— Tu te souviens de mon père, Maxian? Ce héros, celui que tu as connu, pauvre exilé à Paris? Eh bien! Savais-tu que ce n'était qu'un fumiste et un ivrogne? commença Günner. Tu ne le savais pas, hein? Oui, ce héros de la cause korguène avait réussi à lécher les bottes de tout le monde pour faire oublier ses origines. Et c'est une bouteille de scotch de trop qui l'a perdu, cet imbécile! C'est pour ça que moi, je bois toujours du raki!

Il reprit une rasade d'alcool, directement au goulot.

— Un soir, lors d'une fête qu'il avait trop arrosée, il a porté un toast... un toast à la Korguénie libre! Lui qui avait toujours refusé de soigner les Korguènes de peur de se compromettre! Il était tellement saoul lorsqu'ils l'ont ramené à la maison que, le lendemain, il avait tout oublié! Il n'a jamais compris pourquoi il avait été expulsé si vite fait! C'est pour cela qu'à Paris, il clamait si fort contre l'injustice d'avoir été expulsé! Il avait presque raison... Il leur avait tellement léché le cul, ils auraient dû être reconnaissants, ces enfoirés ! Au lieu de cela, dehors, et à coups de pied au derrière, comme un malpropre ! C'était mon père, ce héros !

— J'ai eu des problèmes avec un père aussi, fit Dam. Dans une autre vie...

— C'était un héros aussi ?

— Oui, fit Dam en buvant un grand coup. À ce qu'on dit... !

Günner haussa les épaules.

— C'est *psychaliinatique*, Maxian !

Günner s'était accroché sur le mot. Il le répéta.

— Psychanalytique... Voilà pourquoi on se fait chier tous les deux, au lieu de s'endormir auprès d'une Marianne quelconque dans un lit de cretonne. *Psychanihilatique*...

Dam rit.

Au fond du restaurant s'éleva une voix incongrue, trop douce pour l'atmosphère sulfureuse de ce fond de bouge. Une voix très juvénile, fredonnant un air mélancolique.

— Et Leyla ? fit Dam.

— Leyla ? Partie, Leyla ! Elle m'a quitté... Leyla m'a quitté parce qu'elle ne supportait plus la pression des tueurs sur notre vie.

Günner rit.

— C'est mélo, pas vrai ? Pourtant, qu'elle a dit, elle m'admirait ! Oui, elle admirait mon abnégation pour la cause... Textuel, Maxian... Mon abnégation...

Günner prit une longue rasade de raki.

— Leyla m'a quitté comme elles m'ont toutes quitté... Pour aller faire une famille...

Günner fixa ses yeux sombres sur le médecin, éclata de rire.

— Et Helen, Maxian… Tu te souviens de Helen ?

— Oui, fit Dam en riant.

C'était pour elle que Günner avait abandonné ses études de médecine. Il l'avait suivie jusqu'à Londres où ils avaient vécu un peu avant qu'elle ne le quitte. À Londres, pour survivre, Günner était devenu malgré lui journaliste.

Dam saisit la bouteille des mains de Günner.

— Il y a maldonne, Maxian… Une énorme erreur du destin… Tu vois Jahl… Il voulait faire l'Histoire, changer l'histoire. Or il traînait, comme un boulet, sa femme, ses filles. Une famille, quoi ! Et moi, qui ne rêve que d'une famille, je suis condamné à faire l'Histoire… Pour qu'elles m'admirent, pour qu'elles m'aiment… Et quand je réussis, quand on me cherche pour me descendre, pour que je fasse enfin une fois la une de mon journal, voilà qu'elles me quittent aussitôt… Une tragique maldonne, Maxian… Une malheureuse erreur de distribution des rôles…

Günner éclata de rire.

— Eh ! Monsieur Ertem, cria-t-il soudain en écartant les rideaux, apportez d'autres bouteilles. Vous nous laissez crever de soif !

Ertem s'approcha aussitôt et posa d'autres plats et une bouteille sur la table. Günner balaya les plats de la main.

— Allez, on n'a pas besoin de ça, pas vrai, Maxian ? Apportez d'autre raki… Eh ! Ertem ! cria à nouveau Günner tandis que l'autre s'éloignait.

Le journaliste jeta un bref regard vers Dam.

— Tu es d'accord ?

Le médecin hocha la tête en souriant. Günner fit un geste en direction de la jeune chanteuse.

— Fais-la venir, Ertem…

L'aubergiste hésita, finit par faire un signe de tête.

— Alors Maxian, raconte-moi un peu plus. Qu'est-ce que c'est au juste que cet entrepôt.

— Le 22, fit Dam avec la concentration d'un homme au cerveau déjà brumeux. L'entrepôt 22…

Günner rit.

— Je ne savais pas que les entrepôts avaient ainsi des numéros d'ordre… Allez, Maxian ! Raconte-moi une belle histoire, fit-il en serrant amoureusement le raki sur sa poitrine.

— Eh bien, commença Dam, articulant chacune des syllabes avec le plus grand soin.

Günner l'écoutait avec une attention flottante, un sourire aux lèvres, sevré des vapeurs apaisantes de raki. Au bout de quelques instants, la jeune chanteuse vint les rejoindre et ils lui firent de la place, entre eux. La jeune fille s'installa dans l'espace minuscule et ils sentirent sur leurs corps moites sa peau lisse et chaude.

— Comment t'appelles-tu ? fit Günner.

Il la dévisageait avec des yeux ardents. Une mince chemise découvrait ses épaules dorées de soleil. Elle fit une moue, puis ses lèvres roses s'ouvrirent sur un sourire épanoui…

— Leyla !

Günner resta un instant interdit. Dam éclata de rire.

— Allez chante, Leyla ! Chante, s'il te plaît, pour mon ami…

Elle se pencha au-dessus de sa petite guitare, se mit à chanter à voix basse.

Dam déboucha une bouteille, avala une large gorgée, la passa à Günner et à Leyla qui refusa en riant doucement. Günner effleurait les cheveux soyeux de la jeune fille.

— Alors, fit-il, ton histoire, Maxian… La suite ?

Dam en avait perdu le fil. Il chercha dans sa mémoire brumeuse, retrouva un détail absurde et sa figure s'éclaira.

— Alors, ils ont balayé l'entrepôt ! fit-il avec emphase.

— Ils ont quoi ? fit Günner distraitement.

— Ils ont balayé l'entrepôt ! répéta Dam, fier de son punch. Ils ont balayé les limailles de fer laissées par le sciage des canons ! Pour cacher le fait qu'ils avaient scié les canons des fusils.

Günner s'était soudain redressé et fixait Dam avec des yeux noyés de détresse.

— Ils ont scié les canons ? Plusieurs ?

Dam hocha la tête, soudain alerté.

— Quelques caisses… Des caisses parties dans la Mercedes de Smit…

Günner resta un instant immobile. Leyla avait cessé de chanter, fixait le journaliste, elle aussi inquiète. Jamais Günner n'avait paru si bouleversé à Dam. Au bout d'un long moment, le journaliste se tourna vers Leyla, passa son bras autour de sa taille et la ramena vers lui, où elle se blottit. Il effleura son cou de ses lèvres.

— Chante, Leyla, s'il te plaît, fit Dam.

Elle se mit à murmurer, la tête posée sur l'épaule du journaliste, une sorte de mélopée triste.

— Il n'y a pas de problèmes avec les fusils, en guerre ou en guérilla, commença Günner d'une voix sourde. On a son arme, bien en vue. C'est la loi de la guerre et c'est indispensable. Les fusils, lorsqu'ils ont les canons sciés, eux, ont une toute autre utilité. Ils servent à l'assassinat en pleine rue, en plein village, à l'assassinat de civils, dans une société civile... On coupe les canons pour qu'ils se camouflent mieux sous les vestons, sous les manteaux, à l'abri des regards. En Algérie, c'est ainsi qu'ils ont armé les milices, les pseudo-milices, celles qui assassinent la population, celles qui tirent sur les journalistes. Une cargaison est arrivée, comme ça secrètement par bateau, un bateau français à ce qu'on dit, et on a scié les canons des armes. C'est peu de temps après que le massacre a véritable-ment commencé...

La voix de Günner avait une douceur infinie.

— On sous-estime souvent la difficulté d'armer les assassins efficacement, surtout lorsqu'ils sont en grand nombre.

Günner leva à nouveau vers Dam un regard d'une intense détresse, un feu où brûlait aussi la résignation. Un sourire irréel vint flotter sur son visage.

— J'ai peur, Maxian...

Dam lui tendit la bouteille. La jeune fille cessa de chanter, enlaça le journaliste. Elle posa sa bouche sur la sienne, et il attira son corps à lui.

Les heures s'alourdirent sur eux, l'une chassant l'autre avec langueur. La chaleur amena l'alcool, l'alcool amena la braise. Dans l'air raréfié de la minuscule pièce close, leurs vêtements collaient à eux comme une tunique de peau inutile. Parfois, des traces salées glissaient entre les seins de la jeune femme et l'un des hommes, laissant le raki, les buvait sur sa gorge. Toutes défenses perdues, ils sombrèrent avec abandon, peau contre peau.

Ils ne virent pas l'aube arriver. Ce fut Ertem qui s'approcha doucement et écarta le rideau. Leyla se détacha la première. Günner la retint délicatement un instant, laissa sa main glisser sur ses cheveux jusqu'à la taille. Il posa sa tête sur son ventre avec une tendresse désespérée. Dam enlaça aussi la jeune fille et ils restèrent un long moment, plongés dans un monde inconnu des vivants. Ertem attendit patiemment, portant son regard vers la plage.

Les deux hommes se résignèrent enfin à s'écarter. Leyla eut un sourire. Puis, sans un mot, elle disparut. Günner ferma les yeux.

▌█▌

— En venant vers toi, je t'ai condamné, n'est-ce pas, Ara ?

Le jeune homme hocha la tête sans lever le regard vers le médecin. Il se contentait de garder les yeux fixés sur le brasero dont ils s'étaient approchés, attirés par la chaleur et la lumière. La plage était à nouveau retombée dans la nuit.

Dam sortit le carnet noir de sa poche, l'approcha de la flamme. Günner retint son geste. Un sourire vint éclairer son visage

— Ne fais pas ça ! Conserve-le plutôt avec soin.

— Pourquoi ? Pour mieux m'accuser ?

— Il ne peut plus sauver personne, c'est vrai, Maxian. Tous ceux-là sont sans doute morts. Mais ce carnet dit qu'ils étaient un jour vivants, qu'ils ont essayé... Et qui sait, peut-être un jour ce carnet pourra-t-il servir de preuve...

Le journaliste eut un bref rire narquois.

— Ne me traite pas de sale idéaliste... Même de là-haut, je continuerai de me battre.

Günner attisait distraitement le brasier à l'aide d'un bâton. Autour d'eux, cinq ou six jeunes chauffaient leurs mains en silence.

— Va tout de même voir chez Tüsal, poursuivit-il après un moment. Il y a eu une communication étrange venant de chez lui, quelques jours après la rafle. À mon avis, ce n'était qu'un piège pour attirer les survivants. Je n'ai pas répondu. Mais on ne sait jamais...

— J'irai.

— Maintenant, pars.

— Oui.

Mais Dam ne bougea pas. Günner fixait toujours la flamme rouge du brasero.

— Ne compte pas que je te dise adieu, laissa-t-il tomber, un vague sourire aux lèvres.

▐▌

— On dirait qu'elle a renoncé ! murmura l'infirmière à voix basse tandis qu'elle tentait de suivre le médecin, courant derrière lui dans le couloir de l'hôpital d'Istanbul. Avec colère, Dam poussa la porte de la chambre 1412. Un seul des deux lits était occupé.

Le médecin contempla avec désolation le petit corps ramassé et perdu au milieu des draps blafards. Le visage plus émacié que jamais, les yeux clos, la petite aspirait si peu d'oxygène de son masque que la ligne du témoin électronique en frémissait à peine. D'un geste brusque, il rabattit les draps. Une partie de la déchirure, recousue difficilement, était à nu.

— Elle était vraiment… charcutée, fit l'infirmière en baissant la tête. Mais l'opération a parfaitement réussi, ajouta-t-elle aussitôt vivement. Le docteur Varï pourra vous le confirmer. Et elle réagissait parfaitement aux antibiotiques. Et voilà que soudain, sa condition s'est mise à se détériorer, comme cela, sans raison… Elle ne veut même pas parler…

Dam prit machinalement le pouls, souleva les paupières. Il considéra un moment la fillette, haussa les épaules.

— Pourquoi voulez-vous qu'elle guérisse ?… Pour retourner là-bas ?

Dam serra les dents, s'approcha de Hakki, effondré dans un coin obscur de la chambre.

— Il ne veut pas coucher dans le lit, expliqua l'infirmière. On lui a donné un sédatif. Il était épuisé.

Dam le prit dans ses bras, le déposa sur le lit vide.

— Hakki, Hakki, ouvre les yeux, fit le médecin avec douceur.

Au bout d'un long et pénible effort, le garçon parvint à soulever les paupières. Il reconnut Dam, referma aussitôt les yeux. Des larmes s'échappèrent de ses paupières closes.

— Doucement, doucement mon petit…

Dam lui donna le temps de reprendre contenance. Hakki eut un geste vers le lit voisin.

— *Die… Die…*

— Non! fit Dam avec force. Non Hakki! Est-ce que tu me comprends? martela le médecin. Elle ne mourra pas. Elle n'a aucune raison de mourir. Aucune raison, tu m'entends?

Il se mordit les lèvres devant une phrase aussi absurde. Est-ce que retourner sous le pont Galata n'était pas une raison suffisante?

— Écoute, Hakki. Écoute bien! Tu vas sauver ta sœur. Toi seul peut le faire. Entends-tu, Hakki? Voilà ce que tu dois lui dire. Vous ne retournerez plus jamais sous le pont. Jamais. Tu dois le lui dire. Elle doit absolument le comprendre. C'est la seule façon de la guérir. Est-ce que tu comprends? Jamais plus, elle n'ira avec des hommes. Tu dois lui expliquer ça. Il faut absolument qu'elle te croie! Sinon, elle mourra. Tu comprends? Réponds-moi!

Dam se tourna avec impatience vers l'infirmière, lui désigna le petit.

— Traduisez!

Elle se tourna vers le garçon, murmura quelques mots à voix basse. L'enfant la regardait, gardant un silence obstiné.

— Lui avez-vous tout dit, vraiment tout?

Elle hocha la tête timidement, ébranlée par la colère du médecin. Dam se tourna vers Hakki, le secoua.

— Est-ce que tu me crois ? Est-ce que tu me crois ?

Hakki fixa Dam sans répondre.

— Tu dois me croire, tu m'entends ? L'infirmière traduisit à nouveau.

— Oui, finit par laisser tomber Hakki.

— Bien, fit Dam. Maintenant, tu dois manger et dormir. Je dois partir.

— *No, no !*

Le garçon s'était mis soudain à hurler. Il s'accrocha au médecin. De grosses larmes lourdes glissèrent sur ses joues. L'infirmière approcha, le prit dans ses bras, murmura quelque chose à voix basse, des sons qui sonnaient comme une mélodie à l'oreille du médecin.

— Ne crains rien. Je ne te laisserai pas tomber, fit Dam avec un vague sentiment de lâcheté. Je reviendrai, Hakki, je reviendrai…

Je reviendrai ! songea Dam avec dépit. Une de ces phrases qui se trahissent si facilement. Il serra les poings. Tout comme ces animaux sauvages que l'on apprivoise, mais qui ne savent plus retourner dans la jungle, il avait désarmé Hakki et sa sœur. Par ses soins, par l'espoir qu'il avait fait naître. Désormais, à leurs yeux qui avaient entrevu le soleil, le pont Galata avait pris son véritable visage, celui de l'enfer.

Dam passa une main sur le front livide de Hakki, lui fit un clin d'œil. Il quitta la chambre, suivi de l'infirmière. Le médecin entendit Hakki qui s'allongeait auprès de sa sœur. Il eut un sourire teinté d'amertume.

Au poste de garde, Dam posa de l'argent sur le

comptoir. Il donna des instructions détaillées que l'infirmière enregistra en acquiesçant. Elle avait le regard intelligent et les yeux qu'elle leva timidement vers lui étaient loin d'être dénués de compassion.

Dam quitta néanmoins l'hôpital avec un sentiment de colère aussi fort qu'à l'arrivée.

▌▊

Sam était toujours à son poste. Il regarda le médecin approcher avec son habituel sourire servile. Mais l'homme qui venait à lui avait un regard si mauvais que le portier en fut effrayé. Machinalement, il se tourna vers la place, cherchant un appui quelconque.

Dam saisit le portier par le collet et serra avec violence, déchirant les parures et les breloques dorées. Le regard fixe, sans un mot, il traîna l'homme affolé sur le sol vers le milieu de la rue. Le portier eut une série de spasmes, se débattant comme un papillon pris au piège. L'image donna à Dam un délicieux sentiment de satisfaction. Le médecin resserra son étreinte et Sam, haletant et étranglé, perdit définitivement pied. Dam continua sa route sans s'arrêter, traînant désormais un sac mou sur la chaussée.

Il s'arrêta au milieu du boulevard, insouciant des voitures qui se chassaient l'une l'autre en tentant de les éviter. Il lâcha soudain son fardeau. Affaissé au milieu de la circulation, paralysé par la peur, le portier ne bougea pas, gardant la tête rivée au bitume.

— J'aime pas les informateurs de police, laissa tomber Dam. Sam leva des yeux effrayés.

— C'est pas de ma faute! se mit-il à hurler. C'est pas de ma faute! J'avais pas le choix... Pas le choix!

À peine Dam lui jeta-t-il un vague coup d'œil avant de tourner les talons et de rentrer à l'hôtel.

Deux heures plus tard, il en ressortait et hélait à nouveau un taxi.

■

Le palais dessinait une ombre menaçante au sommet de la colline, ses traits flous dans la brume grise. Quelques coups de fusain charbonneux soulignaient ses deux immenses coupoles qui, dans la distance, semblaient dériver, sans attache, sur le fond vide et mat de la nuit. Parfois, une lueur jaune apparaissait brièvement au détour d'une courbe, comme un appel de sémaphores entre deux navires perdus.

Si la pente paraissait douce de loin, elle s'avérait être en réalité une enfilade de raidillons ardus et le taxi s'essoufflait depuis une demi-heure en changements de vitesses secs et bruyants à chaque détour. Ils avaient laissé peu à peu la ville moderne derrière eux, et Dam entrevoyait, malgré l'obscurité, des bouts de campagne qui se faufilaient maintenant entre les maisons espacées. Une ou deux fois le taxi avait même dû ralentir pour laisser passer une poule. L'éclairage électrique avait disparu des rues bien que Dam pût suivre des yeux les fils qui couraient le long de la pente et semblaient monter vers le sommet.

La façade du palais apparut soudain au détour d'un

bouquet d'arbres compact. Le marbre lisse luisait dans la lueur de centaines de flambeaux plantés sur les pelouses. Au-dessus, les coupoles lançaient des éclairs dorés.

Le taxi stoppa devant l'écrasante arche de marbre du Köskler — c'est ainsi qu'on appelait ces anciens palais impériaux cachés dans les collines d'Istanbul —. Sur le parvis solennel, une armée de garçons, revêtus de longues blouses blanches flottant au vent, se tenait en silence. Deux d'entre eux, le visage dénué d'expression, s'approchèrent de la voiture et s'inclinèrent silencieusement devant Dam.

Le médecin lança quelques billets au chauffeur. C'était soir de bal au palais. L'un des hommes lui fit signe de le suivre et ils pénétrèrent ensemble sous l'arche, s'enfonçant dans le palais. Les hommes semblaient flotter au-dessus des dalles de marbre sans produire un son, mais Dam au contraire le faisait exprès de marteler chacun de ses pas. Une manière pour lui de refuser ce grand jeu qu'il sentait autour de lui, une sorte de rêve fabriqué, un soporifique. Attention, lui avait dit Steiner, il utilise les réceptions mondaines comme une arme.

Ils longèrent de larges couloirs meublés par la seule beauté des mosaïques mises en relief grâce à un éclairage finement dissimulé. Dam suivit du regard quelques-unes des veines de pierre, parfois rehaussées de pièces d'or enchâssées dans les volutes de couleurs, et ses yeux s'attardèrent un moment sur quelques protubérances inédites. Les caches avaient été montées avec un tel art qu'il ne put déceler le moindre élément suspect. Les traits fins des dieux, les arabesques et les courbes qui se modulaient jusqu'au faîte d'une coupole, rien n'avait été altéré par les modifications. Dam n'en pressa pas moins le pas avec plus de fermeté encore, certain que des caméras enregistraient chacun de ses mouvements.

Des échos de musique arrivaient peu à peu jusqu'à eux, et des bruits de voix et des éclats de rire vinrent bientôt s'y ajouter. Les deux hommes s'arrêtèrent finalement devant de lourdes portes de bois ouvré, gardées par deux solides hommes en blanc. Tout luxueux et paisible qu'il veuille bien s'en donner l'apparence, le palais n'en avait pas moins des allures de forteresse. Dans une symbiose parfaite, les hommes ouvrirent les portes et laissèrent passer le médecin.

Dam demeura un instant interdit devant le spectacle. La salle immense et parfaitement ronde, surmontée d'une coupole couverte d'or, ressemblait à l'illustration d'un somptueux livre d'enfant. Sur le plancher dallé de marbre se mouvait tout un peuple d'invités en tenues de soirée impeccables, les femmes tournant au milieu des soies et des bijoux. Pendu au-dessus de leurs têtes, le lustre central grossi de milliers de gouttelettes de verre parsemait les murs et les danseurs de fines étoiles de lumière et, curieusement, l'effet de ces prismes de verre rappela au médecin les boules de miroir au plafond des discothèques et des clubs les plus malsains de Karakoy. Il ne put retenir un sourire sarcastique, songeant qu'ici ou là-bas, l'atmosphère sulfureuse tenait à bien peu de choses, les mêmes pour tous les hommes, qu'ils fussent riches ou pauvres.

Ce n'était d'ailleurs pas la seule similitude avec les

clubs de la basse ville. Une dizaine de niches obscures s'ouvraient en effet sur les flancs de la salle, des coins reclus où disparaissaient parfois quelques invités. Dam s'approcha de l'un de ceux-ci, qui était vide, et vit qu'il s'agissait en fait de sortes de boudoirs, meublés seulement de gros coussins jetés autour d'une table basse. D'épais rideaux grenats permettaient à volonté de soustraire à la vue de la salle ce qui se passait à l'intérieur.

Sur la table reposaient des verres et des bouteilles ainsi que deux petites boîtes de verre et de dorures. Il souleva le couvercle de l'une d'elles. Quelques sachets de poudre, deux seringues, un miroir. Il referma le couvercle.

Il revint vers la salle, se trouva soudain face à l'un des hommes blancs. Le visage fermé, celui-ci lui tendit un plateau sur lequel il n'y avait qu'un seul verre, un scotch.

Dam accusa le coup sans le montrer. Il saisit le verre et le leva en direction d'une quelconque caméra avec un sourire ironique puis, presque négligemment, le laissa tomber sur le plancher dur où il se fracassa en mille miettes. L'homme devant lui ne montra aucune émotion.

Il aurait dû s'en douter mais n'en resta pas moins étonné. Loin de s'adresser à la haute société istambouloise, la réception recrutait au contraire ses invités parmi un gratin bien particulier. Dam repéra rapidement des émirs et hommes clés du Moyen-Orient et d'autres aussi, qu'il reconnaissait comme certains des nouveaux leaders de l'ancienne République soviétique. Dans certains cas, il parvenait même à comprendre les propos de ces derniers, ce qui n'aurait sans doute pas laissé de les inquiéter s'ils avaient su.

Mais ce qui l'étonna davantage, c'était le curieux mélange de personnalités françaises présentes. S'il ne pouvait mettre un nom sur chacun des visages, il en reconnaissait par contre certains, unis dans un détonnant mélange de genres. Ainsi, le général Lacassie, représentant d'un parti de droite, le général Grandperrin lui-même, un nommé Dasson, un ancien député européen. Tous, d'un commun accord, s'activaient autour d'un militaire arabe chargé de décorations.

Un peu plus loin, un certain de Roquebrune, député lui aussi, rassemblait une petite troupe qui comptait un ancien conseiller d'un leader de l'extrême-droite et quelques journalistes du même acabit. Et surtout, mêlés à tous les groupes, d'authentiques industriels parmi les plus puissants de France, tous à l'aéronautique et à l'armement.

Tout ce monde s'activait en douceur. Parfois, l'un des groupes disparaissait dans l'une ou l'autre des alcôves et aussitôt l'un des hommes en blancs s'installait, immobile, devant les rideaux tirés.

Dam jeta un coup d'œil autour de lui et n'aperçut aucune trace de Smit. Il s'approcha du général Grand-Perrin qui lui jeta un regard noir.

— Docteur Dam… Permettez-moi de vous dire à quel point je suis étonné de vous trouver ici, laissa tomber sèchement le chef d'état-major.

— Critiqueriez-vous notre hôte sur le choix de ses invités ? répliqua Dam, sarcastique.

— Non, bien sûr que non ! Jamais, je n'oserais…

Malgré lui, le chef d'État-major jeta un coup d'œil anxieux autour de lui. Monsieur Smit est si…

— Coopératif, n'est-ce pas ? laissa tomber Dam.

— Savez-vous, docteur Dam, fit soudain le député Dasson d'un ton faussement enjoué, que nous venons de conclure la livraison d'ambulances avec nos amis ?

— D'ambulances ? Vraiment ? fit le médecin en levant les sourcils. Du type Leclerc sans doute ? laissa-t-il tomber en tournant les talons, faisant allusion au dernier-né des gadgets français en matière d'armement, une merveille de char d'assaut, clamait-on partout, mais qui se vendait à un prix exorbitant.

Dam n'osait se l'avouer mais il était lui-même étonné d'avoir été admis à contempler ce spectacle, qui n'était en somme qu'une foire commerciale secrète pour vendeurs d'armes. Étonné et inquiet. Smit restait sûr de lui, maître de la situation. Face à cette assurance, Dam n'avait qu'une seule carte dans sa manche, une faible carte. Bien peu pour faire plier un homme, surtout aussi certain de sa force.

Dam circula dans la foule. Il aperçut la jeune femme au moment où elle se glissait par l'une des larges fenêtres qui s'ouvraient vers le jardin. Elle portait encore l'un de ces fourreaux blancs, semblable à celui qu'il lui avait vu à Paris, à l'Élysée, et qui lui donnait un air éthéré. Laissant à son tour le bal, il la suivit à distance.

Elle s'éloigna à pas lents, seule, sur la pelouse qui descendait doucement la colline. Sa silhouette claire glissait le long de l'écran sombre des bosquets. Elle parcourut ainsi plus d'une centaine de mètres avant de s'arrêter enfin au pied d'une fontaine, un puissant Minotaure de pierre qui crachait avec arrogance son jet vers le Bosphore à ses pieds. À une cinquantaine de mètres, l'un des hommes de Smit, en costume sombre celui-là, montait la garde. Lequel des deux avait été suivi, Anne Forclaas ou lui-même ? Dam pencha plutôt pour Anne Forclaas.

Il reprit sa marche vers la fontaine et la rejoignit. Elle leva d'abord un regard craintif vers lui, puis son visage s'éclaira. Elle avait les traits creusés, très pâles, mais encore plus beaux que ceux qu'il avait pu admirer dans la verrière de l'Élysée.

— Je suis heureux de vous revoir, murmura-t-il doucement. Un sourire détendit les traits de la jeune femme. Elle paraissait pourtant terriblement frêle. Accompagnez-vous votre mari, madame Forclaas ?

Elle hocha tristement la tête en signe de dénégation.

— Nul ne peut plus l'accompagner maintenant là où il est…, répondit-elle. Sauf peut-être encore un peu plus de cette poudre blanche qu'il aime tant…

Elle leva vers lui des yeux où perçait une certaine colère.

— C'est de votre faute. Vous l'avez traqué alors même qu'il s'en sortait enfin. C'est à cause de vous, s'il a replongé…

— C'est ce que vous croyez vraiment ?

Il la regardait posément. Elle baissa la tête à nouveau, ne répondit qu'au bout d'un moment.

— Non, fit-elle enfin à voix basse. Je suppose qu'il porte une fêlure en lui. Je l'avais cru pourtant si fort.

Ce n'était qu'une façade, je présume. Vous savez, reprit-elle avec un triste sourire, c'était un amour de jeunesse… Vous ne le saviez pas ? Je ne voulais pas l'abandonner…

— Vous ne l'avez pas abandonné.

— Oh ! Oui.

— Non ! Vous êtes au contraire très loyale…

Il la fixa intensément. Elle était belle. Une femme que l'amour pouvait emporter, retranchée derrière le masque froid et impassible de son visage parfait. C'était elle qui était forte, bien sûr.

— Il n'en vaut pas la peine, ajouta-t-il avec douceur.

— Vous le jugez, D$^r$ Dam. Vous jugez tous les hommes autour de vous. Mais vous ne comprenez pas…

— Expliquez-moi.

Elle plissa les yeux, prit un moment de réflexion.

— Mon père, et avant lui mon grand-père, ont fait leur fortune dans l'acier. Une immense fortune. Et pour y arriver, ils n'ont pas fait que couler d'anodines poutres de métal. Oh ! Bien sûr, ma mère veillait à ce que les dîners de famille restent légers et, comment dirais-je… moraux. Mais les conversations privées et secrètes avaient parfois des suites à table. Cela me permettait tout à fait de comprendre ce que mon père faisait vraiment… Et je pouvais deviner le reste. Cela n'a pourtant jamais atténué mon amour pour mon père. Ce sont des mondes différents, c'est vrai, mais néanmoins humains, D$^r$ Dam…

— Je ne peux pas voir Forclaas avec ces yeux-là… Je ne vois qu'un faible, un minable… Un homme qui ne vous mérite pas…

Elle passa une main lasse dans ses cheveux.

— C'est que vous ne mesurez pas à quel point je suis lâche… Vous-même, D$^r$ Dam, n'avez-vous donc jamais aucune lâcheté ? Êtes-vous donc si parfait ?

— J'ai plus de faiblesses que quiconque, dit-il avec un sourire.

— Pourquoi faites-vous toutes ces… croisades ? Après tout, vous êtes médecin, pas gendarme…

— C'est une simple question d'égoïsme. Avec la mort, je perds toujours. Le médecin est un éternel perdant. C'est un métier très difficile. Alors que chasser quelques salauds me donne quelquefois la satisfaction de gagner, de renverser le sort. Je peux les faire trembler, parfois même tomber. C'est rassurant. J'ai enfin le sentiment d'être gagnant, ce que la mort ne m'accorde jamais.

— Les salauds, docteur Dam ? De quels salauds parlez-vous donc ?

Le ton de la jeune femme s'était durci.

— Forclaas, Smit… Ces gens-là…

— Ces gens-là sont des hommes, des êtres humains. Allez-vous le poursuivre, lui aussi, avec autant de hargne ?

— Qui ? Forclaas ?

— Non…

— Smit ?

— Vous inquiéteriez-vous donc pour moi, Anne ?

Depuis combien de temps était-il là ? Aucun des deux ne l'avait entendu arriver. Il s'approcha, massif et solide, toujours aussi sûr de lui. Il posa un regard étonnant de tendresse sur Anne Forclaas. Elle lui sourit, posa la main sur son bras.

— Vous auriez sans doute raison, Anne, de vous inquiéter pour moi, reprit Smit. Pour le docteur Dam, je suis l'un de ces hommes par qui le mal arrive…

Dam se contenta de sourire.

— Vous voyez les choses sous un seul angle, docteur Dam, un angle vulgaire, poursuivit Smit, alors que moi, j'y trouve une atmosphère sulfureuse qui me plaît. Regardez autour de vous, voyez ces gens qui s'amusent ! Tout cela me plaît !

— Et c'est bien ce que vous vouliez me montrer, n'est-ce pas ? La puissance de vos relations, de ceux que vous tenez…

Smit eut un sourire orgueilleux qu'il dirigea aussitôt vers Anne Forclaas. Encore une fois, Dam fut frappé par la douceur inquiète qui se dégageait de cet homme dur et froid, lorsqu'il regardait la jeune femme. D'un seul coup de brosse, toute trace d'impitoyabilité se trouvait effacée de son visage. Il la couvait littéralement et amoureusement des yeux. Dam sentit son cœur battre avec espoir.

— Rimbaud lui-même, commença Anne Forclaas avec un sourire, comme pour venir en aide à Smit.

— Rimbaud ? l'interrompit aussitôt Dam sur un ton qu'il voulut le plus méprisant possible. Rimbaud ne fut qu'un minable vendeur d'armes qui eut la grâce de savoir aligner, pendant quelques mois, trois ou quatre mots divins. Une erreur de Dieu. Et qui ne peut vous servir de justification, Smit. Et puis, ces quelques mots, Rimbaud les a à tout le moins écrits gratuitement, lui, ce qui n'est pas votre cas. Lorsque vous écrivez votre nom, Smit, c'est au seul bénéfice de l'argent. Non,

Anne, fit Dam en se tournant vers la jeune femme, interloquée par la dureté soudaine du médecin. Rimbaud ne suffira pas…

Anne Forclaas jeta un regard inquiet vers Smit, cherchant une réponse au changement de ton soudain du médecin. Smit fixait sur Dam des yeux brillants de colère.

— Vous vouliez me voir, docteur Dam. Je vous ai permis d'entrer chez moi. Finissons-en. Que désirez-vous ? Dam sentit à nouveau son cœur battre. Il gagnait du terrain, il le sentait. Il ne fallait faire aucune erreur, aucun faux mouvement. Il se tourna vers la jeune femme, retrouvant un sourire doux et rassurant.

— Excusez-moi, Anne… Je viens d'un monde différent, vous l'avez dit, et parfois je m'échappe… Au fait, dites-moi, puisque vous connaissez si bien Rimbaud, a-t-il déjà tué ? Je veux dire directement, de ses propres mains ?

Dam parlait d'un ton désinvolte, ne jetant pas un regard vers Smit.

— Que voulez-vous dire ? fit-elle d'une voix de nouveau si inquiète que le médecin éprouva un remords à l'utiliser de la sorte.

— Car c'est tout autre chose que de… comment dire… de se salir les mains soi-même, n'est-ce pas ?

Dam continuait de fixer Anne Forclaas, mais il sentait la tension grandir chez Smit qui resserra machinalement son étreinte sur la main de la jeune femme.

— Il s'agit d'un délit différent. Ainsi, je crois que votre père, tout fabricant de canons qu'il ait pu être, était un homme moral pour qui le meurtre direct aurait été impossible, n'est-ce pas ? Un meurtre, par exemple, où reste sur le pavé, désarticulé, un véritable cadavre...

— Évidemment ! fit-elle, horrifiée et de plus en plus inquiète.

Smit continuait de suivre sans un mot, cherchant à comprendre où Dam voulait en venir.

— C'est bien ce que je pensais... Vous voyez, Anne, vous et moi ne sommes pas de mondes aussi différents que cela, malgré ce que vous pensez.

Dam plongeait d'un geste nonchalant la main dans la poche de son veston.

— Ainsi, je connais cette histoire, celle d'une jeune fille... Elle devait avoir près de 25 ans, pas beaucoup plus, lorsque l'événement s'est produit. Jolie. Elle fut pendant un court moment une reine discrète mais admirée des bals les plus huppés de Genève. Oh ! Je parle d'il y a près de vingt ans aujourd'hui. Chaque année, depuis son mariage, elle avait l'habitude d'aller en vacances au Costa Rica avec son mari, un homme d'affaires d'origine...

— Ça suffit, docteur Dam, interrompit Smit d'une voix soudain effrayante.

— Voici sa photo, poursuivit Dam, imperturbable. Il braqua la photo, un vieux cliché noir et blanc, sous le nez d'Anne Forclaas.

Pendant un moment, pas un muscle ne bougea dans le visage de Smit. Puis, au bout d'un moment qui sembla au médecin une éternité, il baissa enfin les yeux et saisit la photo des mains de la jeune femme. Il n'y jeta pas un seul coup d'œil.

— Il s'agit d'une histoire tout à fait inintéressante,

puisque ni vous ni moi, Anne, ne connaissons cette jeune fille, laissa tomber Smit d'une voix sourde.

Il conserva néanmoins le cliché dans ses mains, se tourna vers Anne, immobile et indécise à ses côtés.

— Je vous en prie, retournez là-bas maintenant, je vous rejoins dans quelques instants. Le temps de terminer quelques affaires, avec le docteur Dam.

Il leva brièvement la main. Le garde au costume sombre émergea de l'ombre toute proche.

— Accompagnez madame à l'intérieur, fit-il d'une voix toujours contenue. Anne Forclaas leva vers Dam des yeux pathétiques. Le médecin s'en voulut à nouveau de n'avoir pu l'épargner.

— Allez, je vous en prie, Anne, fit Smit d'un ton cette fois nettement anxieux.

Il la poussait doucement mais fermement.

█▌█

Les deux hommes, restés seuls, laissèrent le Minotaure à ses futiles menaces et se mirent à descendre la colline. Smit restait silencieux, marchant d'un air absent à côté du médecin. Il avait déchiré la photo sans même y jeter un regard, glissant les menus morceaux distraitement dans sa poche. Dam, s'excusant de l'avoir jugé un moment usée et inutile, adressa mentalement ses félicitations au vieux Steiner pour l'atout magnifique qu'il avait su lui dénicher au fond de vieilles archives oubliées. Le vieux lion prouvait encore une fois que sa fabuleuse mémoire, liée à son instinct sûr, restaient des armes imparables, même contre les plus puissants des hommes.

— Ce ne sont que des racontars, avait tout de même laissé tomber Smit.

— Les policiers du Costa Rica ne sont pas de cet avis, avait répliqué Dam, sûr de lui.

Smit s'était contenté de hausser les épaules. Au bout d'un moment, il eut un violent geste de dépit.

— Dire qu'elle a soutenu ce clown prétentieux et pitoyable de Forclaas. Elle y a presque laissé sa santé. Pour ce minable ! Sans moi, sans mon aide, elle ne s'en serait sans doute pas sortie. Je l'ai retenue, je l'ai aidée. Malgré tout, elle gardera toujours une distance. Elle est loyale, loyale à Forclaas...

Smit haussa les épaules.

— Et pourtant, ce n'est qu'un faible qui se croit malin... Il plonge de lui-même... Je ne fais que l'utiliser et il aime ça... Non ! Seulement, il y a des zones d'ombre dans ma vie qu'elle n'acceptera jamais totalement.

Smit tourna un regard aigri vers Dam.

— Vous avez ce que je n'aurai jamais. Même son agressivité envers vous camoufle en réalité l'admiration. Peut-être même plus... Vous croyez peut-être que je ne m'en rends pas compte ? Je vous envie.

Était-ce seulement ses sentiments pour Anne qui désarmaient aussi complètement cet homme impitoyable. L'âge ? La soif de puissance pouvait-elle être un jour assouvie, laisser place à un vide presque humain ? « Rassure-toi, lui avait dit Steiner, même les salauds ont des sentiments... Beaucoup d'orgueil, beaucoup de vanité... Voilà exactement l'endroit où tu dois attaquer ! »

— Au fond, docteur Dam, j'ai commis une erreur. J'aurais dû vous laisser les médicaments. Vous seriez paisiblement retourné à vos occupations et j'aurais eu la paix.

— La paix ? fit Dam ironique.

— Ce mot vous choque dans ma bouche ? fit Smit avec un rire bref. Il est vrai que vous êtes un de ces naïfs ! Vous ne savez pas grand-chose d'une certaine réalité…

— Croyez-vous ? fit Dam d'un ton sarcastique.

Smit leva des yeux interrogatifs vers le médecin.

— D'où venez-vous, docteur Dam ?

— Et vous-même ? fit Dam avec un mince sourire.

Smit resta un moment silencieux, fixa le médecin après un moment d'hésitation.

— Où avez-vous trouvé cette photo ? fit-il d'un ton plus agressif Où avez-vous entendu parler de cette histoire ? À Genève ?

— Cette photo n'est pas la seule, répliqua Dam calmement. Il y en a d'autres, prises notamment au Costa Rica, lors de vos dernières vacances. Elles ont été récupérées par les policiers. Elles sont aujourd'hui dans un coffre, ainsi que certains témoignages. C'est l'un de ces policiers, un homme particulièrement acharné et méticuleux, patient aussi, qui me les a confiées…

— Qui ?

Dam eut un sourire.

— Vous vous foutez de moi ? Vous voulez donc qu'il plonge aussi de la fenêtre d'un hôtel ?

Tout cela n'était que du bluff. La seule source d'information était Steiner. Quant aux photos… ! Après des jours de recherche, ils n'avaient mis la main que sur celle-là... qui était en fait bien peu compromettante ! Smit s'était arrêté de marcher, fit face au médecin.

— D'accord ! Que désirez-vous ? Finissons-en !

— Deux choses, très simples, répondit Dam. D'abord, le matériel médical promis, livré par vos soins, à Uashuat, dans le camp...

— Et la seconde ?

— Mon équipe médicale, celle que vous avez enlevée, de retour à Istanbul.

Smit se remit à marcher. Son visage trahissait une colère immense, une certaine indécision aussi, un sentiment qui ne lui était pas familier.

— Vos caisses, ainsi que les armes, ont été embarquées sur la mer Noire pour une destination qui ne vous regarde pas, finit-il par laisser tomber sèchement au bout d'un moment. Le matériel médical est donc désormais hors de portée.

Il leva tout à coup des yeux narquois vers le médecin.

— Tout s'est d'ailleurs très bien passé grâce à l'excellente liste de noms et d'adresses que vous avez vous-même obligeamment fournies à mes amis turcs. Cette liste korguène était apparemment tout à fait au point à ce qu'on m'a dit !

Dam ne put s'empêcher de serrer les poings mais ne dit mot.

— L'équipe médicale quant à elle, poursuivit Smit, a servi de caution pour passer les derniers postes de contrôle korguènes, ceux qui avaient échappé aux rafles. Mes clients ont ainsi réussi à transiter à travers tout le territoire, même à travers les lignes korguènes, sans être inquiétés. Ils sont extrêmement satisfaits. Quant à vos hommes…

Dam attendit nerveusement la suite. Smit prit délibérément son temps.

— Quant à vos hommes, ils ne sont pas entre mes mains et ne l'ont jamais été, poursuivit-il d'un ton ferme. Je ne connais pas leur sort et je ne me mêle jamais de ces types d'enlèvements… Parce qu'il s'agit d'Occidentaux, ce sont des événements qui agitent toujours les milieux officiels, et cela, ce n'est jamais bon pour les affaires. Je m'en tiens loin car, malgré ce que vous pensez, D$^r$ Dam, je suis essentiellement un homme d'affaires…

Il passa une de ses mains ouvertes dans ses cheveux d'un mouvement nerveux.

— Cependant, ajouta-t-il au bout d'un moment, la logique veut qu'une fois le matériel rendu à destination, le rôle de caution de vos hommes ait été terminé. En conséquence…

Dam ne put retenir un frisson.

— Je ne vous crois pas, finit-il par lancer en se raidissant. Même les plus imbéciles savent qu'on ne tue pas impunément une équipe médicale occidentale. Les conséquences sont trop risquées. Je répète donc : où sont-ils ?

— Je vous l'ai dit… Ils ne sont pas et n'ont jamais été entre mes mains. Certains de mes clients sont parfois incontrôlables, vous savez ! Ils ont recours à des méthodes que je n'emploie pas personnellement.

Enfin l'erreur, pensa Dam.

— Vous mentez ! martela Dam calmement. Ce sont

là précisément vos méthodes, vos méthodes personnelles! C'est votre limousine et ce sont vos hommes qui étaient au Pera Palas le soir où l'équipe a disparu. Votre limousine aussi, qui était dans le port, devant un certain entrepôt, le numéro 22, pour être plus exact, un soir où l'on déchargeait des caisses. Des caisses dont certaines sont reparties, après une bien curieuse opération, dans votre voiture… Aviez-vous donc des clients à satisfaire, ici même en Turquie? Des clients qui n'aiment pas trimbaler des objets trop… longs dans la rue? Que dirait-on en France, si l'on apprenait que des civils sont tués avec des armes dont il est possible de suivre la trace jusque dans les cales d'un navire de la marine française? Même vos puissants amis vous largueraient…

— Cela suffit! Vous inventez! Vous ne pouvez rien prouver!

— Croyez-vous? Si tel est le cas en effet, ne faites rien de ce que je vous demande… et attendez la suite.

Smit était congestionné par la colère.

— Voulez-vous d'autres détails? poursuivit Dam. Ou est-ce suffisant? Préférez-vous que je déballe le tout dans les journaux? Mes hommes ne sont peut-être pas entre vos mains, mais vous avez le pouvoir de les faire libérer et vous allez le faire… Vous allez le faire pour vous protéger, vous et vos amis, fit le médecin en désignant la salle de bal.

— S'ils sont vivants…

— Ils sont vivants, répliqua Dam avec conviction, et vous le savez parfaitement!

Smit fixa un moment le médecin sans un mot, puis hocha la tête affirmativement.

Devant cette confirmation qu'il n'attendait plus, Dam eut du mal à rester impassible.

— Je leur ai dit de les utiliser comme médecins plutôt que de les tuer... Que cela leur serait plus utile... C'est ce qu'ils ont fait, avança enfin Smit.

— Ramenez-les ici... Et je veux que la livraison de médicaments se fasse dans les plus brefs délais... Je serai là-bas pour l'attendre...

— Vous ne pourrez pas passer! Ni vous ni le convoi...

— Oh si, je passerai! Dites-moi, Smit, continua Dam au bout d'un moment, pourquoi m'avoir reçu ici ce soir? Ne vouliez-vous pas que je constate la puissance de vos appuis? De ceux avec qui vous partagez des intérêts communs? Eh bien! c'est réussi, Smit. Je constate... et j'admire, fit-il d'un ton narquois. Maintenant, allez leur expliquer pourquoi il est tout à coup de leur intérêt vital de soutenir une poignée de Korguènes dans les montagnes. Ils comprendront vos arguments, j'en suis sûr! continua Dam avec mépris. Ils sauront même tourner cette intervention à leur avantage, vous verrez!

— C'est tout? laissa tomber sèchement Smit.

— Pour l'instant!

— Pour l'instant?

Smit soupira.

— Je désire vivement que vous me laissiez tranquille. Je ne suis qu'un homme d'affaires. Je vends ce que les gens m'achètent, ce dont ils ont besoin. Pharmatrex est un excellent fournisseur. Médicaments...

— Drogue, armes...

— Je ne vends que ce que les gens m'achètent et ils n'achètent que ce dont ils ont besoin, répéta Smit, des objets qu'ils ne peuvent obtenir autrement… Par votre faute d'ailleurs ! Vous vous compliquez l'existence et vous compliquez l'existence de tous. Pourquoi faites-vous ces blocus idiots ? Rappelez-vous la Yougoslavie ! Vous avez désarmé les musulmans alors que leurs vis-à-vis étaient équipés à bloc. Vous les avez laissés seuls face aux balles ! Il était inévitable que moi, mes concurrents prenions la place ! Alors, ne me jetez pas d'argument moral…

— Pourquoi donc ne les avez-vous pas armés alors ? Par moralité ? Ou parce qu'ils ne pouvaient pas payer ? Pourquoi n'armez-vous pas les Korguènes ?

— Rassurez-vous, docteur Dam, fit Smit avec un sourire, je les arme aussi… Vous savez, j'ai plusieurs sociétés, des banques… Connaissez-vous, docteur Dam, le secret de ma réussite ? Des armes et des mercenaires ? Des tordus sanguinaires ? Mais vous n'y êtes pas du tout ! Une armée de bureaucrates ! J'ai à mon service une armée de bureaucrates, des gestionnaires selon leurs nouveaux termes ! Parfaitement propres, roses et frais rasés ! Qui sortent tous de vos grandes écoles ! Ce sont eux qui administrent mes sociétés, les font grossir, font transiter les fonds du Liechtenstein ou de la Banco Di Columbia ! Des experts… ! Ce sont eux aussi qui m'introduisent auprès de leurs amis, des compatriotes à vous, parfaitement honorables ! Vous en avez ici quelques-uns, fit Smit en désignant le palais. Désirez-vous d'autres noms ?

Dam se contenta de hausser les épaules.

— Ne soyez pas prétentieux, Smit… Vous sortez un nom et vous êtes un homme mort, vous le savez parfaitement ! Vous serez toujours un homme sous surveillance, un homme traqué malgré vos fastes et vos caméras… Cela me réjouit d'ailleurs beaucoup !

Dam suivait la conversation mais y portait soudain moins d'attention. Il était tout à coup soucieux de l'endroit où leur marche, apparemment sans but, les avait conduits.

Ils avaient atteint la ligne d'un boisé sombre qui courait en pente rapide vers le pied de la colline et Smit venait de s'arrêter. Le médecin jeta un bref coup d'œil autour de lui, constata que le coin, en contrebas des pelouses, était totalement isolé. Plus un son ne parvenait du palais illuminé, déjà loin derrière eux.

Alerté, Dam se demanda si les hommes de Smit se cachaient sous le couvert des arbres. Il ne percevait aucun bruit, aucun mouvement mais connaissait l'extraordinaire discrétion de ces hommes. Avec un mouvement très lent, il s'écarta de Smit et lui fit face, les bras tendus, prêt à réagir. Il avait commis une faute grave et s'était mis à la merci de son adversaire Ce dernier ne bougeait plus et fixait sur le médecin des yeux lourds.

— La domination d'un homme sur un autre est une chose étrange, commença Smit avec un sourire. Je possède indéniablement le pouvoir et l'argent. Pourtant, vous dites je veux ceci, je veux cela… et je vous l'accorde aussitôt !

— Seule la peur permet la domination, répliqua Dam. Lequel de nous deux a peur de l'autre ?

— Malgré tous mes moyens, j'avoue que vous persistez à ne pas me craindre…

— Cela dépend !

— Cela dépend de quoi ?

— De savoir si vous êtes un tueur ! De savoir si vos mains ont déjà tué… On en revient toujours là ! Comme pour votre femme ! Faites-vous le travail vous-même ou reculez-vous pour ne pas vous salir ? Préférez-vous laisser cela à vos hommes ?

Il y eut un moment de silence, puis Smit leva une main. Dam se raidit davantage. Deux hommes sortirent de l'ombre et s'approchèrent, chacun se postant derrière le médecin. Smit sourit encore.

— C'est une excellente question, D^r Dam… Penchez-vous pour l'une ou l'autre de ces réponses ?

— Vous trouvez du plaisir dans l'une et dans l'autre, n'est-ce pas Smit ? Mais aujourd'hui, avec l'âge, vous parlez beaucoup trop…

— Puis-je me joindre à vous ? fit soudain une voix douce.

Le sourire de Smit se figea aussitôt sous l'effet de la surprise. Il tourna la tête vers la pénombre. Une mince silhouette blanche se détacha de l'ombre, s'approcha d'eux d'un pas aérien.

— Veuillez m'excuser, fit Anne Forclaas. Je ne voulais plus rester seule avec eux, fit-elle en désignant le palais.

— Elle tenait absolument à vous rejoindre, fit un homme qui venait de s'interposer entre eux et fixait Smit avec des yeux anxieux.

— Je n'ai pas pu la retenir, monsieur Smit. Vous comprenez ?

Smit hocha brièvement la tête. Avait-elle entendu les dernières phrases, avait-elle compris ?

— Vous avez bien fait, Facchi, finit-il par laisser tomber au bout d'un moment. Il se tourna vers le médecin.

— Si nous remontions, docteur Dam. Je crois que nous avons terminé ?

Dam hocha la tête. Cette fois, il avait eu peur.

— Bien sûr, murmura-t-il.

Anne Forclaas lui jeta un bref regard.

— Facchi, mon secrétaire particulier, fit Smit en désignant ce dernier. Il saisit la jeune femme par le bras.

— Rejoignons nos invités, voulez-vous ?

Dam s'approcha de Facchi.

— Examinez-moi bien attentivement afin de ne pas vous tromper la prochaine fois, laissa tomber le médecin. Laissez les clochards de Galata en paix !

Facchi se mordit les lèvres mais ne répondit pas.

Le médecin rejoignit Smit et la jeune femme.

— Je suis si heureux de vous voir, Anne, fit-il avec un large sourire.

Smit ne put contenir un regard noir à l'adresse du médecin.

La brume commençait à se dissiper et les lumières de la ville jetaient une lumière rose sur les nuages. Une odeur trop sucrée flottait dans les jardins et levait le cœur du médecin. Quelques minutes plus tard, ils repassèrent la porte-fenêtre et furent aussitôt plongés dans une moiteur collante et lascive. À mesure que la nuit vieillissait, la tenue s'émoussait dans l'alcool et la poudre blanche. Les danseurs, plus nombreux, ondulaient leurs hanches en un seul mouvement suivant les battements syncopés d'une musique rauque.

Dam saisit Anne Forclaas par la taille et l'arracha à Smit. L'enlaçant étroitement, il l'entraîna au milieu des danseurs.

— Vous êtes satisfait ? lui murmura-t-elle.

— Oui.

— Vous vous êtes servi de moi.

— C'est vrai. Et pourtant, vous m'avez sauvé la vie. Vous le savez ?

Elle resta silencieuse un moment, puis laissa tomber à voix basse.

— Non, je ne crois pas...

Dam leva son visage vers le sien, plongea son regard dans ses yeux.

— Vous ne croyez donc pas qu'il peut tuer ?

— Non...

— Vous avez tort. Il est dangereux !

Elle se contenta de secouer la tête. Il l'attira de nouveau contre lui.

— Vous pourriez donc l'aimer ?

— L'aimer ? Je ne sais pas. Peut-être... Il est avec moi si doux, si tendre... Qui d'autre pourrait me protéger ainsi ? J'en ai assez de vivre sur le fil du rasoir. Je ne veux plus que le calme...

Dam s'était arrêté, la regardait avec une douleur qui l'étonna.

— J'ai dit une bêtise ? fit-elle. Je suis désolée...

— Au contraire, finit-il par laisser tomber d'une voix rauque... Seulement, ce sont des mots que j'ai déjà entendus dans une autre bouche, des mots qui me font mal.

Elle blottit sa tête sur sa poitrine.

— Est-ce donc si mal que de ne plus rien vouloir d'autre que la paix ? fit-elle encore.

Il caressa un moment ses cheveux en silence, s'arrêta à nouveau.

— Non, bien sûr que non, lui fit-il d'une voix douce.

Il la regarda un moment.

— Prenez garde à vous !

Il posa légèrement les lèvres sur la joue de la jeune femme puis, sans se retourner, s'éloigna à pas lents.

Avant de franchir les deux lourdes portes, il eut le temps d'apercevoir Smit, seul avec le chef d'État-Major GrandPerrin qui le suivait d'un regard haineux.

Le soleil plombé de midi embrasait les coupoles dorées de la ville. On aurait dit des grosses bulles de savon, irisées, soufflées par un quelconque géant. À tout instant, Dam s'attendait à les entendre crever sur les pointes aiguës des églises avec un ploc sourd. Du haut du toit du Pera Palas, Istambul camouflait au regard ses plaies miteuses et ses trous sombres. La ville rose, bleue et or flottait, impériale, comme un jouet fraîchement peint. Il semblait même au médecin renifler les épices et les effluves de friture qui s'échappaient de milliers de volets derrière lesquels une marmaille s'agitait.

L'hôtel était posé au bout d'une large avenue qui fendait ensuite la ville et se perdait dans les reflets du

Bosphore. Négligeant la façade de l'hôtel, Dam s'inté-
ressa à la ruelle qui la bordait sur la gauche. L'une de
ses extrémités s'ouvrait en façade alors que l'autre se
terminait par un mur de quelques mètres, où s'entassaient des boîtes et des caisses vides provenant des
cuisines. Au-delà de ce muret, Dam apercevait les
premières maisons d'un quartier résidentiel cossu. De
temps à autre, un camion de livraison se faufilait dans la
ruelle, s'y arrêtait une dizaine de minutes et ressortait
par la même voie.

Le médecin revint sur la partie plate du toit qui
donnait sur la façade et observa la circulation devant
l'hôtel. Il repéra rapidement la silhouette rouge et
minuscule de Sam dont il suivit le manège, ouvrant les
portières, et signalant des taxis. À une reprise, le portier
traversa la rue et s'approcha d'une voiture sombre,
stationnée devant un petit square de verdure. Sam se
pencha vers la portière, parla un bref moment au chauffeur et retourna à son poste. La voiture ne bougea pas.
Les yeux du médecin firent à nouveau le tour de la petite
place devant l'hôtel. À travers le va-et-vient des clients,
Dam repéra deux hommes, assis sur les bancs du square,
face à l'entrée. Vêtus de costumes neutres, ils restaient
immobiles, apparemment occupés à contempler la foule
qui se pressait aux portes de l'hôtel.

Dam s'adossa à l'une des corniches, alluma une cigarette et continua d'observer patiemment la scène à ses
pieds. Il n'eut pas à attendre longtemps. Le signe
qu'adressa Sam à l'un des deux hommes était discret.
Dans le mouvement de l'entrée, le geste passa inaperçu
aux yeux du principal intéressé, un client de l'hôtel qui

traversa l'avenue et s'engagea sur l'un des trottoirs sans se douter un instant de l'attention dont il était l'objet. Le client fut aussitôt pris en filature par l'un des hommes en faction sur les bancs. Même du haut du toit, Dam put constater que la manœuvre s'était opérée avec une nonchalance qui annonçait l'habitude. Quelques secondes plus tard, un individu émergea de la voiture stationnée et vint remplacer son collègue sur le banc.

Satisfait, le médecin regagna les escaliers qu'il descendit d'un air détaché. Il salua d'un bref coup de tête les deux ou trois employés qu'il croisa, bien que personne ne lui manifestât le moindre intérêt. Il rejoignit une porte du rez-de-chaussée qui s'ouvrait dans la ruelle. Il jeta un coup d'œil et, retenant son souffle, courut jusqu'au muret, l'enjambant rapidement en prenant appui sur les caisses.

Quelques instants plus tard, il reprenait un pas paisible de promeneur au milieu des imposantes maisons silencieuses qui bordaient la rue.

Dès qu'il eut rejoint les quartiers populeux de la ville, Dam vérifia s'il était suivi. À deux reprises, tournant brusquement sous des porches sombres, il guetta un éventuel suiveur. Rien ne vint et, soulagé, il reprit sa course. Quelques minutes plus tard, noyé dans l'immense cohue du centre-ville, il avait rejoint la gare.

L'endroit était infesté de militaires. Des jeunes, uniformes impeccables, les joues éraflées par la trace fraîche du rasoir, pointaient des fusils d'assaut et des fusils mitrailleurs. Dans leurs yeux, le médecin lisait un mélange de fierté et de défi, mêlé à des éclairs fugaces de peur.

Refrénant son envie de courir pour ne pas attirer l'attention, Dam se faufila dans la foule qui faisait la queue devant le guichet. Il aurait aimé, pour une fois, être moins visible parmi les voyageurs. Il parvint néanmoins à retirer son billet et dut courir vers le train qui s'ébranlait déjà, non sans avoir saisi au passage une copie du *Turkish Times* à un gamin qui le vendait en criant.

Dire que le train était bondé serait peu dire. Dam se demanda même un moment s'il devrait tenir ainsi tout le voyage, les pieds posés sur quelques centimètres à peine du marchepied extérieur. Les bras tendus au-dessus des têtes pour saisir la poignée, il jeta un coup d'œil par l'une des fenêtres à l'intérieur d'un comparti-ment.

Ce ne fut finalement que trois arrêts plus tard qu'il parvint à l'intérieur. Il rejoignit le couloir, puis l'un des compartiments, où une place était à peu près vacante. La famille qui occupait l'endroit, du nourrisson à l'aïeule, se tassa de bonne grâce pour lui laisser un peu d'espace. Dam enjamba leur repas, posé au centre sur une malle d'osier et se cala tant bien que mal dans un coin de banquette. Découvrant une bouche vide de dents, ouverte sur un large sourire, la grand-mère lui tendit un morceau de pain noir. Dam eut un geste de refus. Coincé entre deux gamins agités, il parvint à reti-rer le journal de la poche de sa veste et à le déployer avec la plus grande difficulté. Avec un soupir de satisfac-tion, il jeta enfin un coup d'œil sur la première page.

Sous le placard *Turkish Times* qui barrait le haut de la page à la manière du *Times* de Londres, une photo

d'Ara Günner s'étalait sur deux colonnes. Le journa-
liste avait fixé l'objectif avec ce sourire charmeur que
Dam lui connaissait et qui bouleversait les femmes.
Sous la photo, le journal avait décidé de faire simple,
en trois mots de lettres à la typo lourde : *ANOTHER
JOURNALIST DEAD*.

▮

L'autocar de marque Mercedes datait de 1947. C'était en
tout cas ce qui était gravé sur le rebord de la fenêtre, à
côté du chauffeur. Cet autocar n'était pas arrivé neuf
dans la région d'Ishra en 1952. En fait, personne du coin
ne l'avait jamais vu pimpant, sentant le cuir et l'huile
fraîche. Dès son arrivée, il était déjà couvert d'une
première couche de la poussière pierreuse et rêche qui
était la principale caractéristique de cet arrière-pays des
bords de la mer Noire.

   L'autocar avait déposé, un jour, une première cargaison de soldats. De quelles espèces ? Certains parlaient
d'Allemands, mais ceux-là étaient influencés par le
nom Mercedes. D'autres penchaient plutôt pour des
troupes du sud, italiennes peut-être. Bref, nul ne se
rappelait exactement, car la région, qui avait une forte
proportion de Korguènes, ne possédait à peu près plus
de vieillards, exterminés soit par une guerre, soit lors
d'une rébellion, une rafle ou bien encore lors d'une
famine suivant l'un ou l'autre de ces événements. Et, à
dire vrai, depuis le début de ce siècle, et même avant, il
était passé tant et tant de soldats, officiels ou non, dans

la région, que les paysans ne s'étaient pas toujours souciés de connaître leur marque de commerce. Le principal souci avait surtout consisté à se faire le plus petit possible, à échapper au regard, ce qui était relativement facile dans ce pays de montagnes de roches cassées et plutôt hostile à quiconque ne l'avait pas dans le sang depuis plusieurs générations.

Bref, l'autocar avait été abandonné un jour de panne sur le bord d'un ravin. Il avait déjà perdu sa grille et ses pneus lorsque quelqu'un de la région s'était avisé que Mercedes étant une marque solide, on ne pouvait rêver mieux pour effectuer un transport public. Profitant peut-être d'une accalmie entre deux passages militaires, on avait donc remis l'autocar sur ses roues et le transport entre la côte et les villages cachés au fond des montagnes avait été inauguré. Pas dans la plus grande harmonie cependant, puisque, malgré l'utilité indéniable de l'autocar pour atteindre les grands marchés riches de la côte, le transport régulier avait eu pour effet pervers de maintenir dans un état à peu près praticable les routes donnant accès aux villages reculés. Or, c'était précisément par ces routes que, périodiquement, les soldats passaient pour raser certains villages. Et c'était encore par ces routes que partaient ceux qui étaient arrêtés par les soldats, les hommes et quelquefois les femmes aussi, des routes qui s'avéraient alors être à sens unique, puisqu'on ne revoyait jamais ceux qui étaient partis.

Malgré le progrès indéniable qu'apportait la présence de l'autocar donc, plusieurs avaient protesté qu'il était préférable de fermer la route et de bloquer l'accès aux villages dont plusieurs servaient de refuge à une population korguène qui n'en pouvait plus d'être pourchassée. Mais, comme toujours, le consensus était, là comme ailleurs, difficile à atteindre et l'on continuait de s'opposer en batailles verbales qui allaient parfois jusqu'aux coups de poings, entre les tenants de l'ouverture sur le monde, l'éducation et tout le reste, et ceux qui n'aspiraient qu'au paisible élevage des moutons, pour ainsi dire en famille.

Le débat, qui était en fait très intéressant du point de vue de la stratégie militaire et de la protection des populations civiles, mêlait ainsi allègrement géographie, religion et instinct de survie et faisait rage depuis plus de quarante ans, périodiquement ralenti par la disparition définitive, dans un combat ou une rafle, des hommes de la région. Le débat s'était cependant soudainement interrompu, peut-être définitivement, lors de la dernière rafle qui avait pris un tournant tout à fait imprévu et avait fait taire, d'un côté comme de l'autre, tous les arguments.

Un mois auparavant, exactement dans la nuit du 4 au 5 décembre, les villages de la région avaient été littéralement submergés par une vague de soldats venus du ciel. Il est vrai que la poussière soulevée par les pales avait formé un brouillard si opaque qu'on n'avait pas saisi l'ampleur de ce qui se passait jusque bien après le départ de l'armée. Aveuglés par les phares de lumières blanches jetées du haut des airs, hébétés par le vacarme des hélicos et le cri des instructions qui leur tombaient d'en haut par des haut-parleurs puissants, les villageois courant dans la nuit n'avaient pas été certains, sur le coup, qu'il ne s'agissait pas d'une invasion d'origine divine. Cela n'avait duré que deux heures en tout. Et cette nuit-là, non seulement la route n'avait-elle pas servi aux soldats, mais elle avait été même inutile aux fuyards, bloqués sur le terrain nu du chemin.

Au petit matin, pour ainsi dire tous les hommes avaient disparu du village et quelques femmes, parmi les plus jeunes, avaient aussi été emmenées. Cependant, l'opération, rapide et efficace, avait fait un minimum de dégâts d'un certain point de vue. On ne comptait en effet que deux morts déjà répertoriés, une femme qui s'était jetée sur les soldats pour tenter de retenir son fils. On retrouva son cadavre criblé de balles à dix mètres de chez elle, recouvrant à moitié celui de son fils.

Lorsque Dam débarqua de l'autocar Mercedes à la fin de cet après-midi-là, il y avait déjà plus d'un mois que la rafle avait eu lieu. Les moutons indifférents avaient depuis longtemps repris possession du village et circulaient entre les maisons de pierre basses blotties les unes contre les autres et sur la place centrale, grise de poussière sèche où s'élevait un seul arbre. Seul un gamin le fixa, immobile, un moment avant de détaler.

Le village avait pour nom Murdfa.

▌▐

— Donne-moi ça, fit Dam en pointant une bou-teille ouverte remplie d'un liquide sans couleur.

Le tas de chair flasque affalé derrière le comptoir leva une de ses paupières et jeta un regard sans expression vers l'intrus. Avec un soupir, il poussa la bouteille. Dam la saisit et se servit à même le goulot. L'alcool fort lui brûla la gorge. Soulagé, il se tourna enfin vers les quelques tables bancales.

La nature a horreur du vide, c'est chose connue. Aussi, si les hommes du village avaient disparu, on n'avait pas pris de temps à les remplacer. En petit nombre, certes, mais le nombre est moins important lorsque ces quelques paires de bras sont bien équipées de puissants fusils mitrailleurs. Et même attablés ainsi autour de petits verres d'alcool, les soldats gardaient un air menaçant, les yeux rivés sur Dam.

— Il y a beaucoup de soldats ici, lança Dam.

Sa voix résonna étrangement dans le silence de la pièce basse. L'homme devant lui se résigna à lui jeter un regard plus soutenu.

— Que voulez-vous ? finit-il par laisser tomber à regret d'une voix sifflante.

— Je m'appelle Dam. Je suis médecin.

— Personne n'est malade ici. On n'a besoin de rien.

— Je cherche quelqu'un.

— Il n'y a plus personne ici.

— Je cherche Tüsal, poursuivit Dam calmement. Ekrem Tüsal.

Pas un repli du visage massif ne bougea.

— Ekrem Tüsal n'a plus besoin de médecin, finit par laisser tomber le patron. Ses amis non plus…

Dam le fixa un moment, se contenta de hocher la tête. Il laissa tomber une poignée de livres et, passant, sans les regarder, devant les soldats, il regagna la place déserte. Déserte à ce point en cette fin d'après-midi, que ce n'était pas naturel, songea-t-il. Il alla se planter sous l'arbre et, posément, alluma une cigarette.

Il aperçut le gamin au bout de quelques minutes à peine, mais ne bougea pas pour autant, continuant de tirer sur sa cigarette. Au moment de se brûler les doigts, il la jeta par terre d'un mouvement sec et l'écrasa le plus soigneusement possible. Puis, les mains dans les poches, il se mit à parcourir tranquillement la place, faisant fuir devant lui quelques moutons nerveux.

Il se retrouva bientôt à l'entrée de la route, celle de l'autocar. Son regard balaya une dernière fois les façades blanchies aux volets clos, s'arrêta un instant sur le bar. Il vit sortir les soldats, groupés et mitraillettes au poing. Dam haussa les épaules, lança un bref salut à l'adresse des soldats et s'engagea d'un pas lent sur la route. Il ne tourna pas la tête mais il était certain que les militaires le suivaient à distance.

Dam marcha ainsi trois ou quatre kilomètres sans se retourner. Les maisons du hameau s'étaient espacées et il ne voyait plus çà et là que des maisons de ferme isolées, construites à même la roche des montagnes. Beaucoup de moutons, des chiens, de temps à autre un vieux camion abandonné, mais aucun humain.

— *Hep!*

Dam s'arrêta mais ne se retourna pas immédiatement.

— *Sir!*

Le médecin tourna la tête doucement, d'abord vers le fond de la route où il ne vit personne, puis vers un tas de roche. Il vit apparaître une toute petite tête couverte de cheveux noirs en broussaille.

— *Sir*, répéta le gamin que Dam reconnut pour être celui qu'il avait entrevu sur la place.

— Tüsal ? fit le gamin.

Dam hocha la tête affirmativement.

— *Come !*

Le gamin montrait le village.

— *Come*, répéta-t-il.

Et sans attendre, il s'élança avec souplesse sur un sentier de cailloux. Dam le regarda aller un moment, soupirant devant l'effort à fournir, puis finit par s'élancer derrière lui avec résignation. Ils firent au moins trois kilomètres avant d'arriver en vue de la maison.

▮

— Reculez ! fit une voix étouffée. Mains au-dessus de la tête !

Très lentement, Dam leva les bras, paumes ouvertes. Un autre ordre tomba, cette fois en turc, et il devina qu'il était adressé au gamin. Il entendit celui-ci s'éloigner.

— Avancez maintenant ! Dam ne bougea pas, fit mine de se retourner. Il sentit aussitôt la pression d'un canon au creux des reins.

— J'ai dit en avant ! Ne vous retournez pas ! L'homme semblait parler à travers un mouchoir tant sa voix était voilée, mais plus étrange encore, l'inconnu parlait un excellent français.

Dam avança posément au milieu de la cour encombrée de vélos cassés et de bidons.

— Continuez! Le canon s'enfonça dans son dos. Il continua d'avancer vers la maison blanche qui fermait la cour, imposante et surmontée d'un étage.

— Entrez!

Le médecin poussa la porte blanchie à la chaux et pénétra à l'intérieur. Il fut aussitôt jeté face à un mur et fouillé rapidement d'une main fébrile. L'inconnu recula.

— Tournez-vous! Lentement!

Dam obéit, les pupilles dilatées à vouloir percer l'obscurité.

— Votre nom?

Le médecin ne distinguait toujours pas son interlocuteur, tapi dans l'ombre de la pièce. Malgré la voix feutrée, il devinait un homme particulièrement jeune.

— Dam. Je suis français. Et médecin.

— Que voulez-vous?

— À vous, rien! Je ne sais pas qui vous êtes…

— Que voulez-vous à Ekrem Tüsal!

L'autre se fâchait.

— Qui êtes-vous?

— Que lui voulez-vous? Répondez ou je vous sors d'ici une balle dans la tête!

— O.K., O.K.

Dam eut un geste apaisant de la main.

— Ne bougez pas!

— Je viens de la part de Kodjijh, laissa-t-il finalement tomber.

Il y eut un instant de silence devant lui.

— Vous mentez! Kodjijh est en fuite, dans les montagnes!

— Je sais. Je viens de là! Et j'en suis sorti pourtant! Tenez, il a trois fils! Avant de le quitter, il y a un mois, j'ai soigné un de ses fils. Il avait le choléra! continua-t-il posément. Qui êtes-vous? Vous êtes lié à Tüsal, n'est-ce pas? Son fils?

Il y eut un léger glissement dans l'obscurité.

— Son fils, c'est bien ça? Et je suis ici chez lui...

Dam gagnait du temps.

— Comment avez-vous pu échapper à la rafle? Ils n'ont donc pas pris tout le monde?

Il y eut un claquement sec et Dam, dans une détente, se jeta sur le sol. Il leva les yeux. Il n'y avait pas eu de coup de feu. On avait simplement repoussé l'un des volets et la pièce baignait maintenant dans une semi-clarté.

— Je suis sa fille...

Devant ses yeux, Dam vit apparaître une femme entièrement voilée, portant le costume noir des musulmanes. Elle avait à la main un AK-47.

D'un mouvement brusque, elle défit le voile qui cachait son visage, laissa tomber aussi la tunique noire, découvrant une femme mince et longue, vêtue à l'occidentale. À la pointe de son arme, elle lui fit signe de se relever.

Ils n'étaient pas seuls dans la vaste pièce. Au fond, Dam découvrit un étrange tableau, une femme assise très droite sur une chaise austère, tenant un bébé endormi dans ses bras. À ses pieds, terrés sous la vaste jupe noire, deux jeunes enfants considéraient le médecin avec des yeux dilatés par la peur. La mère au contraire fixait devant elle un regard vide, totalement absent. Seul le bébé respirait la vie, son souffle régulier soulevant doucement le linge blanc qui l'enveloppait. Derrière, sur le mur, une large empreinte de main ocre, bordée d'une série de petits trous noirs dessinait un sanglant graffiti.

Plusieurs vestiges d'une certaine aisance du propriétaire étaient encore visibles. Des meubles avaient en partie volé en éclats, mais on devinait encore la richesse relative de leur propriétaire. Partout, des morceaux de verre, de faïence, des débris témoignaient d'une lutte. Seule une longue table, qui occupait tout le milieu de la pièce, semblait être restée intacte. Dam s'approcha à pas très lents de la jeune femme.

— N'ayez pas peur… Je suis seul.

— Vous croyez être seul, répliqua-t-elle, mais les soldats ne sont pas loin.

Elle repoussa d'une main blanche les cheveux qui lui tombaient sur le front. Dam admira la délicatesse de la jeune fille, ses traits fins et pâles. Seuls ses yeux brûlants, soulignés d'un cerne sombre, vivaient dans son visage. Tout son être, cette silhouette soulignée par le noir de la robe, la tête portée avec noblesse, irradiait cette sorte de beauté tragique propre à certaines femmes de guerre.

— Je m'appelle Markha, murmura-t-elle. Je suis… j'étais enseignante un peu plus au nord, à Louckjcha.

— C'est vous qui avez émis un signal radio après la rafle ? fit Dam avec douceur.

Elle hocha la tête.

— Ils n'ont pas réussi à trouver le poste. Il est vrai qu'ils étaient pressés. Alors, quelques jours plus tard, j'ai envoyé un signal... Mais personne n'a répondu. Peut-être n'a-t-il pas été entendu...

— Oui... Certains l'ont entendu... Mais ils ont craint un piège... C'est pour cela que je suis ici. Où est votre père ?

— Parti, fit-elle avec un geste de la main. Il est...

Elle s'interrompit, jeta un bref coup d'œil vers la jeune femme assise et toujours immobile.

— C'est la femme de mon frère. Ce sont les enfants de mon frère. Le bébé est né dans la nuit, après la rafle. Son père ne l'a pas vu.

Dam fit un geste en direction de la trace sanglante. Elle hocha la tête.

— Mon frère a voulu fuir. Ils ont tiré. Ils l'ont emmené aussi... Vous étiez à Uashuat ? poursuivit-elle au bout d'un moment.

Il hocha la tête, continuant de s'approcher d'elle lentement.

— Mon père m'a parlé de vous. J'étais son... homme de confiance !

Ses lèvres esquissèrent un pâle sourire.

— Vouz parlez bien français.

— Je suis diplômée en langues de l'université d'Ankara, fit-elle, toujours avec ce sourire triste. Mon père avait espéré que je puisse étudier à Paris.

Il s'était arrêté tout près d'elle et sentait son souffle chaud sur sa poitrine. Il posa avec une infinie douceur sa main sur son épaule, puis la laissa glisser lentement sur son bras nu. Sans qu'elle eût un geste pour l'empêcher, il saisit l'arme, l'éloigna. Elle parut tout à coup à bout de forces.

— Venez… On va parler un peu, fit Dam à voix basse.

Il la prit par les épaules, l'entraîna vers l'escalier de bois qui montait à l'étage. Il poussa quelques portes qui s'ouvraient sur le couloir, trouva ce qu'il cherchait.

— Viens, Markha.

Il l'assit sur le lit défait, s'assit à ses côtés. Il prit son visage dans ses deux mains, le leva vers le sien.

— Ils t'ont fait mal ? dit-il d'une voix étouffée.

Il passa sa main dans ses longs cheveux noirs. Elle ne répondit pas, son visage chavira.

— Ils étaient plusieurs ? T'ont-ils fait mal ?

Elle baissa les yeux. Dam l'approcha vers lui avec une force mêlée de douceur. Il l'avait su dès qu'il l'avait vue. Il posa un doigt sur sa bouche.

— Ça suffit. Ne parle plus. C'est fini.

Il l'étendit près de lui et elle se blottit contre lui. Au bout d'un moment, il sut qu'elle pleurait. Il sentait sa peau se tendre sur la sienne. Elle passa ses bras autour de lui, bouleversante, et il la tint comme seuls savent le faire ceux qui vivent le dos collé à la mort.

— N'aie pas peur… N'aie pas peur… C'est fini, murmura-t-il.

Elle s'accrocha à lui avec plus de désespoir encore. Il posa ses lèvres sur les siennes. Dans sa bouche, Dam reconnut ce goût du viol qu'il connaissait si bien.

— Tout s'est écroulé à une vitesse folle dans la nuit du 4 au 5 décembre. Pourtant, depuis dix jours, mon père était en alerte.

L'obscurité était tombée dans la pièce. Elle avait pleuré, mais pas si longtemps. Elle s'était vite reprise, commençant son récit d'une voix sans expression.

— Avec Fahl, son ami, il ne quittait plus le poste radio. Ils attendaient des nouvelles de Kodjijh, des nouvelles du convoi aussi. Fahl avait peur. Il disait qu'il y avait trop de choses à contrôler. Jamais on n'avait fait passer un aussi gros convoi par les montagnes. Il y avait de la neige, des soldats partout. Il avait réussi à réunir six gros tracteurs avec des charrettes et les gardait cachés, prêts. Fahl craignait beaucoup le bruit des moteurs et avait décidé que certains cols, trop surveillés, se passeraient un à un, nuit après nuit. Cela serait long mais on risquait moins. Les charrettes seraient remplies au maximum. Je devais conduire l'un des tracteurs. Si tout allait bien, au bout de 19 jours, nous étions au camp. Mon père et les hommes devaient assurer le contact radio avec ceux des nôtres qui contrôlaient les cols afin de les prévenir. Mais, Fahl, je ne sais pas pourquoi, continuait d'avoir peur. Puis, dans la nuit du 4, les hélicoptères sont venus tous ensemble, c'était effrayant… Un bruit terrible! Ils se posaient, repartaient… Il y avait des nuages de poussière, la lumière des projecteurs, on ne voyait rien. Les gens criaient, les haut-parleurs hurlaient des ordres qu'on ne comprenait pas. Ils sont arrivés ici presque tout de suite. Je crois qu'ils savaient, pour le radio émetteur. Ils ont défoncé la porte et sont montés dans nos chambres. Ils cassaient tout, donnaient des coups de bottes aux enfants. Ça les faisait rire, comme s'ils s'amusaient avec des poupées de chiffon. Ils ont tiré mon père par les cheveux dans l'escalier. Ils le frappaient avec leurs crosses. Puis ils ont amené mon frère en bas et ils ont tiré quand il a tenté de fuir par la fenêtre. Il a passé la main dans son visage plein de sang, puis il est tombé. Ils l'ont traîné dehors et il ne bougeait plus. Je ne sais pas si... Papa a hurlé quelque chose mais je n'ai pas compris. Nous étions alignées, les enfants aussi, contre le mur, comme s'ils allaient nous exécuter. Je crois qu'ils jouaient un jeu, comme des gamins. L'un de ceux qui commandaient est entré et nous a regardées une à une. Je l'ai reconnu tout de suite parce que j'ai enseigné à son fils. Il s'est approché de moi, m'a prise par le bras et...

Elle s'était interrompue soudain.

— Nous sommes montés à l'étage...

Elle s'arrêta à nouveau. Dam la serra contre lui, attendit qu'elle puisse reprendre la parole.

— Plus tard, je me suis traînée jusqu'à la fenêtre et j'ai vu qu'ils tiraient le corps inerte de mon père sur le sol. Dans la lumière des réflecteurs, je voyais la trace rouge qu'il laissait derrière lui. Puis, ils sont partis... Les hélicoptères ont décollé, ils ont disparu dans la nuit. J'étais trempée de sang et de...

Sa voix se brisa, elle marqua un temps d'arrêt.

—Je suis redescendue. Il y avait du sang partout, sur les murs, par terre, et j'ai cru que tous avaient été tués. Mais ce n'était pas le cas. J'ai retrouvé les enfants et ma belle-sœur terrés dehors, dans les rochers. C'est idiot, mais le bébé arrivait. Je me suis occupée d'elle.

Voilà, c'est tout. Au matin, je suis allée au village. Tout était calme. J'ai compris que tous les hommes avaient été ramassés. Aucun de ceux qui étaient de la ligne de communication avec les camps de l'intérieur n'y a échappé. Et personne n'a eu de nouvelles d'eux depuis. Elle leva vers lui des yeux suppliants.

— Vous en avez ? fit-elle d'une voix anxieuse.

— Non, murmura Dam. Je suis désolé.

— Ils ont été trahis. Je ne sais pas par qui...

— Moi, je sais...

— Par qui ? fit-elle vivement. Par qui ? Je dois le savoir. Dites-moi ! Elle l'empoignait soudain avec force.

Dam détourna les yeux.

— Ne crains rien, fit-il finalement d'une voix rauque. Je le punirai. Il paiera ce qu'il doit payer pour son erreur...

— Une erreur ? fit-elle avec véhémence. Vous appelez ça une erreur ? Mais c'est le pire crime qui soit ! Il a envoyé à la mort...

Il saisit ses mains, les posa en bâillon sur sa bouche.

— Je sais... Je sais, Markha, murmura-t-il, la voix étranglée. Je te promets...

Il n'eut pas le courage de continuer. Pas pour lui, qui était bien au-delà de la honte. Mais pour elle, isolée et qui avait tant besoin de croire en lui. Il lui sourit.

— Markha, il faut partir. Tu ne peux pas rester ici. À cause du poste émetteur. Ils vont revenir. Ils vont le chercher...

— Je sais, je sais. Mais elle ne veut pas, ma belle-sœur, tu comprends ? Son seul espoir est ici.

Elle s'interrompit, chercha ses mots.

— Suis-moi. Tu comprendras.

Elle le prit par la main, le mena dans le couloir sombre et ouvrit l'une des portes. Ils pénétrèrent dans une grande chambre presque nue, meublée seulement d'un lit massif et d'un coffre aux ferrures ternies. Au mur, une photo de mariage sur laquelle Dam reconnut la femme assise au rez-de-chaussée. À ses côtés, un homme jeune et souriant qu'il supposa être le frère de Markha.

Markha entraîna Dam vers la fenêtre, close par de lourds panneaux de bois.

— Regarde, mon frère a tenté de s'échapper par cette fenêtre.

Dam s'approcha. Le large bord de fenêtre avait été transformé en une sorte d'autel où brûlaient deux cierges. Entre les deux pendait, accroché à un clou, un morceau de tissu blanc d'à peine quelques centimètres.

— En tentant de s'enfuir, mon frère a laissé un accroc à ce clou. Je le sais, c'est idiot… Mais elle en a fait une relique qu'elle prie sans arrêt…

— Rien de cette sorte n'est jamais idiot, Markha, fit Dam à voix basse.

Il fit un geste pour l'enlacer. Il fut interrompu par un hurlement sourd qui déchira le silence de la maison.

▌▐

On entendit des claquements dans l'escalier et la porte de la chambre fut violemment enfoncée. Inutile de penser à réagir. La pièce sombre fut jetée dans l'éclat des torches et le bruit des bottes martela le plancher. Les mitraillettes luirent dans le feu des lampes.

L'un des hommes se détacha.

— Dam ?

— Oui ? fit Dam, en partie pour gagner du temps.

Le militaire eut un sourire béat.

— *We follow you… From Istanbul… Good ride ?*

Dam serra les dents de dépit. Il avait été suivi malgré tout.

— *We know you!* jeta l'homme sur un ton ironique. *You come with me.*

— Non.

Le sourire disparut aussitôt des lèvres du militaire et son visage se contracta. Malgré tout, il ne donna pas l'ordre de tirer. Dam avala sa salive avec soulagement.

Le commandant sortit son arme de poing, et s'avançant vers Dam, enfonça le canon dans la gorge.

— *You come now or your head explodes…*

L'homme le fouilla d'une main rapide, jetant par terre ce qu'il sortait des poches. Il s'arrêta net en tombant sur le petit sac de toile qui contenait la balle de Klotz. Il l'examina d'un air perplexe, et constatant sans doute qu'elle était inutile, la brandit vers les soldats en lançant une phrase que Dam ne comprit pas. Ils éclatèrent de rire. L'homme garda le passeport et remit le reste dans les poches du médecin, y compris le paquet de Klotz.

— O.K., fit-il en indiquant la porte. *You alone…*

Dam avança lentement vers la porte, le cœur battant. Il attendait dans son dos la rafale qui faucherait la jeune femme. Avec angoisse, il franchit la porte, suivit le couloir et commença à descendre la première marche. Il entendit un ordre lancé derrière lui et ferma un instant les yeux. Il continua de descendre lentement. Dans un coin du rez-de-chaussée, il aperçut la belle-sœur de Markha, le visage révulsé de terreur et chercha en vain les enfants. Ce n'est qu'en remarquant l'amplitude inusitée de la longue robe noire qu'il comprit.

Il résista à l'envie de regarder derrière lui, craignant de déclencher une rafale nerveuse. Il se contenta de saisir chaque bruit et de tenter de les comprendre. Il ne percevait dans son dos que la seule présence du commandant, l'arme pointée sur lui. Au bout de ce qui lui parut une éternité, il entendit enfin le bruit des bottes. Les soldats descendaient, les rejoignaient. Aucun coup de feu n'avait été tiré. Il desserra les poings. Il franchit la porte de la maison, s'avança dans la cour.

Ce n'est qu'une fois arrivé au milieu de la cour qu'il se risqua à jeter un regard derrière lui. Il n'y avait rien à voir. À l'étage, derrière les lourds panneaux de bois de la chambre où il avait laissé la jeune femme, aucun bruit, aucun signe de vie.

On ne lui laissa pas le temps de s'attarder. D'un coup de canon dans les reins, il fut jeté sous la bâche d'un camion et couvert d'une toile qui puait l'huile. Le camion démarra en trombe.

*Paris*

Quand même le bruit d'un glaçon fait mal à la tête, songea York avec amertume, c'est qu'on est fini ! Son corps, comme tout le reste, commençait à le trahir. Il lança un coup de pied aux bouteilles vides, au pied de son lit. Un geste trop brusque qui le fit choir au milieu du verre et des cendriers pleins.

Pourquoi s'obstinait-il à rester si lucide malgré tout l'alcool qu'il avait ingurgité ? Quatre, cinq jours maintenant qu'il buvait, qu'il buvait... Depuis, en fait, qu'il avait eu Dam au téléphone à Istanbul. Depuis qu'il lui avait lâchement suggéré de rentrer au lieu de continuer. Trop gros pour nous, Dam, voilà tout ce qu'il avait trouvé à lui dire... Pas la peine d'avoir regardé en face les plus grands charniers de la planète pour reculer aussi misérablement devant un ou deux merdiques de salon... Il ferma les yeux, passa une main desséchée sur son visage. Il eut soudain envie d'eau froide, d'eau glacée sur sa tête douloureuse.

Ça puait le tabac froid et la vomissure dans l'appartement. Le contenu de son estomac, ce qu'il en subsistait, lui remonta à nouveau à la gorge. Vacillant, il se mit debout, visa la fenêtre avec détermination. Il se battit un moment avec le battant qui refusa de s'ouvrir. Rageur, il passa le poing à travers le carreau et le verre vola en éclats.

Une bouffée d'air froid envahit aussitôt la chambre et il respira à pleines narines, passant la tête au dehors, à travers les pointes coupantes de la vitre brisée. Sa gorge glissa sur les pointes de la vitre. Il appuya les veines de son cou sur les éclats. Le sang chaud commença à s'échapper, tomba goutte à goutte sur le trottoir, trois étages plus bas. Il ferma les yeux. Peu à peu, un sourire vint étirer ses lèvres sèches.

Le téléphone… Absurde et stridente, la sonnerie emplit tout à coup la pièce. Le téléphone sonnait, sonnait… York, hébété, s'immobilisa. Avec un geste d'automate, il rentra la tête, alla en titubant vers l'appareil, souleva le combiné.

— Monsieur Douglas York, je vous prie.

Une voix, trop polie. Toujours hébété, incapable de répondre, York émit un son vague.

— C'est bien vous ?

— Oui… C'est moi, finit par articuler le journaliste dans un souffle.

Il y eut un silence à l'autre bout. York ajouta machinalement :

— Je dormais…

— Oh ! Excusez-moi, fit l'homme. Je vous ennuie ?

York fit non de la tête, lança une vague réponse dans l'appareil, qui sembla suffisante pour rassurer l'interlocuteur.

— Mon nom est Gastier, poursuivit l'homme, Général Gastier, commandant jusqu'à tout récemment le navire Colonel-DeWaert, de la marine française.

York retint soudain son souffle.

— Vous vous intéressez, m'a-t-on dit, à une certaine livraison, effectuée à Istanbul…

— Exact, fit York à voix basse. Son cœur bondit dans sa poitrine.

— Je veux vous rencontrer aujourd'hui.

— Aujourd'hui ? émit York d'une voix rauque. Le journaliste eut un moment de panique. Il leva les yeux vers le miroir, les détourna aussitôt.

— Non, non, aujourd'hui, je ne peux pas… Demain, demain, répéta-t-il avec conviction.

L'autre hésita. York prit peur.

— Ça m'intéresse plus que tout au monde, vous savez ! continua-t-il d'une voix suppliante. Demain, ça va ?

— D'accord pour demain. Au Ritz, midi.

— À plus tard !

Il y eut un déclic sec.

York resta sans voix un moment. Il contempla, incrédule, l'appareil noir et anodin devant lui qui lui sembla soudain être une apparition divine.

Il leva à nouveau le regard vers la glace. Au milieu des traces de sang qui marquaient sa bouche et sa gorge, le miroir lui rendit l'image d'un carnassier à l'instant du repas. Il sourit.

▮▮

Le général traversa la salle à manger du Ritz. Sur ses traits, aucun signe de défi. De la noblesse, pourtant. L'homme fit son chemin à travers la salle, bondée à cette heure du midi, sans susciter la curiosité, hormis celle des quelques regards distraits attirés par la vue d'un uniforme constellé de décorations.

— Monsieur Douglas York ?

Le journaliste hocha la tête. Avant de s'asseoir, le

général ne put retenir un vague geste raide, un salut plus militaire que mondain.

— Vous buvez quelque chose ? fit York.

Gastier fit un geste de dénégation. York appela tout de même le serveur, commanda un scotch.

— Même chose que d'habitude, mon général ? fit le serveur.

— De l'eau plate !

La voix était ferme. Retenue plutôt, pensa le journaliste.

— J'ai quelque chose pour vous, fit le militaire.

York ouvrit la bouche mais fut interrompu d'un geste sec.

— Qu'une chose soit très claire, monsieur York. Je ne désire pas attaquer ou salir une institution qui est belle et certainement utile. Une institution que j'ai servie et protégée pendant vingt-trois ans. Cependant…

Le général marqua une imperceptible pause.

— Cependant… je crois qu'elle a servi à quelque chose de mal…

York, presque inconsciemment, observa un moment de silence respectueux. Cet homme savait-il ce que les mots qu'il s'apprêtait à prononcer en public signifieraient pour sa vie ?

▮▮

— Cela peut sembler idiot, mais c'est une marche, une simple marche le soir précédant le départ sur les quais du Havre qui m'a ouvert les yeux. Mes pas m'ont amené vers les conteneurs qu'on achevait de remplir et de charger. Je suis militaire… Je sais reconnaître des caisses d'armes lorsque j'en vois… Et ce que j'ai vu m'a convaincu… Je ne sais pas pourquoi, je suis retourné dans ma cabine, j'ai pris mon appareil-photo…

Gastier tira quelques photos et les tendit à York.

— Ici, au Havre, puis à Istanbul… lors du débarquement… qui n'a duré que quelques heures, dans un endroit du port tout à fait inhabituel pour un navire officiel. J'étais très réticent. Ils le savaient sans doute… Ils m'ont amené un médecin pour me convaincre. Regardez ceci.

Gastier posa une photo devant le journaliste.

— Ce soir-là, dans le port, j'ai eu la conviction que ces gens, le médecin et ceux qui l'accompagnaient, étaient pris en otages. Je n'ai pas posé de questions. Je n'ai pas voulu risquer leurs vies.

York examina la photo. Un groupe d'hommes se tenait près d'une limousine blanche. Un sourire vint étirer ses lèvres.

— Vous les reconnaissez ? fit Gastier

— Celui-ci, fit York en désignant une silhouette.

— À Chypre déjà, j'avais eu une première alerte, un premier appel, puis toute une série. Le premier est venu de Forclaas… Cette conversation aurait dû être enregistrée. Seulement, je n'ai pas cette culture, vous comprenez… Et puis, je m'étais en quelque sorte rassuré, j'ai cru…. j'ai voulu croire jusqu'à cette conversation que seul le docteur Dam était en cause dans ce trafic… Ce ministre m'ordonnait de faire demi-tour immédiatement, de m'arrêter à Chypre.

Le général fit une pause, jeta un regard absent vers la salle.

— Il faut bien comprendre ma situation. J'étais seul, au milieu de la mer, avec un navire à commander, et des hommes… Pour me couvrir, j'ai demandé un ordre écrit. Voici ce que j'ai reçu.

Gastier tendit un papier au journaliste.

— Un ordre laconique, signé de la main de Forclaas. Ce qui est intéressant, c'est l'en-tête du télécopieur : Pharmatrex, bureau de direction.

Le militaire eut soudain un regard bouleversé.

— Vous comprenez ce que cela signifie ? Cet ordre m'est venu directement d'une firme privée ! À un navire de la marine française !

— Vous avez fait demi-tour ?

— Non, bien sûr que non… Je ne reçois pas d'ordre des firmes privées ! Exactement 38 minutes après le premier ordre, je recevais le même, signé cette fois, selon la chaîne de commandement normale. La rapidité de la transmission de l'information signifie sans aucun doute qu'il existe une complicité. Une complicité de chez nous !

Le ton du général n'était pas amer. Plutôt d'une tristesse sourde.

— Alors, seulement, j'ai obtempéré à l'ordre…

— Quelqu'un d'autre est-il au courant ? Quelqu'un d'autre que vous a-t-il été témoin ?

— Deux hommes d'équipage qui ont vu… et entendu l'échange…

— Ils pourraient donc parler également ? fit York avec trop d'empressement.

Il se mordit aussitôt les lèvres. Il avait commis une erreur.

— Jamais !

Gastier avait jeté le mot.

— Et je tairai toujours leurs noms. C'est à moi de prendre les risques. Je suis général, je suis responsable d'eux. Ils sont jeunes. Les conséquences sur leurs carrières seraient dévastatrices. Sur leurs vies aussi.

— Et sur la vôtre ?

— Cette question ne se pose pas !

Le ton était sans réplique.

— Excusez-moi…

— Pouvez-vous me promettre que l'affaire sera publique dès cette semaine ?

— Oui, si j'ai la matière pour convaincre un journal…

— Vous l'avez ! Vous avez des clichés, ces fax ! Vous avez mon témoignage !

— À visage découvert ?

— À visage découvert.

York réfléchit un moment.

— Vous vous attaquez à un géant… Le jour où ce géant se relèvera — et il se relèvera, soyez-en sûr —, vous serez seul face à lui…

— J'y ferai face…

York fit un geste de la main, désigna le luxe du Ritz, les clients chics.

— Pourquoi me rencontrer ici ? Devant tous ces gens ? Et en uniforme ?

Gastier jeta un regard méprisant au journaliste.

— Je suis un homme de devoir. Savez-vous ce que cela signifie ?

▮

Dam suçait lentement le minuscule morceau de pâte sèche qui lui servait de repas quotidien. Il poussait une à une sur sa langue des miettes rondes qu'il détachait délicatement avec les dents, les savourant avec concentration tandis qu'elles mollissaient en dégageant une onde amère. Pour se retenir d'avaler d'un seul coup, il remplaçait parfois le morceau de pâte par une petite roche, qu'il suçait alors avidement pour déjouer ses réflexes. Il disposait aussi de quatre centimètres d'eau tiède au fond d'une gourde, une richesse qu'il étirait goutte à goutte sur vingt-quatre heures.

L'œil lourd et glacé de la lune pendait au-dessus du fil tranchant des sommets. La lueur blafarde fixait la silhouette des hommes et des chevaux sur l'écran nu des rochers. La nuit trop claire rendait les hommes qui le gardaient nerveux. Depuis les quelques heures où le vent lancinant s'était enfin tu, ils étaient enfermés dans une chape de silence angoissant.

Les hommes parlaient peu depuis le début de leur entrée dans les montagnes, et pas à lui. Depuis les derniers jours, hanté par la faim, Dam avait renoncé à apprendre quelque chose, leur destination, la raison de son enlèvement. Seul ce petit bout de pâte sèche, qu'il obtenait chaque soir à la tombée de la nuit, le préoccupait. Ainsi que l'angoisse de ne pas tenir le coup, trop affamé, pour cette marche forcenée à travers l'arrière-pays.

À dix mètres, protégés par une corniche rocheuse, les miliciens terminaient en silence leurs bols de riz en se partageant des filets de viande séchée. Pas de feu. Dès que l'eau avait été chaude, il avait été étouffé, par mesure de sécurité. C'est ainsi que Dam avait deviné que, malgré le vide apparent des montagnes, elles étaient occupées en fait par des troupes ou des milices.

L'un des hommes, à qui avait échu dès le début la tâche de s'occuper du prisonnier, s'approcha du médecin. D'instinct, Dam allongea la main pour protéger la gourde et le peu d'eau qu'elle contenait. Réflexe funeste. D'un coup de pied rageur, l'homme envoya promener le précieux liquide.

— *Bastard*, fit l'homme, jetant le seul mot qu'il connaissait.

— *More water !* répliqua fermement le médecin malgré sa faiblesse.

— *Bastard*, répéta l'homme, avec colère.

Il saisit le prisonnier à la gorge et l'écrasa contre la paroi. Dam articula à nouveau sa demande. Le milicien accrut la pression de ses mains puissantes sur la gorge du médecin. Privé d'air, Dam entendit à peine un cri assourdi venu du groupe mais le résultat fut immédiat. La pression se relâcha aussitôt. Le médecin tomba lourdement sur le sol. L'homme, le regard haineux, lui lança un coup de pied dans les côtes, avant de s'éloigner.

Dam avait compris dès le début que les hommes avaient ordre de le garder en vie et que l'impuissance où ils étaient de jouer de la vie ou de la mort de leur prisonnier les rendait fous. Cette haine s'exacerbait davantage à mesure qu'ils avançaient dans les montagnes rudes et que la peur s'épaississait.

Le chef, dont le cri avait arrêté le geste du milicien, s'approcha et posa le canon de son Uzi sur la tempe du médecin.

— *Tomorrow you die…*, fit-il entre ses dents.

— *Tomorrow?* fit Dam, toujours à bout de souffle. *Why tomorrow?*

L'homme se contenta de rire. Dam esquissa un geste de mépris.

— *You're lying! I don't believe you…*

— *Tomorrow you hear big bombing,* reprit l'homme avec force. *Bombing in your head… Yes! Bombing in your head,* répéta-t-il en riant. *Like this!*

Il asséna un coup de crosse au médecin. Dam se sentit sombrer dans l'inconscience. À peine entendit-il l'autre s'éloigner sans cesser de rire.

■

Juste! songeait le médecin. *Bombing in your head…* C'est juste… Il se prit la tête entre les mains, tentant d'étouffer le vacarme intolérable.

La nuit venait tout à coup d'exploser et le sol était secoué de spasmes. On aurait dit que la terre se nouait sous les assauts répétés d'une violente nausée. Dam ouvrit les yeux, soudain réveillé. Autour de lui, le ciel était embrasé d'obus.

Il jeta un coup d'œil aux miliciens. Les yeux hagards, ils tentaient de deviner l'objectif de l'attaque. À chaque sifflement, ils plissaient les yeux en un mince filet où ne filtrait plus que la peur et rentraient instinctivement les épaules en attendant le choc. L'un d'eux lâcha une rafale nerveuse, stoppée aussitôt sur un ordre du chef.

Au bout d'un moment cependant, le chef lâcha une phrase brève et les hommes se détendirent aussitôt dans un éclat de rire nerveux. Ils n'étaient pas visés, la cible, bien que très proche, se trouvait un peu plus à l'est. Rassurés, les miliciens se replièrent à l'abri de la corniche. Le chef leva sa mitraillette.

— *Our friends*, fit-il à l'intention du médecin en désignant le ciel.

Un sourire de fierté s'afficha sur ses lèvres. Dam regarda les hommes. Détendus tout à coup, ils admiraient, fascinés, le ballet magique des lueurs dans le ciel.

Le médecin attendit un peu, se mit sur ses pieds. Puis il se coula sans bruit à l'écart de la corniche, à l'insu des hommes, absorbés par le spectacle. Le fracas des obus couvrait sans peine le son de ses pas sur les cailloux. Dès qu'il fut hors de vue, il rassembla ses forces et s'accrochant à la paroi, grimpa fébrilement vers le sommet.

Aucun des hommes ne partit à sa poursuite et Dam ne prit pas le temps de s'en étonner. En courant, il tenta de rejoindre le point qu'il devinait fumant, dans un proche horizon, où les obus, les uns après les autres, allaient s'écraser. Il entendit soudain le crépitement de mitrailleuses toutes proches.

À mesure qu'il courait vers la cible, il était de plus en plus bombardé de roches. La cible était proche. Il s'arrêta soudain au bout d'un court plateau, au bord du vide.

À ses pieds, un cœur palpitait, rouge et intense, au creux d'un cratère fumant. Rongé par l'incendie, Dam devina plus qu'il ne reconnut le dessin dévasté des rangées de tentes de Uashuat. Un camp qui ne ressemblait plus à ce qu'il avait laissé, troué par les larges plaques noires de débris calcinés, éclairés par les flammes qui couraient sous l'effet du vent et du souffle des bombes. En face de lui, sur la paroi, la lumière blanche des tirs de mitraillettes perçait la nuit de brefs éclairs.

Dam se dressa de toute sa taille au-dessus du précipice, impuissant. Il tendit soudain les bras au-dessus du vide et, levant sa tête vers le ciel, se mit à hurler.

▐█▌

Ces choses-là, qui laissent pourtant un sentiment d'éternité, vont et viennent, commencent et s'arrêtent selon leur propre chronomètre. Peu importe que l'on soit de l'Asie ou de l'Afrique, de l'Europe ou d'ailleurs. Ainsi en était-il de Uashuat où la cadence des obus était rythmée sur la course monotone et sans but du jour après la nuit. De la même manière que l'aurore chassait la nuit vers d'autres lieux, le jour chassait la fureur et la mort vers un autre coin de planète.

C'est ainsi que la fureur de Uashuat finit, ce matin-là, par aller enfin s'abattre dans un autre lieu du monde, chassée par l'aurore. Le médecin put ainsi contempler, dans le silence revenu, le brasier qui, en bas, poursuivait sa lente marche sereine au milieu des abris de toiles. Des volutes de fumée grises, à l'odeur chargée et reconnaissable, s'élevaient tout doucement vers le ciel, étirant de longs bras aériens pour étreindre l'azur. Il resta assis au bord de la falaise, les pieds pendant dans le vide, paralysé.

███

— *Home sweet home… You like it ?*

La voix était rauque, l'anglais approximatif. L'homme éclata de rire. Il traduisit sa phrase et le rire gras d'une quinzaine d'hommes résonna dans le silence. Dam tourna la tête avec indifférence et vit les mitraillettes pointées sur lui par des miliciens. Ce n'étaient pas les mêmes qui l'avaient mené là. Il haussa à peine les épaules et se replongea dans la contemplation du camp.

— *Home sweet home*, répéta l'homme derrière lui. *You like it ?*

Dam ne bougea pas. L'homme jeta un ordre impatient et le médecin fut traîné sur le sol, mit de force sur ses jambes. À coup de crosse dans les reins, on le força à avancer.

Ils tournèrent le dos au cratère fumant, avançant à la file sur le sommet de la crête. Une marche de courte durée. Au détour d'un pic de roche, Dam se retrouva au milieu d'un camp, très net celui-là, avec des tentes alignées dans un ordre impeccable. À quelques mètres du fil du sommet, une rangée de canons de 100 mm étaient posés avec une symétrie maniaque.

Ils parcoururent une centaine de mètres le long des tentes. Dam s'étonna de l'allure des miliciens, propres et disciplinés, une allure qui effaçait le sentiment d'éloignement et de désolation qui régnait autour. Au bout d'un moment, les hommes s'arrêtèrent face à une tente. Le chef lança un ordre bref et Dam fut poussé sans ménagement à l'intérieur.

Il fut tout de suite étouffé par une fumée âcre et opaque. Dam retint son souffle, cherchant à comprendre ce qui l'entourait. Au bout d'un moment, il devina plus qu'il ne vit des formes humaines allongées sur le sol d'où s'élevait un râlement sourd et uniforme, parfois brisé par une quinte de toux grasse.

L'un de ces fantômes se mit enfin à bouger avec lenteur, évoluant vers lui dans un flottement éthéré. Le médecin, immobile, fixait la silhouette qui se mouvait avec d'infinies précautions au-dessus des corps étendus. Peu à peu, le contour du visage se dessina avec plus de précision devant le regard du médecin. Une main se tendit, saisit celle du médecin. Une main frissonnante et squelettique, aux longs doigts fins, translucides à force de lividité.

▌

Dam dévisagea cette figure à moitié humaine, à moitié chair brûlée. La peau livide, les traits creusés par la fatigue, Klotz fixait Dam avec un mince sourire.

— Vous êtes vivant…

— Bien sûr, répondit Klotz avec douceur. Il fit un geste.

— Ils sont tous là, vivants aussi.

Le regard du médecin fit le tour de la tente. Personne ne bougea.

— Ils sont épuisés, fit Klotz. Venez. Laissez-les reposer. Klotz écarta la toile et sortit à l'extérieur. Interloqué, le médecin le suivit.

— Vous pouvez sortir ainsi ?

Klotz acquiesça.

— Où voulez-vous que nous allions ? Ils le savent. Et puis regardez....

Dam tourna la tête. Une dizaine de miliciens, armes pointées, les suivaient du regard.

— De toute manière, en aucun cas, ils ne désirent que nous mourions ici, poursuivit Klotz. J'ai compris cela très tôt...

Klotz fit quelque pas, se dirigeant vers l'arête rocheuse. Il choisit une pierre plate où Dam le rejoignit. Le cratère face à eux continuait d'exhaler ses volutes.

— Je crois que c'est difficile, fit Klotz en désignant le camp. C'est sans doute pour cela qu'ils ont tenté de fuir cette nuit. Un geste désespéré... Vous voyez ces flammes là-bas ? Elles brûlent presque sans arrêt depuis quelques jours...

Il s'absorba dans un moment de silence.

— Je savais que vous reviendriez, reprit-il enfin. Je n'ai cessé de le dire aux autres.

Dam plongea la main au fond d'une poche et en ramena un mouchoir rouge, noué aux deux bouts.

— Je ne pouvais pas ne pas revenir. Je devais vous rapporter ceci.

Le médecin sentit le frisson involontaire du Yougoslave lorsqu'il reprit son bien.

— Ceci vous a aidé à comprendre ? Pour les armes ?

— Oui, répondit simplement Dam, sans avouer qu'il avait saisi bien avant. Klotz tournait le paquet entre ses doigts avec douceur. Le médecin s'absorba dans la contemplation des spirales grises qui évoluaient devant lui.

— Vous avez pris beaucoup de risque pour me laisser ce message, reprit le médecin au bout d'un moment, prenant garde de laisser son regard fixé au-dessus du vide.

— Ce fut simple, beaucoup trop simple, au contraire. Dès le début, dès l'arrivée à Istanbul, je me suis méfié. L'instinct, sans doute… Je vous dirais que cette certitude même m'a rassuré. Ce premier soir, je suis allé au port. J'ai peu vu, mais ce fut suffisant. J'avais compris ce qu'il y avait à comprendre. J'ai trop vécu les guerres de l'Europe de l'Est. Ce sont toujours les mêmes choses qui se répètent partout. Et, lorsque quelques heures plus tard, un homme nous a contactés à l'hôtel, se prétendant korguène et agent de liaison avec la filière, je savais qu'il mentait. Une limousine nous attendait déjà à la porte de l'hôtel.

— Vous aviez raison pour les armes. Saviez-vous qu'ils avaient même pris le temps de scier les canons ?

Klotz laissa flotter un moment son regard au-dessus du cratère.

— J'ai vu cela en Bosnie. C'est tellement plus pratique lorsque les canons sont sciés… Surtout pour le travail urbain, public…

Sa voix n'était plus qu'un filet.

Dam désigna le paquet maculé de sang. Klotz acquiesça.

— Je l'ai retirée moi-même. Dans la tête fracassée de ma femme...

Le soleil était déjà haut, bien fort et brillant. Le vent, qui avait tourné, amenait maintenant vers les deux hommes, sur les ailes d'une brise légère, les interminables voiles de fumée.

Dam vit soudain les mains de Klotz se crisper. Il leva les yeux. Le Yougoslave avait le teint cireux, les traits révulsés. Il porta tout à coup la main à sa bouche et se mit à vomir avec violence.

Cela parut une éternité avant qu'il ne se redresse. Chancelant, il chercha avec difficulté son souffle.

— Excusez-moi, haleta Klotz. Cette fumée, cette odeur... La même qu'à Sarajevo, dans la cave... l'odeur... l'odeur de la chair qui brûle...

Klotz enfouit la tête dans ses mains.

Dam recula, laissant le Yougoslave seul avec la révolte de son corps. Il jeta un regard vers le cratère. Quelque chose, une tache plus claire sur les flancs de la montagne en face, attira tout à coup son attention. Il plissa les yeux, fixa l'endroit avec attention. On n'avait pas voulu ou pas pu retirer les corps de ceux qui avaient tenté de fuir, la nuit précédente et qu'on avait achevés à la mitrailleuse...

Il serra les poings. Il n'y avait plus d'issue. Jetant un dernier regard vers Klotz, il prit une profonde inspiration et fonça vers les gardes armées. Lorsque ceux-ci l'interceptèrent violemment, il ne put retenir un sourire satisfait.

▮

— Vous n'avez pas le choix !

— J'ai, au contraire, le contrôle absolu sur ce que je peux faire ou ne pas faire…

— C'est exact… À condition de rester le plus fort… Or, cette force dépend de vos livraisons d'armes… Pouvez-vous vous permettre de les mettre en péril ?

Dam se tourna à nouveau vers le radiotéléphone.

— Vous envoyez mon message, vous sauvez votre filière. Voilà ce que je vous dis. Vous ne pouvez pas prendre le risque de ne pas me croire…

Jargal le regarda posément. Il commandait ce camp et avait été ingénieur avant la guerre, spécialiste des grands ouvrages d'eau. C'était un homme fort, court et musclé. Un taureau obstiné et inflexible devant l'obstacle. Cela en faisait un grand bâtisseur en temps de paix, acharné et perfectionniste. À la guerre, il restait tout aussi perfectionniste. Un destructeur méthodique et consciencieux, imperméable à ce qui était étranger à sa tâche première.

Sa tente même témoignait de ce cerveau aux idées tranchées, nettes. D'un côté, parfaitement rangé, était installé un matériel de communication particulièrement sophistiqué pour les circonstances. Au milieu, sur une table basse, l'ingénieur avait reproduit à l'échelle la maquette des montagnes, le camp des Korguènes assiégés et celui des assiégeants. Chaque tente, chaque mortier y était représenté avec exactitude. Des montages d'allumettes de bois figuraient les humains. Lorsqu'on avait amené le médecin, Jargal était occupé à retrancher soigneusement des figurines au fond de la vallée de carton.

Jargal réfléchissait. Méthodiquement, il pesait les arguments dans sa tête, prenait le temps qu'il fallait pour arriver à la solution la meilleure à l'égard de son objectif ultime. D'un geste absent, il tournait et retournait dans ses doigts un des petits bonhommes d'allumettes. L'un des bras se détacha. Il le considéra un moment, toujours pensif. À cet instant exact, Dam sentit une hésitation chez le commandant.

Le prisonnier croisa les bras et darda sur Jargal un regard chargé de sarcasme méprisant. C'était peu, mais c'est tout ce qu'il trouva pour démontrer sa force, qui restait pourtant toute fictive.

Jargal lui jeta un bref coup d'œil. Levant enfin la main vers l'aide de camp, il lui désigna un appareil. L'autre hocha la tête en silence.

— Envoyez le message. Vous jetterez ensuite le prisonnier avec les autres, laissa-t-il tomber d'une voix terne.

Puis, sans un dernier regard au médecin, l'ingénieur se replongea dans l'étude de la figurine qu'il tenait entre les mains. Avec doigté, il détacha un second bout d'allumette, laissant le petit bonhomme démuni de bras. Il le déposa ensuite délicatement sur le flanc de la montagne de carton avec les autres morts.

∎

— Comment ose-t-il ? commença Facchi avec suffisance.

Il posa un message sur le bureau de Smit.

— Voilà ce que nous venons de recevoir de Turquie. Transmis, paraît-il, directement de Uashuat, où se trouve ce…

Facchi s'interrompit, cherchant le mot exact.

Smit jeta un coup d'œil sur le papier.

— *Trop tard. Publication photos ordonnée.*

Smit blêmit. Comment cet homme démoniaque, prisonnier des montagnes, pouvait-il continuer de le harceler ainsi ? Comment pouvait-il continuer de contrôler les événements ?

Il posa à nouveau les yeux sur le *World Today* d'aujourd'hui, où sa photo, en compagnie de Forclaas, s'étalait en première page sous un titre dévastateur. *TRAFIC D'ARMES — MANIPULATION DE MINISTRES ?*

Sous un masque qu'il tentait de garder impassible, la panique s'emparait de Smit. Que savaient tous ces gens ? Si les vannes de la délation s'étaient ainsi ouvertes, qui d'autre allait s'y précipiter, acharné à sauver sa peau, son titre, sa façade ? Lorsque le vent tourne trop fort, peu de girouettes tiennent sans fléchir le cap de la loyauté. Malgré l'argent sale et les menaces.

Ce médecin damné… Que savait-il, qu'avait-il deviné ? Jusqu'où le traînerait-il, même enchaîné, même mort ? Smit avait déjà vu tomber des hommes autour de lui, qu'il avait regardés avec le mépris qu'on accorde aux faibles. Des amateurs qui se faisaient prendre bêtement. Un Forclaas, oui… Mais lui, Smit ? Était-ce donc son tour ?

Il essuya son front moite. Non, cela ne pouvait pas arriver. Il jeta à nouveau un regard vers le journal. Il n'aimait pas voir sa face à la une des journaux. Tout mais pas ça. Il ne le voulait pas. Cela devait cesser.

D'une main anxieuse, il saisit l'appareil téléphonique.

▮▮▮

— Eh, merde !

Le médecin jeta un coup d'œil au petit Martin. Dans l'obscurité, il aperçut sa silhouette prostrée, arrêtée à mi-chemin de la falaise. Avec un soupir, Dam indiqua aux autres de poursuivre leur descente et remonta chercher le jeune homme. Avec un geste brusque, il le prit par la main comme un enfant et entreprit de redescendre en faisant le moins de bruit possible. Malgré tout, les cailloux ne cessaient de rouler sous leurs pieds.

Dam aperçut les deux infirmières qui, soutenant Klotz, n'allaient pas tarder à rejoindre la barrière de barbelés qui encerclaient le camp de Uashuat. Klotz trébucha. Son corps difforme, ses os disproportionnés et mal balancés, lui rendaient la descente infernale. Mais le nain tenait bon et s'accrochait aux deux femmes. Derrière eux, le grand Louis les suivait à courte distance.

Aucun d'entre eux n'avait fait de difficultés lorsque Dam leur avait signifié son intention de rejoindre les réfugiés. Et si l'un d'eux avait voulu manifester sa crainte devant le danger, tous s'en étaient abstenus. Après un moment de réflexion, où la peur avait paralysé l'élan, ils s'étaient montrés solidaires. Sauf le petit Martin bien sûr… Sa raison avait déjà basculé lorsque le médecin avait rejoint le camp et Dam avait été loin de s'en étonner. Il avait toujours su que le petit Martin était trop fragile…

Tirant toujours le jeune homme sans réaction, Dam parvint à rejoindre les autres avant qu'ils n'eurent atteint le cercle de fer. Retenant Klotz par la manche, Dam lui fit signe d'arrêter et fit de même vers les autres. Ils s'aplatirent à même la paroi, scrutant l'obscurité où aucun bruit, ni d'en haut, ni d'en bas, ne parvenait jusqu'à eux. Dam en remercia silencieusement le ciel et donna le signe de départ. Ils reprirent leur course et atteignirent assez rapidement le terrain plat.

Dam fut étonné que nul, en bas, ne semblât les avoir vu venir. Malgré la neige qui tombait, une vigie aurait pu déceler leurs silhouettes pendant la descente. Le médecin avait même craint leurs amis plus que leurs ennemis. Dans un geste de défense, les Korguènes auraient dû les prendre pour cible. Mais seul un silence de plomb régnait dans le camp.

Prenant les devants, Dam les guida vers les barbelés. L'amas de ferraille n'était plus hermétique comme il l'était quelques semaines auparavant. Le tir des mortiers avait ouvert de larges brèches dans la ceinture d'épines. Entraînant toujours le jeune Martin, Dam s'engagea entre les broches.

Il y eut un faible cri.

— Dam…

Celui-ci se retourna avec colère.

— Taisez-vous !

— Regarde, fit le grand Louis d'une voix étranglée.

— Oui, regardez là-haut, reprit la voix de Klotz.

Dam suivit du regard le geste du journaliste, qui indiquait leur point de départ, en haut de la falaise.

Dans l'éclat de l'aube naissante, les mitraillettes pointées sur eux luisaient avec insolence.

— Couchez-vous, cria Dam.

— Inutile, murmura Klotz. Ils nous suivent depuis le départ...

— Comment cela ? Vous les aviez vus ?

— Oui...

— Vous n'avez rien dit ?

— Pourquoi vous aurais-je inquiété ? Ils n'ont pas tiré...

— Mais ils auraient pu...

— Bien sûr, à tout moment... et nous serions tous morts... Seulement, ils ne l'ont pas fait....

Perplexe, Dam considéra le Yougoslave. Puis, levant la tête, il scruta plus attentivement le peloton d'hommes qui les tenait en joue. Il lui sembla même apercevoir la silhouette de Jargal, à côté de ses hommes.

— Ils nous ont laissés partir... C'est cela ?

— Oui, approuva Klotz. Ils nous ont laissés fuir... Volontairement...

— Putain de merde de saletés d'ordures... Putains de chiens !

D'un geste rageur, Dam repoussa les broches et pénétra dans le camp.

∎

Les deux hommes accroupis côte à côte, parfaitement immobiles, n'avaient pas parlé depuis sept heures. La toile verte qui les abritait s'était patiemment ployée au cours des heures, sous une neige trop lourde. Les deux hommes portaient sur leurs dos voûtés des haillons de toile verte, récupérés à même les abris détruits. Le maigre feu à côté n'était pas utile.

Kodjih et O'Reilly contemplaient depuis sept heures l'agonie du petit Magh. Rien de spectaculaire. L'enfant s'en allait de faiblesse. Son corps, cachectique, laissait apparaître les angles aigus des os à travers la peau séchée. L'enfant était totalement déshydraté.

Magh était le dernier fils encore survivant de Kodjih. Ses deux autres fils, sa femme, étaient déjà morts. Sa fille venait aussi de les rejoindre lorsque, avec les autres, elle avait tenté de fuir. Dans son cas, les balles avaient fait le travail. O'Reilly, qui était allé inspecter les corps laissés sur les flancs de la montagne, avait assuré Kodjijh qu'elle n'avait pas souffert. Ce n'était pas la vérité.

L'enfant avait les yeux clos. Sous les couvertures, on ne percevait plus le mouvement qu'aurait dû faire sa poitrine à chaque respiration. O'Reilly ne se fiait qu'au léger pincement de narines pour suivre l'approche de la mort. L'enfant avait la bouche à demi-ouverte mais ne râlait pas. Seul un filet de liquide verdâtre s'échappait sur le côté des lèvres.

Le médecin comptait la durée entre chaque respiration... u-ne se-con-de... deux se-con-des... trois se-con-des... qua-tre se-con-des... Des respirations qui s'espaçaient avec régularité.

Kodjih, comme il le faisait depuis sept heures à intervalle régulier, se pencha pour essuyer le liquide au coin de la bouche. Dans le visage supplicié du petit, qui avait pris une teinte grise, les yeux exorbités faisaient saillie sous les paupières étirées. On aurait dit que l'enfant tentait, dans un effort surhumain, d'apercevoir quelque chose au-delà de l'obscurité.

...huit se-con-des... on-ze se-con-des... quin-ze...

On bougea près d'eux. Les deux hommes n'en eurent pas conscience... tren-te-deux se-con-des... Un bras leur tendit une gourde d'eau. Ils ne la prirent pas.

...soi-xan-te-neuf se-con-des... soi-xan-te...

Le corps de Magh se raidit soudain avec violence. Incurvé en position d'arc, il ne touchait plus le sol que par la tête et les pieds. Il projeta les bras devant lui et sa bouche s'ouvrit, démesurée dans le visage anguleux, sur un immense hurlement de douleur. Les muscles noués par le spasme, le corps maintenant dénudé, l'enfant continua de hurler ainsi, avec une douleur à glacer le sang.

...dix se-con-des... on-ze se-con-des... Machinalement, O'Reilly s'était mis à compter la durée de ce hurlement.

D'un coup de reins brutal, l'enfant s'assit soudain sur sa couche. Il ouvrit les yeux, totalement exorbités à cause du manque d'oxygène. Le cri cessa sèchement. L'enfant eut un geste du bras, peut-être en direction de son père. Doucement, il exhala un peu d'air, la tête renversée. Puis, mollement, il retomba sur sa couche.

O'Reilly arrêta de compter.

Kodjyh regarda son fils. O'Reilley jeta un coup d'œil à sa montre. Sept heures, quarante-huit minutes…

Ces traversées-là sont parfois beaucoup trop longues, songea-t-il. Si inutilement…

▮

Dam posa la gourde à ses pieds. Avec des gestes posés, il agita le feu assoupi jusqu'à ce qu'une flamme, menue et fragile, resurgisse des cendres.

Puis, il s'approcha de Magh. Il saisit les petites mains, les plaça sur la poitrine, l'une sur l'autre, au repos. Il ferma les yeux, lissa les cheveux avec ses doigts et dégagea le front d'un blanc très pur. Avec une infinie délicatesse, il enveloppa l'enfant dans un linceul de toile kaki. Il prit tout son temps, caressa et caressa le petit corps.

Il souleva ensuite l'enfant dans ses bras, le porta contre sa poitrine. Ce n'est qu'à ce moment que le regard d'O'Reilly croisa le sien. Un regard vide. L'homme fort était à genoux. Dam, étreignant l'enfant, le considéra gravement. Puis, le médecin se leva et se dirigea avec gravité vers la sortie.

▮

Tous tremblaient de froid sous leurs haillons de toile verte. Les hommes, les femmes et mêmes des enfants s'étaient assemblés le long du chemin qui menait au brasier allumé depuis quelques heures par les nouveaux arrivants.

Une neige grise, une neige sale, tombait du toit sombre du ciel et délavait la boue à leurs pieds. Une boue visqueuse qui glissait aussi des flancs oppressants des montagnes.

Dam avançait lentement parmi les réfugiés, portant le linceul soigneusement clos. Derrière lui, O'Reilly suivait, machinalement. À chacun de leurs pas, la foule s'écartait, formant une haie d'honneur de combattants émaciés et muets. Pas un cri, pas une larme, une foule silencieuse qui se refermait lentement derrière eux. Têtes courbées et soumises, auréolées de neige.

L'odeur graisseuse du brasier, puisqu'on brûlait des cadavres, enveloppait les Korguènes. Ils approchaient à pas lents, à travers le dédale de ruines.

Un murmure remua tout à coup la foule. Kodjyh, le visage fermé, était debout, seul, face à eux. Dam s'arrêta devant lui. Kodjyh tendit les bras et saisit son fils. Ce fut dans les bras de son père que Magh atteignit le brasier.

Les flammes s'élevaient, très hautes et souples, tendaient des bras suppliants vers l'étroite issue d'air libre. Klotz, les deux femmes, Louis, occupés à entretenir le brasier, interrompirent leurs mouvements.

Kodjyh s'immobilisa à quelques mètres du feu. La foule se referma autour d'eux et attendit, patiente. Kodjyh ne se recueillit que quelques instants, seul avec son fils. Puis, il fit un pas vers le feu. Un seul. Il ne put continuer. Il tourna alors vers la foule un visage terrible. Son fils paraissait soudain d'une lourdeur insoutenable au creux de ses bras.

Ce fut Klotz qui s'approcha, en boitant dans la

boue. Il leva vers le père son visage ravagé, puis prit délicatement l'enfant et termina le chemin. D'un geste puissant malgré son corps difforme, il projeta le linceul devant lui.

Le petit corps sembla voler un instant dans le ciel, suspendu. Il reposa sur un nuage de fumée grise. Puis, doucement, il revint se coucher au milieu des flammes. Une gerbe d'étincelles s'éleva et ses étoiles retombèrent une à une sur les têtes prostrées de la foule muette.

L'enfant était si petit qu'il se consuma en quelques secondes à peine.

**▮**

Comme la vague au bout de son souffle, les Korguènes s'étaient retirés, pressés soudain de ne plus sentir la chaleur du bûcher. Quelques minutes plus tard, O'Reilly restait seul près du brasier avec les nouveaux venus.

La neige s'obstinait à tomber comme un malheur de plus. Le jour, si tant est qu'il ne s'était jamais levé, commençait maintenant à baisser. Dans l'obscurité naissante, les flammes aveuglaient de leur lumière crue.

Ce fut peut-être ce qui réveilla l'Américain. Plissant les yeux dans une grimace douloureuse, il jeta un regard circulaire autour de lui.

Klotz, Louis, les infirmières reprenaient le travail interrompu un moment, retirant à nouveau les cadavres dissimulés au regard par la toile verte. À côté, le baquet de métal, qui servait à faire bouillir l'eau précieuse, débordait de nouvelle neige, prêt à être réchauffée par ce drôle de combustible. Sur un monticule, à l'écart, le petit Martin, assis, restait parfaitement immobile. À sa vue, O'Reilly fronça les sourcils. Le visage impassible, le jeune homme posait des yeux vides sur la scène, en observateur sinistre et détaché. Cette passivité galvanisa O'Reilly.

Dam vit son visage se colorer peu à peu, sous l'effet d'une chaleur intérieure. Le regard d'O'Reilly s'alluma, ses mains se firent impatientes... Il vit le géant redresser la tête.

Leurs regards se croisèrent à nouveau, et cette fois-ci, le contact eut lieu. Dam porta la main à sa taille, détacha la gourde d'eau et la tendit à O'Reilly.

— C'est pour toi...

— *I knew you wouldn't let me down*, laissa enfin tomber l'Américain d'une voix rauque.

Il saisit la gourde, la porta à ses lèvres et but avidement une longue rasade.

— *I said on the rocks for Christ's sake! You forgot? Anyway... Nothing in the world can ever beat that... Remember that, Maxian... To have a drink with a good ol' friend...*

▌█

— *Come, come. Quick...*

Dam leva la tête vers l'enfant impatient qui tentait de l'attirer à l'extérieur.

— *One moment*, fit-il avec un geste de la main. Il baissa à nouveau les yeux vers son patient. Avec douceur, il continua de refaire le bandage autour du genou, enroulant soigneusement les bandelettes de toile bouillie.

La cicatrisation des blessures de Redouan était aussi extraordinaire qu'inexplicable. Les deux moignons, qu'il avait amputés aux genoux avant son départ d'Uashuat, avaient miraculeusement refait leur peau malgré le manque de médicaments et d'antibiotiques. Sans doute, O'Reilly avait-il concentré une partie de ses maigres ressources pharmaceutiques sur le jeune patient. Avec raison d'ailleurs puisque, soutenu par sa vitalité naturelle, l'adolescent avait repris un peu de force. Suffisamment de force pour adresser au médecin un sourire, empreint de malice juvénile.

— *Come*, fit à nouveau l'enfant qui, ayant épuisé l'ensemble de son vocabulaire anglais, s'en remettait désormais aux gestes.

Il tirait sur la manche du médecin avec insistance.

— O.K., O.K., fit le médecin.

Il donna une tape affectueuse sur l'épaule de Redouan.

— *No more soccer, Redouan… From now on, you play chess… It's more fun, you'll see!* laissa-t-il tomber avec un sourire.

Redouan lui adressa un regard d'intelligence et éclata de rire, malgré les circonstances. Celui-là, la vie ne le casserait pas facilement, songea le médecin avec satisfaction.

Il se redressa. Avec un regard précis, il examina les patients autour de lui, satisfait. En quelques heures, et malgré le dénuement toujours aussi total, l'hôpital avait retrouvé une certaine allure. Toutes les toiles disponibles avaient été bouillies avec la neige. Des hommes en avaient étendu de larges pans sur le sol pour contenir la saleté et la terre. Les autres morceaux avaient été découpés en lisières par quelques femmes, avec l'aide des nouvelles infirmières.

Dam et Louis avaient trié à nouveau les patients, qu'ils avaient répartis dans trois abris différents. Les contagieux d'un côté, regroupés dans un abri éloigné, les mourants, qu'on avait placés dans la tente la plus étanche, et les autres, parmi lesquels certains convalescents comme Redouan, dans un nouvel abri mieux aménagé. Dam eut encore une fois une pensée admirative pour O'Reilly. Malgré les conditions intenables et le désespoir qui rongeait tous les efforts, il avait réussi à maintenir le radeau en équilibre, isolant les uns, pansant les autres, nettoyant les immondices et les cadavres.

Le médecin se dirigea vers la sortie, circulant avec l'enfant entre les lits de fortune. Dans tous les regards, la faim et l'épuisement étaient imprimés sur les traits creusés, la douleur aussi, plus voyante ici puisqu'il n'y avait pas d'anesthésique. Certains visages restaient ainsi si tordus pendant des heures et des heures, sans une seconde de répit, qu'ils devenaient difficiles à regarder et on cherchait instinctivement à éviter d'y poser le regard. D'autres visages exprimaient seulement cette attente patiente et résignée de la guérison impossible qu'on appelait pourtant de toutes ses forces, sans oser l'afficher ouvertement. Tous les hôpitaux du monde pouvaient aligner ces mêmes visages, marqués d'un fol espoir, vain.

À la sortie de l'abri, Dam ne put éviter Martin. Le médecin soupira, lui jeta un regard oscillant entre le mépris et la pitié. Toujours prostré, le jeune médecin gardait les yeux ouverts et vides, fixés sur ce qui l'entourait sans y prendre la moindre part. Dam lui en voulait malgré lui d'être venu jusqu'ici pour rien, accaparant l'eau et la nourriture si rare de ceux à qui elle revenait de droit. Mais pouvait-on lui en vouloir vraiment? Pouvait-on reprocher l'échec à celui qui avait voulu essayer?

Dam s'engagea sous le pan de la tente, amorça quelques pas. Il s'immobilisa soudain. Un vrombissement était perceptible aux confins des montagnes, un roulement de tonnerre qui grossissait peu à peu dans le ciel. L'enfant se mit à crier en korguène, le doigt pointé vers le ciel. Dam lui fit signe de se taire.

Retenant sa respiration, il scruta l'espace restreint qui s'ouvrait entre les montagnes avec une intensité douloureuse. La réalité de ce qu'il entendait ne faisait aucun doute.

Putain de ciel, pensa-t-il, bouché depuis des semaines par les nuages opaques et aujourd'hui, si bleu, si lisse, comme pour mieux indiquer l'entrée de leur cachette.

Tous les réfugiés avaient les yeux levés, retenaient leur souffle. O'Reilly sortit en courant d'une tente, celle qui abritait les agonisants. Il jeta lui aussi un bref coup d'œil vers le ciel, puis, apercevant Dam, courut vers lui. Il s'arrêta à ses côtés, soufflant comme un bœuf.

— *What the hell…?*

— Des avions, interrompit le médecin d'une voix grave.

Le tonnerre s'amplifiait rapidement au-delà de la ligne de montagnes, bien qu'on ne vît toujours rien. La panique, comme un vent puissant, gagna les réfugiés qu'elle souleva en un raz-de-marée. Avec des hurlements de bêtes affolées, ils se mirent à courir en quête d'un improbable abri dans la vallée nue. Leurs cris furent peu à peu couverts par le vacarme qui approchait. Dam prit le petit Korguène par la main. Dans quelques secondes, les avions allaient passer la ligne de leur horizon, porter leur ombre funeste sur le camp.

— *What can we do now?* laissa tomber O'Reilly d'une voix lasse.

— Rien… Rien du tout…

Dam avait l'impression que l'azur lui-même, limpide et triomphant, indiquait aux pilotes où laisser tomber leurs engins de mort.

— Ce ne sont pas des avions, s'exclama tout à coup O'Reilly … *These are choppers, not planes!*

Et, comme pour confirmer son affirmation, une nuée d'hélicoptères, en formation serrée, apparut soudain en haut de la crête. Ils s'immobilisèrent directement en haut de leurs têtes, un nuage d'oiseaux noirs observant les proies.

Une clameur indicible s'éleva du camp que même le bruit intolérable des hélicoptères ne parvint pas à couvrir totalement. Les appareils restèrent ainsi pendant ce qui sembla être une éternité.

Puis lentement, dans un mouvement inexorable, ils se mirent à fondre sur eux. Dam prit l'enfant dans ses bras.

— *What the hell*, répéta l'Américain. *Oh! God…*

Les hélicos stoppèrent leur descente et se mirent à tournoyer à l'intérieur du cratère, amplifiant l'insoutenable vacarme en écho sur les murs de roche. Deux appareils se détachèrent. Ils firent quelques cercles à une centaine de mètres de leurs têtes et vinrent se poser au-delà de la rangée de tentes encore debout, à quelques mètres de là.

Dam posa l'enfant et, suivant O'Reilly, se mit à courir vers le lieu d'atterrissage. Dans la tornade de poussière soulevée par les rotors, les deux médecins se frayaient avec peine un chemin, trébuchant et tombant, heurtant les réfugiés aplatis dans la boue. Ils parvinrent à rejoindre les hélicos.

Cela prit quelques minutes avant que le nuage ne s'apaise enfin. Crachant et toussant, Dam tenta de maîtriser ses yeux larmoyants, irrités par le sable.

Un, puis deux, puis plusieurs hommes, certains avec le béret bleu caractéristique, mirent pied au sol. Aussitôt débarqués, les hommes se déployèrent nerveusement autour des appareils. Quelqu'un, un gradé, lança un ordre bref et des civils sautèrent à leur tour.

— C'est pas Rizovan que je reconnais là ? fit tout à coup O'Reilly. Dam hocha la tête. Il venait de le reconnaître aussi. Rizovan était médecin, souvent chargé de mission par l'ONU et par certaines ONG.

Aucun des nouveaux venus ne quittait la proximité rassurante des appareils, prêts à décoller à la moindre alerte. D'un côté comme de l'autre, on s'observait avec méfiance. Les Korguènes, terrés, ne se montraient pas. Les grosses lettres blanches UN, peintes sur le flanc des appareils, s'ils arrivaient à les déchiffrer, ne les rassuraient pas.

O'Reilly s'ébroua le premier et commença à s'avancer, seul. D'un pas traînant, les épaules voûtées sous sa cape de toile, il se dirigea vers les appareils. Il affichait un air nonchalant qui camouflait, Dam le savait, une tension extrême. Le visage dévoré par la barbe, les traits creusés et défaits, O'Reilly était méconnaissable pour les nouveaux venus, même pour Rizovan qui, pourtant, l'avait déjà rencontré.

Dam savait ce qu'il avait à faire. Avec d'imperceptibles mouvements, il entreprit de se tourner face au camp. Ses yeux scrutèrent intensément chaque repli de toile, chaque ornière de boue, à la recherche de l'éclat noir d'un fusil ou d'une mitraillette. Il redoutait plus que tout le coup fatal tiré par un homme paniqué.

Tout comme les hélicos auparavant, le soleil sauta soudain par-dessus la crête et ils furent jetés dans sa lumière crue. L'Américain s'immobilisa. Dam, toujours en alerte, vit les visages se tendre. Sans faire un pas de plus, O'Reilly s'appliqua, avec des gestes aussi lents et mesurés que possibles, à extirper ses mains qu'il tenait cachées sous sa cape. Il les ouvrit, les mit bien en vue. Puis d'un coup d'épaules, il laissa tomber la toile à ses pieds et resta ainsi un moment, ses larges paumes ouvertes et loin de son corps pour indiquer qu'il n'avait pas d'arme.

L'Américain reprit sa marche et s'arrêta à quelques mètres du commandant, restant en vue de tous, surtout des Korguènes.

L'Américain posa un regard brûlant sur le militaire.

Il porta lentement les mains à son visage et, d'un geste épuisé, se frotta la barbe en grimaçant. Il ouvrit enfin la bouche.

— *Hey, man!* lança-t-il d'une voix éraillée, *I wanna shave… You have any razor for me?*

Pas un muscle ne tressaillit dans le visage du commandant. O'Reilly continuait de le fixer avec intensité.

— J'ai tout ce que vous désirez, là-haut, répondit enfin le militaire en désignant les hélicos du regard…

O'Reilly hocha la tête.

— *Ain't too soon, ass holes.*

Le militaire ne répliqua pas. Il se contenta de faire quelques pas.

Lentement, O'Reilly lui tendit la main. Les deux hommes pivotèrent ensemble et se tournèrent face au camp, leurs mains serrées bien visibles. Ils restèrent ainsi immobiles de longues secondes, le visage impassible.

— Qu'est-ce qu'ils attendent pour nous tirer dessus? fit à voix basse O'Reilly en remuant à peine les lèvres. Ceux d'en haut?

Il désignait les mortiers dont on devinait la présence sur la crête.

— Ils ne tireront pas. Il y a eu un cessez-le-feu…

— Un cessez-le-feu? laissa O'Reilly, toujours entre les dents. Et pour combien de temps?

Le militaire s'assombrit.

— Cinq jours… Seulement…

O'Reilly laissa son regard errer devant lui.

— Cinq jours… *Shit!*

Un à un, les Korguènes commencèrent à surgir. Dans leurs yeux, la frayeur était encore présente. Avec en plus, une certaine lueur, plus vive…

▮▮

— Tu rentres… ?

Il n'y eut pas de réponse.

— Clare ? répéta Dam.

— Je sais pas, fit O'Reilly d'une voix traînante. Je ne peux pas vraiment les laisser.

— Tu dois te refaire… Si tu veux continuer…

— Me refaire ? *Hey! Come on!* Qu'est-ce que ça veut dire ? *Look at me! Do I look tired?*

L'Américain fit bomber ses muscles et la peau pendit sous les bras amaigris.

— *Seriously, do you think they'll be allright… for a while…?*

Dam prit un moment avant de répondre.

— *You're a goddam fool*, finit-il par laisser tomber. Tu crains la vie ordinaire… Voilà pourquoi tu ne veux pas rentrer….

O'Reilly se sentit tout à coup fatigué.

— Je crains le remords, grommela-t-il.

— Je sais…

Dam hocha la tête. Il leva les yeux sur la petite place. Le camp s'agitait dans une nouvelle fièvre, celle de la survie. Le matériel était arrivé, la nourriture, les balances… Une nouvelle équipe médicale avait pris le relais, traitait, perfusait, pesait… Une odeur de moulée de céréales flottait à travers les tentes, que l'on s'activait à remplacer par de nouvelles... Et il y avait les caméras...

Des caméras, des journalistes, des images... Des images qui troubleraient l'Occident quelques heures, fléchiraient des sondages... Le temps peut-être de changer une ou deux choses...

Des éclats de rires stridents, le rire hystérique typique des enfants de la guerre, s'élevaient d'une horde de gamins en bataille. Des soldats aux visages ronds et juvéniles distribuaient du chocolat qui fondait sous le soleil chaud. Les enfants barbouillés se léchaient les doigts, en demandaient d'autre. Symbole incontournable que les photographes, la télé se délectaient d'avoir encore une fois si bien mis en scène... Portrait réussi d'une opération réussie...

— *Those fucking bastards*, s'écria O'Reilly. *Look at the set-up! They'll make them sick for a picture!*

— Peut-être, murmura Dam au bout d'un moment. Laisse-les faire... Les photos, c'est pour leur bien...

Il ajouta un peu plus tard.

— Allez, viens, on s'en va...

▮▮▮

# ÉPILOGUE

— Monsieur Smit, une déclaration !

— Reconnaissez-vous votre voiture dans la photo d'Istanbul que publie aujourd'hui le *World Today* ?

— Quels sont vos liens avec le ministre Forclaas ?

— On vous accuse de trafic…

— Le général Gastier vous accuse…

— Laissez-nous passer… Laissez passer… Reculez ! Appelez les agents !

L'avocat criait, gesticulait et on voyait poindre la panique sur son visage rasé de près. Le *scrum* prenait des proportions d'émeute. Encerclés, mitraillés, assaillis, Smit et son avocat étaient bloqués au pas de la porte, sans espoir d'atteindre la limousine qui les attendait à quelques mètres. Dans la chaleur de l'été, au creux du vide médiatique des beaux jours, la mise en examen de l'homme d'affaires, avec ses relents de scandale sulfureux, la trace de poudre blanche sur la réputation d'un ministre et les monosyllabes arrogants de l'état-major des armées, tout cela avaient attiré la presse avec l'attrait du miel pour les mouches.

Smit était blême sous ses grosses lunettes noires et son front luisait de sueur. Paralysé par la foule, ou paralysé par l'effort de parader sous les flashes, il tentait de s'accrocher à un minimum d'assurance. Mais ses mains, qui ne cessaient nerveusement de remonter ses lunettes, trahissaient son désarroi. Il jeta instinctivement un coup d'œil vers l'intérieur de son domicile où ses gardes du corps surveillaient la scène, indécis.

— Oubliez-les, Smit. Aujourd'hui, leurs muscles ne peuvent pas vous aider…

Il y eut un murmure et la foule de journalistes s'écarta, laissant passer Dam qui venait de parler. Le médecin entendit cliqueter les appareils. On se délectait à l'idée de saisir l'instant spectaculaire, la copie juteuse, les deux adversaires…

Dam s'approcha posément de Smit, prit le temps de bien le regarder en face.

— Vous allez payer pour tout ça, siffla Smit entre ses dents afin que seul Dam puisse entendre. Je vous ai sorti du trou de Uashuat, ne l'oubliez pas… Vous ne respectez pas vos engagements…

Dam rit.

— Si, au contraire ! Je vous avais prévenu que tout sortirait…

— Rien ne sortira, parce qu'il n'y a rien à sortir…

— Rien ne sortira, vous avez raison, parce que vous avez déjà tout camouflé… Et que votre sale fric et vos amis vont tout couvrir… Mais aujourd'hui…

— Aujourd'hui, je serai lavé de tout soupçon…

— Aujourd'hui, reprit Dam, sans se soucier de l'interruption, c'est ma fête… La mienne, celle des autres, celle de Gastier aussi, qui est là-bas.

Dam pointa en direction de la rue. Smit leva les yeux et, apercevant le général, crispa les mâchoires.

— Je l'ai supplié de venir vous voir, poursuivit Dam, imperturbable. Et savez-vous pourquoi, Smit ?

— Non, articula l'autre avec difficulté.

— Parce que les cinq petites minutes présentes, où je vous vois blêmir sous les caméras, me donnent plus de jouissance que vous ont donné ces quarante années passées à faire de la merde... C'est un spectacle que je n'aurais voulu manquer pour rien au monde....

— Salaud ! murmura Smit.

Dam rit.

— C'est le plus beau compliment que j'aie jamais entendu...

Dam continuait de vriller son regard sur Smit. Il leva tout à coup la main vers Smit et, instinctivement, celui-ci eut un geste pour se protéger. Il y eut un déchaînement de flashes derrière eux.

— Eh ! Du calme, fit Dam, cynique. Je ne suis pas un de vos petits camarades ! Je n'ai pas d'arme, moi...

Poursuivant son geste, Dam saisit le nœud de cravate de Smit, le redressa.

— Voilà, c'est mieux ! Il faut avoir belle apparence, Smit, aujourd'hui... Ce soir, vous serez dans tous les journaux télévisés, demain à la une de toute la presse...

Dam rit à nouveau, recula parmi les journalistes.

— Vous rêviez de pouvoir et de postérité ! Souriez ! C'est maintenant que ça se passe, fit-il.

Puis, il tourna les talons et s'éloigna à grands pas, tandis que le *scrum* reprenait plus violent, avec au centre, Smit et son avocat qui tentaient de rejoindre leur voiture.

Dam rejoignit rapidement Gastier, impassible sur le trottoir d'en face. Ils sautèrent dans un taxi qui attendait et démarrèrent.

— Vous avez aimé ? fit Dam, après un moment.

— Je ne sais pas…, répondit Gastier, visiblement ébranlé.

— Profitez-en sans remords, général, répliqua Dam d'une voix sourde. Vous n'avez pas encore la plus petite idée de ce qu'ils vont vous faire subir désormais…

▌█

— Eh ! Maxian ! Regarde un peu la télé !

O'Reilly s'appuyait sur sa queue de billard, les yeux rivés à l'écran perché au fond du petit bar. Dam arrêta sa partie, leva les yeux. Un sourire vint étirer ses lèvres.

— Monte le son, Clare. C'est elle, c'est Markha Tüsal. Je savais qu'elle était à Paris, mais pas qu'elle servait d'interprète à la délégation korguène…

— Elle est pas mal, fit Clare.

— Elle est mieux que ça…

*Si cette conférence de paix n'aboutit pas très bientôt, les Korguènes ne seront plus qu'un souvenir dans l'Histoire.* La voix de Markha était ferme, avec cependant une douceur qui ajoutait une note tragique. *Notre peuple se fait exterminer. C'est un génocide que vous connaissez, dont vous êtes des témoins directs. Vous serez donc tous coupables si vous ne nous aidez pas à le stopper. Les grandes puissances peuvent faire quelque chose et elles doivent le faire. Vous pouvez tous faire quelque chose.*

*Les pourparlers de paix sur la Korguénie, qui se sont ouverts hier à Paris,* poursuivait la journaliste, *vont tenter de...* Le son de la télé, qui n'était qu'une vieille bringue négligée dans ce minuscule bar d'habitués, flancha juste à ce moment.

— *Shit!* fit Clare. Il donna un coup de poing sur l'appareil qui ne s'améliora pas.

— Laisse, fit Dam en retournant à sa partie. Il visa soigneusement la boule blanche.

— Ara Günner aurait été content, tu trouves pas? laissa tomber l'Américain.

La queue dévia, rata sa cible. Les boules se dispersèrent sans but sur le tapis vert. Le médecin leva un regard douloureux vers O'Reilly qui baissa aussitôt les yeux...

— *Sorry*, fit-il.

Dam reposa la baguette.

— Ça ne fait rien, murmura-t-il. De toute façon, je dois y aller...

— À quelle heure elle arrive à Charles-de-Gaulle?

— Vingt heures.

— Tu reviens ici, ensuite?

— Peut-être...

— *I'll wait, brother.*

▮

Dam mit les pièces requises dans l'appareil téléphonique. La sonnerie résonna à l'autre bout du fil.

— Résidence de monsieur de Briançon, fit enfin la voix léchée du majordome. Puis-je vous aider ?

— Bonsoir, fit Dam. J'aimerais parler à Sianna Dam.

— Je regrette, Monsieur, mademoiselle Dam est absente.

— Savez-vous où je peux la joindre ?

— Non, Monsieur.

Le ton était définitif, presque méprisant.

— Je suis son frère. J'aimerais lui parler. Je vous en prie, dites-moi où je peux la joindre.

Dam détesta le son de sa voix, où il sentit une supplique voilée. Il y eut un court silence embarrassé au bout du fil, puis l'homme reprit la parole, plus conciliant. Dam était médecin, après tout. Et célèbre avec ça. Le majordome n'était pas indifférent au prestige social.

— Je regrette, docteur Dam. Mademoiselle est partie. En voyage.

— Où ?

— Je ne sais pas, Monsieur.

— Bordel ! Ne me racontez pas de conneries, fit Dam, cette fois excédé. Où est-elle ?

Le majordome eut une autre hésitation, puis ajouta à regret :

— Je crois qu'elle a quitté le pays, Monsieur.

— Avec de Briançon ?

Parvint-il à cacher son mépris à l'employé de maison en jetant ce nom ? Ou sa douleur ?

— Non. Seule. Je ne sais pas où elle est allée.

La voix du majordome faiblit à nouveau.

—Je crois... enfin... ce n'est qu'une impression, bien sûr, docteur Dam, mais je crains qu'il ne s'agisse d'un long voyage. Un très long voyage. Vous comprenez ?

Dam eut un long silence. Il ne put s'empêcher d'ajouter au bout d'un moment :

— Elle n'a laissé aucun message pour moi ?

— Aucun, monsieur.

Dam se résigna à raccrocher, douloureusement. Ainsi, elle l'avait encore fui... Il eût voulut pleurer, peut-être de rage. Pourquoi ? Pourquoi avait-il espéré avoir droit à une consolation, à une récompense, fussent-elles minimes ? Le besoin physique insoutenable de tenir le corps de sa sœur contre le sien, même un seul instant, était sa damnation.

Il fuit plus qu'il ne quitta le refuge de la cabine téléphonique.

▌▌

— Je vais la prendre, avait dit madame Royal. Dam avait secoué la tête.

— Non, je ne veux pas.

— Et pourquoi, s'il te plaît ?

— Parce que...

Dam avait hésité.

— Parce que vous n'avez pas le sens du bonheur...

— Le sens du bonheur ? avait-elle répondu, consternée. Qu'est-ce que c'est que cette connerie... ?

— Je veux qu'elle soit heureuse, c'est tout !

— Et toi, tu te crois peut-être mieux équipé ?

— Non… Mais ce n'est pas la question !

— C'est toute la question, au contraire, idiot !

Madame Royal s'était renfrognée, avait plongé dans ses réflexions. Soudain, elle avait levé la tête, rayonnante.

— Écoute, je sais ! Je vais lui prendre un chat !

— Un quoi ? avait fait Dam, sidéré.

— Un chat…

Dam l'avait considérée un moment, avait finalement souri.

— Alors, dans ce cas-là, je suis d'accord, bien entendu !

Dam pénétra dans le couloir des arrivées. Les voyageurs en provenance d'Istanbul avaient tous franchi les portes et il commença à s'inquiéter. Il avança plus avant, s'arrêta.

Une chaise roulante pour adulte, beaucoup trop vaste pour le petit corps qu'elle portait, avançait lentement. La fillette assise avait toujours le teint pâle mais ses yeux curieux jetaient des coups d'œil vifs autour d'elle. Derrière, un grand garçon maigre et sérieux poussait la chaise avec la figure trop grave de celui qui défend un trésor. Malgré ses cheveux bien coiffés, ses vêtements identiques à toux ceux des gamins de son âge, Hakki gardait des yeux d'animal. C'était, pensa Dam avec un sourire, un rebelle-né.

Le médecin fit quelques pas.

— Bonjour, Souha, fit-il avec douceur. La petite leva les yeux vers le médecin, ne le reconnaissant pas.

— Dam ! avait crié Hakki, se jetant dans les bras du médecin.

Il l'étreignait de toute la force de ses bras trop longs. Dam essaya de lever son visage, n'y parvint pas, se contenta de lui caresser la tête.

— Salut, Hakki ! fit-il d'une voix un peu enrouée.

Le garçon leva enfin un regard mouillé, malgré l'orgueil, vers le médecin.

— Souha va mieux ! Regarde !

Dam baissa les yeux vers la petite. Un sourire lumineux sur les lèvres, elle lui tendit un minuscule chaton jaune.

— Qu'est-ce-que c'est que cette connerie ? grommela Dam en jetant un coup d'œil vers madame Royal.

Il se pencha pour flatter l'animal.

— Ils ont tout fait pour m'empêcher de l'amener jusqu'à l'avion, s'écriait-elle, plantée fièrement à côté de la chaise roulante.

Elle désigna deux policiers nerveux derrière elle.

— Mais moi ! Tu me connais ! J'avais mon idée…

Dam ne put retenir un rire qui sonnait comme un sanglot.

# Également aux Éditions Varia

Brigitte PELLERIN, *Épître aux tartempions. Petit pied de nez aux révolutionnaires de salon*

### ❧ Collection «Histoire et Société»

Michel BOUCHER et Filip PALDA, *Ici le peuple gouverne. Pour une réforme de la démocratie*

Réjean BRETON, *Les Monopoles syndicaux dans nos écoles et dans nos villes*

Richard JANDA, *La Double Indépendance. La naissance d'un Québec nouveau et la renaissance du Bas-Canada*

Jean-Luc MIGUÉ, *Étatisme et déclin du Québec. Bilan de la Révolution tranquille*

Michelle NOLIN-RAYNAULD, *L'Édifice de la Banque de Montréal à la place d'Armes, 1845-1901*

Jean PELLERIN, *Les Arts racontent la gloire de l'homme*

❧

*Vous trouverez une description de ces livres
à l'adresse Internet suivante : www.varia.com*

❧

MEMBRE DU GROUPE SCABRINI

Québec, Canada
2000